MELISSA

花は淫獄へ堕ちずにすむか

—転生脇役の奮闘—

永久めぐる

Illustrator
天路ゆうつづ

この作品はフィクションです。
実際の人物・団体・事件などに一切関係ありません。

花は淫獄へ堕ちずにすむか

ー転生脇役の奮闘ー

MELISSA

【プロローグ】入学直前の衝撃

そのことを思い出したのは、入学式直前のある夜のことだ。

仕立て上がった制服が夕方に届けられ、夕食後に自室で試着をしていた。

「いよいよ入学ですわね、お嬢様！」

「本当に制服がよくお似合いですわ」

「そ、そう？　おかしくない？　スカートの丈が短かったりしない？」

メイドたちに手放しで褒められるのが面映《おもは》ゆくて、なんだか素直に喜べない。

「いえいえ、おかしいことなんてございません。丈もぴったりでございますよ！」

「……本当に？」

身体《からだ》を見下ろし、胸のリボンを意味もなく弄《いじ》った。

私が入学する予定のアダマス学園は、もともと貴族の子弟のために創設された学校だ。今は爵位がなくとも入学資格は得られるので、裕福な家の子も多数入学している。

良家の子女が集う華々しさはあるけれど、その半面、伝統と格式を重んじる校風だからマナーが厳しく問われる学校生活になると思う。

制服ひとつでも細心の注意を払わないといけないわよね……と不安になってくる。

特に今のアダマス学園には王太子殿下が在籍しているし、第二王子のイアン殿下も今年入学する予定だから、失礼がないように気を引き締めないと。

そんなことを考えていると、どうしても嬉《うれ》しい気持ちより緊張が勝ってくる。

「さあさあ！　そんなに心配なさらないでくださいまし、お嬢様。ほら、鏡をご覧になって！」

小さい頃《ころ》から馴染《なじ》みのメイドたちは、私の心情が手に取るようにわかるみたい。緊張をほぐすように明るく話しかけてくれる。

そしてひとりのメイドが、可動式の姿見を私の前に移動してくれた。

何気なく、鏡を見た瞬間。

世界がぴしりと割れたような気がした。

「……ぁ」

いきなり訪れた衝撃に声を上げるどころか、呼吸さえままならない。

どこから湧《わ》き出したのか、あるはずのない知識や記憶が脳裏で濁流のように渦《うず》巻いた。見知らぬ景《け》色《しき》、人々、服装――。

記憶の奔流は騒音にも似ていて、心のどこかで無駄だと思いつつ両手で耳を塞《ふさ》いだ。

「お嬢様？　どうなさいました？」

心配そうに尋ねてくるメイドの声がとても遠い。

止めどもなく湧く、自分ではない誰《だれ》かの記憶。それらは私の許容量を遥《はる》かに超えていた。

「なんでも……ない、わ」

情報を処理しきれなかった私の脳は、思考を放棄した。

「着替えるわ……制服の片付け……お願いしていい？　今日はもう寝るわね……」

まるで誰かが勝手に私の口を借りて喋《しゃべ》っているみたい。

急に大人《おとな》しくなった……というか、棒読みになった私を不思議に思ったようで、二人のメイドはそれぞれ眉《まゆ》をひそめた。

けれど、それも一瞬のこと。彼女たちはすぐさま気を取り直してにっこり微笑《ほほえ》む。

「かしこまりました。では、着替えのお手伝いをいたします」

「わたくしは寝間着の用意をして参りますわ」

何事もなかったかのように動き出す彼女たちをぼんやりと眺めているうちに、制服はあっと言う間に脱がされ、それと同時に寝間着を着せられ、背中を押されるように寝室に入った。

メイドによって閉じられた扉の前で呆然《ぼうぜん》と立ち尽くしていると、隣室の声が聞くともなしに聞こえてくる。

「ルーシャお嬢様、大丈夫かしら？」

「制服を着てみて、入学の実感が湧いたのではない？　それで急に緊張してしまわれたんだと思うわ」

「そうよねぇ。緊張するわよね。二学年上には王太子殿下が、同級生にはイアン殿下がいらっしゃるんでしょう？」

「同級生の方々も、先輩方もきっと気品に溢《あふ》れた方々ばかりなんでしょうね。上手《うま》くやっていけるか心配になるのも頷《うなず》けるわ」

そういうことで緊張しているわけではないのだけれど……いや。でも、当たらずとも遠からずかな？　確かに王太子殿下とイアン殿下は関係しているかもしれないのだから。

「でも、お嬢様なら上手くやっていけると思うわ」

「そうね。おっとりしてるようで、しっかりしてるから！」

「ねぇねぇ！　もしかして、王太子殿下やイアン殿下の心を射止めたりして！」

「やーん！　大ロマンスの予感！　ほら、伯爵家から王家に嫁ぐ方ってほとんどいないでしょう？　だいたいは他国の王女様か、公爵家や侯爵家、もしくは辺境伯のご令嬢だものね」

ロマンス⁉　冗談でもやめて！　と思うけれど抗議しに行く気力もない。げんなりしつつ、のろのろと動き出してベッドへ歩み寄った。

ふかふかの寝具は今日も暖かく全身を包んでくれるはずだ。

一晩寝れば、この不思議な現象は気のせいだと言い切れるくらい落ち着くかもしれない。いや、そもそもこれは全部夢であって、明日目が覚めたらそのことに気付くかも。

そう！　明日の朝になったら、全部解決しているはず！　――そんな期待を込めて横になる。

眠れないかもしれないと思ったのに、頭を枕《まくら》へつけるや否や意識が沈んでいった。どうやら想像以上に疲労困憊《ひろうこんぱい》していたみたいだ。

しかし。

翌朝目覚めても事態は何ひとつ変わっていなかった。

清々《すがすが》しい朝日が差し込むベッドの上で、両手をついてガックリとうなだれた。

「夢じゃなかった……！」

一晩眠ったのがよかったのか悪かったのか、昨夜蘇《よみがえ》ってしまった余分な知識と記憶は、私の脳内にしっかりと収まり、私の記憶として馴染んでしまっていた。

「これって本当に、本当のことなの……かな？」

今の私の中には、私の記憶とともにもうひとつ、ここではないどこかの世界で生きていた誰かの記憶が居座っている。夢でも幻でも妄想でもなく、さも真実だと言わんばかりの鮮明さで。まるで生まれる前――前世の記憶のようだ。いや、心のどこかが前世の記憶だと確信している。

じゃあ、もうひとつの記憶を私の前世だとしてみよう。

前世の私は日本人で、乙女《おとめ》ゲームが好きなオタク。二十四歳で病死――したのだと思う。

最後の記憶は、息苦しさと、狭まっていく視界と、お医者さんや看護師さんたちが慌ただしく動き回る音と早口の応酬、そして父と母の切羽詰まった声。

まぶたが開けていられなくなって『ああ、私は死ぬのかな』と悟り、ついでに『好きだったゲームのファンディスクが出るまでは生きていたかったなぁ』と未練たらたらで。それから私の名前を必死で呼ぶ両親の声に『ごめんね』と心の中で呟《つぶや》いたのを最後に意識はブツッと途切れた。

「前世とか転生とか、本当にあるんだ……。どこかの神様が、早死にして可哀想《かわいそう》って同情してくれたの？　でも、さ。でもさ。どうして、よりにもよって、ここに生まれ変わってるの？」

そうだ。前世を思い出したとか、転生したとか、それだけならまだいい。『ああ、異世界に転生したんだなぁ』と納得し、前世の記憶は心の中に秘めて生きていけばいいのだから。

けれど。

私の場合はそうもいかないようだ。

私の名前はルーシャ・リドル。少し珍しいストロベリーブロンドを持ち、黄緑色の目をした、伯爵家の末娘。貴族の子弟が集う全寮制の名門校『王立アダマス学園』への入学許可が下り、この春、親友のジリアン・セルウィンと一緒に入学することになっている。

これは、前世でプレイした十八禁乙女ゲーム「迷宮のワルツ―淫獄《いんごく》に堕《お》ちる花―」（略して迷ワル）に出てくるヒロインの親友で、彼女の恋路を応援するキャラそのもののプロフィールなのだ。

ヒロインのデフォルトネームは、私の親友と同じ『ジリアン・セルウィン』だ。

余談ながら、迷ワルのデフォルトネームは、ユーザーの好きな名前に変更できる。でも、デフォルトのままにしておくと、攻略対象が甘い美声で『ジリアン』って名前で呼んでくれる。

『君』や『お前』呼びも良いけれど、攻略対象がヒロインの名前をちゃんと呼ぶのが好きで、私はデフォルトのままでプレイしていたなぁ。

――なんて、前世の記憶を懐かしんでる場合じゃなかった！

「よりによって、どうしてあのゲームなの……」

前世でプレイしたゲームはたくさんある。全年齢から十八禁まで、ピュアピュアな恋愛から涙なくしては語れない世界の命運をかけた物語まで。

なのに。なのに。

どうして神様は、歪《ゆが》み病みまくった男子ばかりが攻略対象のゲームをお選びになったのですか！

迷ワルのルーシャは、ヒロインであるジリアンの親友であると同時に、彼女の学園生活……というより恋愛をサポートする役を担っている。日々の授業や部活動に参加することで上昇する能力値や、攻略対象との親密度などのパラメーターを見られるステータス画面を表示したり。だから、いちおうエンディングまでは死なない。いちおう、ね。

けれど、ルートによってはヒロインと一緒に誘拐されたり、ヒロインと間違われて誘拐されたり、刺されて瀕死の重傷を負ったり、変な薬を飲まされたり、その他もろもろ酷《ひど》い目に遭う。

そんな怖い目に遭わないルートもあるにはあるものの、かなり限られている。そう。たったの四つだけ！

正規の攻略対象五人と隠しキャラひとりにそれぞれグッドエンドとバッドエンドがひとつずつ、誰とも結ばれず卒業するノーマルエンドに、他国に売り飛ばされて性奴隷にされちゃうバッドエンド、合計十四エンドのうち、たった四つ！　ちなみに主人公が売り飛ばされちゃう性奴隷エンドは、私も一緒に売り飛ばされるよ！　最悪だ……。

ルーシャが酷い目に遭わない四つのルートを具体的に言うと、ジリアンが画家を夢見る不思議ちゃんな第二王子、国際関係学の教師、隠しキャラのいずれかと結ばれるか、誰とも恋愛イベントを起こさず卒業するノーマルエンドを迎えればいい。

それ以外なら、波瀾万丈《はらんばんじょう》の学園生活が待っている。

泣きたい。逃げたい。入学取りやめたい。

いや、ほんと、全部投げ出して家出したい。

けれど。

「そんなの、無理よ！　ジリアンを置いて逃げられないもの！」

母親同士が仲良かったお陰で、ジリアンとは赤ちゃんの頃からの付き合いだ。とても気が合うので、さながら実の姉妹のように育ってきたのだ。今でも一番の親友だと思っている。

たとえ、前世の（ものらしい）記憶を思い出しても、この世界が十八禁ゲームに似た世界だと知っても、ジリアンがヒロインかもしれないと知っても、大好きな親友であることに変わりはない。

誰が彼女を放《ほう》り出して逃げられる？

もしここがゲームの世界だとすれば……。攻略対象たちが歪み病みまくってるせいで、どのルートでもヒロインはだいたい酷い目に遭うのだ。

物心つく前から仲良しなジリアンを、そんな狼《おおかみ》の巣みたいな学校にひとりでやるわけにはいかないでしょう!?

「とりあえず、ジリアンが酷い目に遭わないルートは……」

比較的酷い目に遭わないルートは、私が酷い目に遭わないルートと同じで、第二王子と教師、隠しキャラのグッドエンドか、ノーマルエンドだ。

卒業までに婚約が決まらない女子生徒は『行き遅れ』みたいな扱いを受けるけれど、無難にノーマルエンドを目指したいところだ。

でも、あのゲームは各攻略対象の個別ルートへ入りやすくなっている。初めてプレイした時は、攻略対象の全エンドを見たあと、隠しルートを開くためにノーマルエンドに向かったのだけれど、序盤から中盤辺りまで、個別ルートへ入る選択肢が多くてちょっと苦労した。しかも中盤から個別ルートに入っても親密度が足りないからだいたいバッドエンド行き。特にメインヒーローのアーネスト王太子殿下ルートには入りやすくて、大変なのだ。

それに現実のジリアン、すっごく可愛《かわい》いもん!

「ジリアン、入学したら絶対に男子生徒の注目の的だよね……」

誰とも結ばれないノーマルエンドなんて無理に決まってる。としたら残り三ルート?

いや、うん。

第二王子も先生も隠しキャラも、性的嗜好《しこう》がちょっとアレなので、ベッドの中ではかなり大変だとは思うけれど、とりあえず誰かに暴力を振るわれたり、気持ち悪いモブや不気味な魔獣にヤられそうになったりはしないので、そこはもう諦《あきら》めてもらうしか！

「私が……守らないと……大丈夫よ、やれるわ」

なにもかもがゲームと同じだとは限らない。

――そうよ！　私ったら、どうしてこの世界がゲームと同じだと決めつけてたんだろう!?

たまたま、一部の固有名詞や人名が、ゲームと被《かぶ》ってしまっただけかもしれないじゃない。普通に考えたら、そっちのほうがありえるよね！

「嫌だわ、私ったら……馬鹿《ばか》ね……ふふっ……」

入学したら攻略対象と同じ名前の人なんて（アーネスト殿下とイアン殿下以外）いないかもしれない。仮にいたとしても、容姿や性格がゲームと同じとは限らない。

「そうよ、こんなの、偶然よ……ふふ……大丈夫……入学したらわかるわ……ふふ……」

「――あの……お嬢様？　どう、なさいました？」

ブツブツ言っている私は不気味だったらしく、私を起こすためにやってきたメイドが、顔を青ざめさせ躊躇《ためら》いがちに聞いてくる。

「あ、あら、いたの!?　なんでもないわ。――……そう、なんでもないのよ」

「そうは見えませんが……？」

普通に答えたつもりだったのにますます心配されてしまった。

「本当に平気よ。さあ、そろそろ起きないといけないわね。——きゃっ⁉」

ベッドから下りようとしたら運悪くシーツが足に絡まってしまい、頭から床に落ちそうになる。咄《とっ》嗟《さ》に両手を床について、衝突はなんとか免れた。

「あっ……ぶなかった……」

「お嬢様！　お怪我《けが》はございませんか⁉　やっぱりどこか具合が悪いのでは……」

「大丈夫。ちょっと寝ぼけていただけだから」

「いいえ、ちっとも大丈夫ではございません！　お嬢様はこのまま横になっていてくださいまし！　熱はないようですが、今お医者様を呼んで参ります」

無理矢理ベッドへ戻されてしまった。ついでに主治医を呼ばれたりもしたけれど、当然ながら身体はいたって健康。結局、入学前の気鬱《きうつ》だろうと診断された。まあ、入学に関する気鬱なので間違ってはいない。

入学前に怪我でもしたら大変だと思った両親が、家を後にするまでの数日間、監視役のメイドをつけてくれた。最初は『そんな大袈裟《おおげさ》な！』と思ったけれど、考え事に現《うつつ》を抜かして転びそうになること数回、階段から落ちそうになること一回。両親の判断は正しかったようだ。

【第一章】新入生の春

アダマス学園は王都郊外にあり、広大な敷地を誇っている。

王都にタウンハウスを持つ貴族なら充分通える距離だけれど、自立心と協調性を養うためという理由で全寮制だ。

講堂と校舎を挟んで東西にそれぞれ男子寮と女子寮、校舎の裏手には運動場や武道場、温室、各部活動で使用する施設などが数多く、しかも窮屈《きゅうくつ》だと思わない程度の余裕を持って建てられている。

入学式前日、ジリアンと私は一緒の馬車で学園に入った。

タウンハウスが隣同士なのもあるけれど、やっぱりひとりより二人のほうが心強いから。

期待と不安の入り交じる心持ちで、案内されるがまま入寮の手続きをすませて、玄関ホールに張り出された部屋割りを眺める。

「わぁ！　嬉《うれ》しい！　ルーシャと一緒だわ」

「え？　どこ？」

先に名前を見つけたのはジリアンだった。遅れて私も同室だと確認する。

「本当だわ！　よかった。ジリアン、これから一年間よろしくね」

「こちらこそ、よろしくお願いします！」

ルームメートは一年で交替だと聞いているけれど、最初の一年がジリアンと一緒なのは本当に心強かった。不安の半分ぐらいはこれで解消されたと言っていいくらい。

周りを見渡せば、私たちと同じように喜び合っている方もいれば、緊張した面持ちでルームメートを探している方、硬い声で「よろしく」と挨拶《あいさつ》しあう方たちもいる。

「クラスも一緒だといいけれど」

今しがた喜んでいたはずなのに、一転してジリアンの声が暗い。

大丈夫よ！　クラスもきっと一緒だわ！　と言うのは簡単だけれど、そんなの気休めにもならないよね。

私としては、一緒のクラスになりたい気持ちと、そうでない気持ちが半々だ。

だって、ゲームの中の私たちはルームメート同士だし、同じクラスなんだもの！　なるべくならゲームの設定と離れたい。でもジリアンとは一緒にいたい。複雑な心境だ。

「明日になればわかることだもの、今は心配しても仕方ないわ。それより、ルームメートになれたことを喜ばなくちゃ！」

「そうね。ルーシャの言うとおりだわ。それにしても、部屋が一緒で本当によかったわ！」

改めて同室を喜び合っていると、パンパン！　と手を叩《たた》く音が響き渡った。

音のした方へ目を向ければ、制服を着た女子生徒が立っていた。

凜《りん》とした眼差《まなざ》しに、大人《おとな》びた表情。キリッとした眉《まゆ》に意志の強さが表れている。制服のこなれた着こなし具合から、一目で上級生だとわかる。

「新一年生の皆さん、ようこそアダマス学園へ！　私は今年一年、この女子寮の寮長を務めるマーガレット・アスクです。どうぞよろしく」

顎《あご》の辺りですっぱりと切り揃《そろ》えられた赤い髪が、彼女の動作に合わせてさらさらと揺れる。とても目を惹《ひ》く方だな、と言うのが第一印象だ。

「皆さんお揃いだと思うので、これから寮内を案内します。荷物はそのままで大丈夫です。あとで係の者が皆さんの部屋まで運びますから。では、まず一階から案内しましょう。ついてきてください」

そう告げると彼女は背筋をぴんと伸ばし、みんなの先頭に立って歩き始めた。

「ねえ、あのマーガレット・アスク様ってもしかして？」

「そうそう。大手新聞社、グラニット社の社長令嬢ですわよ」

「わたくし、先輩に伺ったのですけど、マーガレット様は新聞部の部長も務めてらっしゃるんですって」

「まぁ。ですからあのように颯爽《さっそう》となさっているのね」

近くの子たちが小声で話しているのが聞こえた。声色は素直に尊敬しているようでもあり、なにか別のものが含まれているようでもある——なんて思うのは穿《うが》ちすぎかな？

話している子たちのほうへ視線をちらりと向ければ、どこかで見た顔だ。おそらく彼女たちは貴族の令嬢で、見覚えがあるのはどこかの集まりで見かけたことがあるからだろう。

「ルーシャ、どうしたの？」

ジリアンが不思議そうに顔をのぞき込んでくる。

「あ……ごめん。なんでもないわ。行きましょ！」

グラニット社と言えば、国内随一のシェアを誇る新聞社だ。貴族のほとんどがグラニット社の新聞を購読しているだろう。ご多分に漏れず、私の父も購読中だ。

マーガレット様の凜と伸びた後ろ姿を見れば、新聞社の社長令嬢だというのも納得がいく。誰《だれ》にも頼らず自分の足で立ち、困難に遭えば折れるどころか俄然《がぜん》やる気を起こしそうな強さを感じる。新聞部の部長かあ。うん。そんな感じがする！

ここの校内新聞ってどんな感じなんだろう？　バックナンバーを探して読んでみようかな。

新聞部って色々情報が入ってきそうだ。もしかして、入部したら校内の事情通になれるかな？　それってメリット大ありじゃない？

浮き足だった一夜が明け、いよいよ入学式。

うららかな快晴で、校内では花々が咲き乱れている。いかにも春爛漫《らんまん》だ。吹く風さえ花の匂《にお》いがする。

そんな中、荘厳な雰囲気の講堂で式が執り行われる。

講堂は劇場のような形をしていて、座席は扇状に広がっている。一階席は一番前に新入生、その後ろには在校生が座り、二階席は新入生の保護者席だ。

ステージの中央に置かれた演壇では、理事長が落ち着いた美声で挨拶を述べている。

理事長というイメージからするとかなり若くて、でも私たち生徒からするととても大人に見える年代の男性。自信に満ちて輝く琥珀《こはく》色の目に、彫刻のように整った風貌《ふうぼう》。きっちりと撫《な》でつけられたブラウンの髪は大人の色気を醸しだしている。朗々とした声で語られる言葉はきっと新入生たちの心に染みることだろう。特に、私以外の女子生徒にとっては。

残念なことに、私はとてもそれどころじゃない。

だって、理事長ってば、ゲームから抜け出してきたみたいな容姿の美形なんだもの！

式の前に発表されたクラス編成で、ゲーム通りジリアンと同じクラスになったことを知ったばかり。寮の部屋、クラス、そして理事長の外見。まだ実際のお姿は見ていないけれど、新聞に載っている粒子の粗い写真を見る限り、新三年生の王太子殿下の容姿もなんとなくゲームのアーネスト殿下と似ているように思う。

ここまで揃っているというのは怖い。ひょっとして、本当にこの世界はあのゲームと同じなのかな？　と思えてくる。

いやいや、早まっちゃダメよ、ルーシャ。まだ全部が全部同じだと決まったわけじゃないんだから！

と、葛藤《かっとう》をしているうちに、理事長挨拶が終わり、来賓祝辞へと移っていた。

考え事に気を取られていたせいで、次はどなたが登壇するのかも知らなかったけれど、急に空気が変わったことが肌で感じられた。誰も声を上げていないにもかかわらず空気がざわりと動き、次に凛と張り詰める。

その不思議な現象で、私は考え事をやめて現実に戻った。雰囲気が変化した原因を探るつもりはなかったけれど、なにかに惹かれるように顔を上げた。

壇上には美貌《びぼう》の人。

混じりけのない、まさに金としか言い表せない髪はライトにキラキラと輝き、やや長めの前髪は彼の動きにさらさらと揺れて秀麗な顔に絶妙な陰影を落とす。切れ長の目は、ともすれば鋭い印象を与えがちだけれど、彼に限ってはきつい印象にはなっていない。空色の虹彩《こうさい》の甘い柔らかさを、ほどよく引き締める役割を担っているようだ。

一目でその方がアーネスト王太子殿下だとわかった。

父から話は聞いていたし、新聞の写真で見た時も美しい方だなと思ったけれど……。実物はとんでもない美形！

どう言い表したらいいんだろう？　百人が百人とも彼を美しいと言うような、非の打ちどころのない完璧《かんぺき》な容貌《ようぼう》。まるでおとぎ話から飛び出してきた王子様のよう。

たぐいまれな美貌に魅せられて目が離せない。

それなのに、胸の底が不穏にざわめくのは、ゲームの中のアーネスト殿下が現実に現れたらこんな感じだろうという容姿だからだろうか。

アーネスト殿下の声はよく通って聞きやすく、まるで音楽のように耳に心地いい。

柔らかい声と穏やかな表情に、気品と風格をそなえていて、王になるべくして生まれてきた方なのだと言われても頷《うなず》ける。

残念なのは見蕩《みと》れすぎて、話の内容が頭に入ってこないこと。でも、気を取り直したってすぐにまた見蕩れてしまうので、意味がない。

そもそも、前世の私の推しキャラはアーネスト殿下だったのだ。

推しがそこにいて、動いて、喋《しゃべ》っていたら、誰が平静を保てるというのか！　保てるわけがない！

はぁ……。眼福とはまさにこのこと。なんなら一日中眺めていたいくらい！　――と、興奮してみたものの絶対にお近づきにはなりたくない。遠くからこうやって眺めているだけで充分だ。

ゲームの中の殿下みたいな性格だったら怖いし。いくら穏やかな顔で接してもらっても、内心で辛《しん》辣《らつ》なことを思われていたら嫌だ。

それに、もしジリアンと殿下が仲良くなっちゃったら、大変な未来が待っている（かもしれない）もの！

断固、距離を保ちたい。むしろ、見知らぬ者同士でありたい。これからの一年、ひと言も言葉を交わすことがないのも大歓迎だし、できることなら廊下ですれ違う程度の関わりもなくていい！　君子危うきに近寄らず。これ、とても大事！

一学年男女合わせて五十人程度、三学年合わせても百五十人規模の学校でそれが可能かどうかはわからないけれど。

それにしてもアーネスト殿下はかっこいい。ステージで生き生きと祝辞を述べる殿下を改めて眺め、しみじみとため息をついた。

ステージは明るいし、私たち生徒が座っている座席は暗いから、きっとどれだけ凝視していてもバレないはず。女子生徒のほとんどが凝視してるんじゃないかな？　私も今のうちに殿下の美麗なお顔を堪能《たんのう》しておこう。

前のめり気味にステージを眺めれば、アーネスト殿下と目が合った。

――――え？　どうして？

本当に目が合ったのかどうか、確かめるより先に私は慌てて目を伏せた。

合っていても合っていなくても、アーネスト殿下の真っ直《す》ぐな視線は何もかも見透かすようで、正視できなかった。正直に言えばとても怖かった。私が心の中で思っていることや、この奇妙な記憶と知識を、瞬時に知られてしまったような気さえする。

あんな視線に四六時中《しろくじちゅう》晒《さら》されて平気だなんて、アーネスト殿下ルートのヒロインって強いな！

ほんの一瞬の出来事なのに心臓がバクバクいってるし、スカートの上で重ね合わせた両の掌《てのひら》も薄ら湿っている。私、どれだけ緊張してるの！

周りに不審がられないように、何度か大きく呼吸をする。

「ルーシャ、どうしたの？　具合でも悪い？」

隣の席に座っているジリアンが小声で尋ねてくる。おっとりしているようで、鋭いんだよね。

「ううん。大丈夫」

囁《ささや》き返すと、彼女は『本当に？』と疑うように眉間《みけん》に皺《しわ》を寄せる。入学前に私が体調を崩したなんて母親伝いに聞いたのかもしれない。

本当に大丈夫だから！　と小さく頷き、真正面に向き直る。

もしまたアーネスト殿下と目が合ったら怖いなってドキドキしたけれど、当然そんなこともなかった。

殿下は穏やかな微笑と、爽《さわ》やかな弁舌で聴衆を魅了している。視線だって一点を見つめることはなく、分け隔てなく注がれている。あまりに分け隔てないから、誰も見ていないのかもしれない。

そうだよね。目が合ったなんて勘違いも甚《はなは》だしいよね！　なぜこっちを見たなんて思ったのよ、私。

あれか。アイドルのコンサートとかで『絶対に今、こっち見てくれた！』って思っちゃう気持ち。

あれと同じか！

胸のドキドキが収まるにつれ、自分が恥ずかしくなってくる。

ステージのアーネスト殿下は、

「新入生の皆さん、入学本当におめでとう。この伝統あるアダマス学園で、実りのある素晴らしい三年間を過ごせるよう心から祈ります。最上級生として、私も皆さんの学園生活を応援します」

と話を締めくくり、演壇を離れる。

その姿を目で追いながら、やっぱりかっこいいなあ……と、またしてもため息が出てしまった。


入学式が滞りなく終わり、一日、二日と緊張の日々が過ぎ、ようやく学園生活が通常になりつつある頃《ころ》、私は頭を抱えて運命を呪《のろ》いたくなった。

攻略対象、全員いる！

しかもゲームから飛び出してきたかのような、きらっきらの美男ばかり。

三年生には完全無欠《かんぜんむけつ》の王太子アーネスト殿下と彼の護衛で侯爵家の次男ダニエル様。

二年生には伯爵家の嫡男でありつつ、天才音楽家でもあるランドル様。

一年生には例の不思議ちゃんな第二王子イアン殿下。

そして国際関係学の教師のエヴァン先生。

隠しキャラの理事長は、学園内のカフェテリアでしっかりマスターやってるし！　髪を下ろしてラフな格好してると全然雰囲気が違うから、理事長だと気づかない生徒も多いようだ。

「マスター、今日も素敵ですね！」

「ありがとう、可愛《かわい》いお嬢さん。できればお兄さんって呼んでくれないかな？　そのほうがなんとなく親しい感じがするよね？」

「やだぁ！　じゃあ、お兄さん！　コーヒーひとつお願いします」

なんて会話をさっき耳にしたばっかりだ。理事長、ノリが軽すぎるけれど大丈夫？　と心配になる。

閑話休題《かんわきゅうだい》。

攻略対象が全員いるうえ、ジリアンはゲーム通り文芸部に入部したいと言っている。私も一緒に入らないかと誘われたものの、まだ保留中だ。

ここまでゲームに酷似していると私だけでも抗《あらが》いたくなる。そんなわけで文芸部は避けたいし、どうせなら学園内の情報をたくさん収集できるような部活に入りたい。

そこで浮かんだのが、寮長で新聞部の部長、マーガレット様の顔だ。

そう。新聞部の部員なら、学園のどこを走り回っていても、誰に聞き込みをしても不審に思われないはずだ。

よし、新聞部に入ろう！

そう決めて、新聞部の部室のドアを叩く――のは後だ。手始めに図書館に行き、過去に刊行された校内新聞を閲覧する。

紙面から部の雰囲気がわかるかどうかは知らないけれど、どんな記事を掲載しているのかくらいは見ておいたほうがいいよね。校内新聞だからさすがにないとは思うけれど、ゴシップ記事ばかりだったらちょっと……。

隔月刊で時々号外や増刊が出るらしい。過去二年分をざっと読んだけれど、ゴシップ系は皆無。学校行事の記事と、先生や生徒へのインタビュー記事が中心で、カフェテリアや食堂の新メニュー、各部の試合やコンサートの予定が載っている。

インタビュー記事が特にいいなと思う。

学生時代だと、華々しい活躍をしている、イコール、運動部の生徒……みたいなイメージが強いと思うけれど、文化系で活躍している生徒も取り上げられている。しかも取り上げ方が丁寧だ。マニアックな分野だった場合は端的に、かつ、わかりやすく解説がされていたりする。質問内容も不快になるものは一切ないし、面白くてついつい真剣に見入ってしまった。

「ルーシャ！　ルーシャったら！　もうすぐ夕食の時間よ？　そろそろ寮に戻らないといけないわ」

トントンと肩を叩かれてハッと我に返った。振り向けば、砂糖菓子のような笑顔のジリアンがいた。

胸に大事そうに抱えた本は、今日借りた本だろうか。

「え……あ……、やだ、もうそんな時間？」

「そう。もうそんな時間よ」

彼女が指差した先にある時計を見てギョッとした。せいぜい一時間ぐらいしか経《た》っていないと思ったのに二時間以上過ぎてる！

「本当だ！　待ってて、急いで片付けるから」

「慌てないで。いつもは私がぼんやりしててルーシャに注意されるけれど、今日は逆ね。ちょっと新鮮だわ」

ふふふ、と楽しそうに笑い、ジリアンは自分が持っていた本をテーブルに置く。

「ここの片付けは私がしておくから、ルーシャは借りた新聞を返してくるといいわ。筆記用具、適当に片付けて鞄《かばん》にしまって構わない？」

「じゃあ、お願いしちゃっていい？　ごめんね。よろしく！」

「いえいえ。気にしないで。あっ、メモ帳の中身、読んだりしないから安心して」

「読まれて困ることなんて書いてないから、読んでもいいわよ」

そんな冗談を言い合ってその場を後にした。

最近の号は誰でも閲覧できるよう、ロビーの隅に置いてあるのだけれど、それより古い号は一年ごとにファイリングしてあり、司書さんにお願いして出してもらう形になっている。

カウンターでファイルを二冊とも返却し、ジリアンの待つ閲覧スペースへ戻った。

彼女は先ほどと同じ場所にいる。

けれど、なにか様子がおかしい。ただ立っているというよりも、一点を見つめて呆然《ぼうぜん》としている感じだ。

「ジリアン、どうしたの？」

近寄って声をかけ、彼女の視線の先を辿《たど》ってみる。

けれど、そこにはなにもないし、誰もいない。ただ窓から入ってくる夕日に、ひっそりと静まり返る書架が並んでいるだけだ。

「ジリアン？」

もう一度声をかけてみる。

胸の前で組み合わされた彼女の手には、しっかりと私のペンが握られている。

机の上は片付いていて、筆記用具入れだけが口を開けた状態でぽつんと置かれている。

「どうしたの？　なにかあった？」

あらかた片付け終わって、あとはあのペンをしまえば帰寮の準備完了というところで、なにか起きたんだろうか。

誰かになにか言われたのだろうか？　おっとりした見た目が災いしてか、彼女は同年代の――特に女性から――冷たい言葉を投げつけられたりするのだ。

とはいえ、ジリアンは意外と強いし機転が利くので、だいたい自分でさらっとあしらってしまうのだけれど。

言い返せないほど酷《ひど》いことを言われたの？　と思って冷や汗をかいたけれど、彼女の横顔を見てもそんな感じはしない。うっとりとした夢見心地の眼差しで、頬《ほお》にはうっすらと赤みが差している。

「ねえ、ジリアン、大丈夫？」

肩に手を置くと、ようやく彼女は私のほうへ目を向けた。

「あ……、ルーシャ。新聞、返してきたのね……」

返事も表情もどこか上の空だ。

「そのペン、どうかした?」

彼女が大事そうに握っているペンは、先日、購買部で私が購入したもの。校章が刻印されている以外、なんの変哲もない量産品だ。

「うん。あのね……拾ってくださったの」

「どなたが?」

「………イアン、殿下」

えっ、イアン殿下!?

驚いて周りを見回したけれど、人影はない。生徒たちはみんな、夕食の時間を気にして寮に戻ったのだろう。

「イアン殿下が……。拾ってもらえてよかったわね」

「ええ、そうなの! とても優しい方だったわ! ね、ルーシャ聞いて! 机の上を片付けていたら、このペンを落としてしまったの! 拾おうとしたら、うっかり蹴《け》ってしまって。それで遠くまで転がったの」

ジリアンは急に夢から覚めたような顔で詰め寄ってくる。

「え、ええ。聞くわ、ちゃんと聞くから、ちょっと落ち着こう?」

人はいなくても図書館では静かにしなきゃ。

本も図書館も大好きなジリアンは、館内では静粛《せいしゅく》にってわかっているはずだけど、それも忘れてしまうくらい興奮しているらしい。

これはもしかして、イアン殿下に一目惚《ぼ》れでもしたのかな？

「とりあえず、ここ出よう？　寮に戻りながら話を聞くわ」

出しっぱなしになっていた筆記用具入れを鞄にしまい、机の上に置きっぱなしになっていた本を取り上げてジリアンに差し出す。

「そう、ね」

本を受け取りつつ、ジリアンはまだペンを持ったままだ。持っていることを忘れているのか、それとも離したくないのか。

ぐふふ……と笑いがこみ上げてきそうなのを必死で呑《の》み込んで、真面目《まじめ》そうな顔を作る。

「それ、気に入ったのなら、あげる」

「えっ⁉　そんな！　これ買ったばかりじゃない。悪いわ」

「じゃあ、ジリアンのと交換して？　一緒に買ったでしょ、色違い」

そう言うとジリアンは顔を真っ赤にして、わたわたと焦る。

「え？　いいの？　私のペン、ピンクだけど、ルーシャはいいの？」

そっか、そっか。やっぱり手放しがたいのか～と、まるでお見合いを世話するおばさんみたいな気持ちになってくる。前世でも今世でもお見合いのセッティングなんてしたことないけど。

「もともとピンクとネイビーとで迷ったから、全然嫌じゃないわ」

「ありがとう！　大事にするわね！　じゃあ、私のペンを……」

「ジリアンったら。後でいいわよ。それより急いで帰りましょ？　夕食に遅れちゃう！」

慌てて鞄を開けようとするジリアンを制して、図書館を後にする。

ゲームの中とは少し違うけれど、これがジリアンとイアン殿下のファーストコンタクトってことになるだろうか。

私が知る限り、ジリアンが誰かを好きになったことはない。たぶんイアン殿下が初恋だ。初恋は実らないって言うけれど、そんなの迷信だよね。親友の恋だもの、私も全力で応援したい。

そのためにはやっぱり新聞部に入って情報収集しなきゃ。もし、ゲームの中と違ってイアン殿下が浮気性だったり、女性を酷く扱ったりするような方だったら、大事な親友は渡せない！

帰り道で色々話を聞いてみたけれど、ジリアンには一目惚れをした自覚はないみたい。

今の段階で一目惚れと決めつけるのは時期尚早《しょうそう》だ。しばらくは私のほうからイアン殿下の話題は振らず、そっとしておこうと思う。


翌日の放課後。

私は意を決して、新聞部の部室のドアを叩いた。

もしゲームと同じような出来事が起きたら対処できるように学園内のことや生徒に関する情報は把握しておきたいし、そんなこと起きなくてもいつかジリアンが相談してくれた時、ある程度の情報を提示できたらいいな。

　でも情報収集だけが志望動機じゃない。昨日、新聞を読んでみて俄然、紙面作りに参加してみたくなり、迷いが消えた。加えて、あのインタビュー記事を書いたのはどんな方なんだろうという好奇心もあるし、いつかインタビューのお手伝いもできたらいいなって思う。

　ドアをノックすると、即座に「どうぞ」と返事があった。

「失礼します」

　そろりとドアを開け、室内をのぞき込んで見ると、すごい光景が目に飛び込んできた。

　まるで、漫画やドラマに出てくる新聞社そのものの眺めだ。机が島のように繋《つな》げられ、各々《おのおの》の机の上には書類が山積みになっていて今にも崩れそう。

　その島から少し離れたところに、窓を背にしてひとつだけ机が置かれている。その机にも書類の山ができているけれど、比較的小さい山だ。

　ぱっと見で部長の机かな？　と思ったのは正解だったらしく、マーガレット様が座っている。

「やぁ、いらっしゃい！　ええと、君は確か、ルーシャ君だよね。一年生の」

「はい。ルーシャ・リドルと申します、マーガレット様。ごきげんよう」

　会釈をすると、彼女は手にしていた鉛筆を机にカランと転がし、身体《からだ》ごと私のほうに向き直った。

「ごきげんよう。――で、今日はどうしたのかな？　あ、寮でなにか困ったことでも起きた？　幸い、いま他《ほか》の部員は出払っているから、ここで話を聞こうか」

「いえ、そういうわけでは」

「寮長としての私に用事があるわけではないんだね。じゃあ、なにか売りたいネタでもあるのかな？」

「えっ⁉」

「冗談だよ。なにもそんなに驚かなくてもいいじゃないか！」

私、よっぽど変な顔でもしていたのかな？　マーガレット様はひとりで楽しそうに笑っている。

「私、新聞部に入部したいんです！」

「はい？」

今度はマーガレット様が驚く番だった。

「えっ？　ええっ？　君が？　新聞部に？」

なんでそんなに驚くの？　心の中で不思議に思いつつ「はい、そうです」と何度も頷いてみせた。

「君、貴族だよね？　リドル伯爵家と言えば、建国以来連綿と続く家柄じゃないか」

「ええ、まぁ、はい。そう言われればそうですが……」

確かに我が家は歴史だけは古いけれど、特にこれと言った特徴があるわけでもない、いたって普通の家だ。いや、それよりも。家の話が入部の話となんの関係があるというのだろう？

「そんないい家柄のご令嬢がうちに？　いやいや、やめたほうがいい」

「どうしてですか？」

「うちの部はふた月に一度は締め切りがあって、その前はとても忙しくなる。はっきり言って、部内の雰囲気も殺気立つし、言動も荒っぽくもなる。今のところうちは女性部員だけだから荒っぽいと言ってもたかが知れているけれど、高貴な出自の方にはきついと思う」

忙しいの程度がどのくらいなのかは想像もつかないけれど、前世の記憶があるぶん普通の令嬢よりも荒っぽい言葉遣いには慣れていると思う。

大丈夫だと返事をしたものの、マーガレット様はまだ渋い顔をしている。

「うちの部、爵位のない家の子しかいないんだ。それで陰で色々言われたりもする。もし入部したら君も色々陰口を言われるかもしれない」

「構いません。出自に違いはあっても、今は同じこの学園の生徒同士です。なのに、そんなことであれこれ陰口を叩くなんて馬鹿《ばか》げています。そんな方々の言うことは気に病むだけ損だと思います」

子どもの参加が許されたお茶会に何度か出席した経験から、貴族同士だって陰口や嫌みの応酬をするものだと知っている。陰口を言いたい人は、いつだって誰に対してだって言うものだ。新聞部に入ったためになにか言われたとしても、実害さえなければ痛くも痒《かゆ》くもない。

貴族だからという理由で入部却下されてたまるか。そんな意気込みで、マーガレット様と見つめ合う。

少しの沈黙が流れて……。最初に動いたのは彼女のほうだった。

「いいね、その気の強さ。大人《おとな》しいお嬢様かと思っていたら、なかなかどうして。気に入った！　よし、今日から君は新聞部員だ。他のメンバーは後で紹介しよう。そろそろ時間だから、行くぞ、ルーシャ君！」

一気にまくし立てるとマーガレット様……いや、部長は席を立ち、どこかに出かける支度を始める。

「君、カメラは使える？」

「無理です！」

この世界に存在するカメラは、前世の頃みたいなオートフォーカス機能がついているそれとは全く違っていて、使い方が難しい。

一概には言えないのだけれど、この世界の文化水準はおそらく十九世紀後半から二十世紀初頭くらいなんだと思う。車は開発されているけれど馬車もまだまだ現役で、電話も存在するけれど、電話が引いてある家はまだごく少数。どこかへ電話をかけるには交換手に通話相手の番号を告げて繋いでもらう形だ。当然のごとく、カメラだってその頃使われていたカメラと同じようなタイプなのだ。ちょっとやそっと説明を受けたぐらいで使えるわけがない。

「そうか。じゃあ、荷物持ちとメモ取りをお願いしよう。はい、これが新聞部特製手帳。君にあげる。取材の時に使うように。歴代の新聞部員の創意工夫が詰まっている手帳だから、とても使いやすいはずだ。ペンは持ってる？　そう、じゃあそれを使って。鞄はあっちのロッカーに入れるように。はい、急いだ急いだ急いだ！」

戸惑う間もなく急《せ》かされて、鞄をロッカーにしまう。手にはペンと今しがた貰《もら》った取材用の手帳だけが残った。

「マーガレット部長。ひとつ質問してもよろしいでしょうか？」

「なんだい？」

「これからどこへ行くのでしょうか？」

廊下を足早に歩きつつ尋ねれば、少し先を歩いていた部長が振り向く。

「まだ言ってなかったっけ？　次の号に載せるインタビュー記事の取材で、アーネスト王太子殿下にお目にかかることになっている」

はい⁉　アーネスト殿下⁉

「なっ、なななななっ！　なにをおっしゃってるんでしょうか、部長！　数分前に入部したばっかりの私が、王太子殿下への取材に同行するなんて畏《おそ》れ多いです！　どなたかもっと経験豊富な方を選んでください」

「まぁまぁ、そう硬くなりなさんな。殿下だってここの生徒だよ？」

「うっ！」

さっき『生徒は平等！』みたいな啖呵《たんか》を切っちゃった手前、黙り込むしかない。

「お近づきになりたいっていう女子は多いけど、君はそうじゃないんだね。まあ、気後《きおく》れしちゃう気持ちもわかるよ。殿下の美貌は威力抜群すぎるから」

「いえ、その、あの……」

威力抜群すぎって深読みしたら、怖いって意味になるだろうし、それって王太子殿下に失礼だよね。不用意に返事するのは避けたほうがいいかな？　狼狽《うろた》えていると、マーガレット部長は、あははと笑ってから、ふと真顔になる。

「意地悪な言い方だったね。ごめん」

「いえ」

「ねぇ、ルーシャ君。人の上に立つ者には孤独がついて回るという。王太子殿下もきっと感じているんだろうね」

同年代の中に混じっているはずなのに、自分だけ誰からも距離を置かれる。そんな姿を想像して胸の奥がぎゅっと痛くなった。完全無欠の王子様でも孤独を感じることはあるんだろうか。

「ま、人はそれぞれ自分の立場ってものを背負ってるわけだし、無関係な我々が心配したって仕方ないことだ。――さ、もうすぐ着くよ。貴族出身の君がいてくれたら、話が弾んで普段は聞けないエピソードも聞けるかもしれない。期待してるよ、新人君！」

「期待されても困ります！」

「まためた謙遜《けんそん》しちゃって！　君がいてくれたら今後も貴族の方々に取材しやすそうだし、インタビュー班に入ってもらおうかな」

名案だと言わんばかりに頷く彼女の顔には、もう一点の陰りもなかった。

マーガレット部長に振り回される一年になる予感がした。違う。振り回される気しかしない。

「わざわざ足を運んでもらってすまない」

ローテーブルを挟んだ向かい側に座るアーネスト殿下は優雅で麗しい。

距離にして二メートルもない大接近に心の準備ができていないので、身を硬くして俯《うつむ》いている。本当はメモを取るふりをして、ガッツリ下を向いてしまいたいけれど、初っぱなからそれをやったら失礼すぎる。

当たり障りのない角度で俯き、視線は上げない。こんな間近で殿下の美貌を見たら眩《まぶ》しすぎて目が潰《つぶ》れるわ。

「いえ、こちらこそ。我々のためにお時間を取っていただき、誠にありがとうございます」

部長の言葉遣いは丁寧だけれど、どこか砕けた響きがある。この気安さは、彼女の物怖《ものお》じしない性格の賜物《たまもの》なのか、それとも同級生同士の気安さか……。

「ところで、君は見ない顔だね？　新入部員かな？」

…………。

まさか話しかけられるとは思っていなかったので思考停止していたら、隣に座る部長が脇腹《わき》を軽くつついてきた。

文字通り、弾《はじ》かれるように顔を上げれば、真正面には麗しいお顔。

それでなくても思考停止していたのに、完全にパニック！

「あっ、は、はい！　あの、つい先ほど入ったばかりで！」

自分でもなにを言ってるのかわからないくらい舞い上がっている。

「先ほど入ったばかり？　なのに取材のお供をおおせつかったのかい？　部長は相変わらず人使いが荒いね？」

そんな冗談を口にして、アーネスト殿下は部長へと視線を戻す。

「そんな人聞きの悪いこと言わないでください、殿下。見どころのある子ほど鍛えたくなるものでしょう？　というのは冗談で」

「へぇ。冗談、ねぇ？　本当かな」

「はい、正真正銘《しょうしんしょうめい》、冗談ですよ。本日のインタビューテーマは『幼い頃の思い出』ですが、貴族社会に詳しい彼女がいてくれれば、よりスムーズに話が進むと思いまして」

貴族社会に詳しい？　誰が！　勝手に話を盛らないでください！　という抗議を視線に込めて「部長！」と短く呼んだのに。彼女はまあまあ落ち着けと言わんばかりに手をヒラヒラさせるだけで、全然取り合ってくれない。

「君の名前を尋ねてもいいだろうか？」

またアーネスト殿下の視線がこちらに向く。

「はい！　ルーシャ……、ルーシャ・リドルと申します」

「――では、君はリドル伯爵の」

「はい。娘です」

父をご存じなのですか？　と喉《のど》まで出かかったけれど、こちらから質問するのも失礼だろうし、万が一、私の存在が彼の中で印象に残ってしまい、ジリアンといる時に声をかけられても困る。うっかりアーネスト殿下ルートが開いてしまったら大変だもの。

「リドル伯爵には我が父もなにかと助けられているようだよ」

「ありがとうございます。勿体《もったい》ないお言葉です」

父に話したら、頬をへらっと緩ませて喜ぶだろうな。今度、電話した時に話そう、と頭の片隅で冷静に考えているけど、頭の大部分はいまだに大混乱中だ。

もちろん視線は合わせられない。顔を上げると言っても殿下の胸元辺りに視線固定で、それより上には上げられない。

私のことなんてどうでもいいので、そろそろ本題に入ってほしい！

「殿下、そろそろ質問をさせていただいてもよろしいでしょうか」

「そうだったね。すっかり忘れていたよ」

祈りが通じたのか、部長が話題を本来の目的に戻してくれた。

「基本的には先日お渡しした資料の通りに進めていきたいのですが、よろしいでしょうか？」

「聞かれて困るような質問は特になかったよ。幼い頃の話なら、ダニエルも同席したほうがいいかな？　私たちはいつも一緒だったからね」

「そういうことでしたら、ぜひダニエル様からもお伺いしたいですね！」

「――ということだから、ダニエル、君も座って」

それまで影のように控えていたダニエル様が、凜々《りり》しい眉をピクリと動かした。王太子殿下の忠実な護衛としては、腰を下ろすのは不本意だが、しかし命令にも背けない。そんなところだろうか。

横に座れとアーネスト殿下に手招かれ、ダニエル様はソファに腰を下ろした。

背が高いので、そうしてソファに座ると少し窮屈そうに見える。

「幼い頃の思い出を……とのことだったけれど、さて、どの話にしようかな？　王宮内でかくれんぼをしていて宰相を驚かせてしまった話か、それとも将軍の部屋に忍び込んで悪戯《いたずら》をしようとしてこっぴどく叱《しか》られた話か、ああ、避暑地のグリーンブライトに離宮があるのは知っているかな？」

「ええ。もちろんです。湖に囲まれた美しい宮殿ですね」

「そのグリーンブライトの離宮で幽霊退治をしようとしたこともある。どの話がいいかな？」

滞りなく進む会話を聞きつつ、『グリーンブライト』のひと言に、心臓がどっきーん！　と跳ねた。

グリーンブライトは貴族たちに人気の避暑地で、こぞって別荘を建てている土地だ。それだけなら特に驚くことはないのだけれど、迷ワル内では夏休みイベントが起きる場所なのだ。全《すべ》ての攻略対象に共通で、夏休み中に誰とのフラグを立てたかでほぼルートが固定される。メインヒーローのアーネスト殿下ルートへの分岐は秋以降にも残されているけれど、だいたいは親密度が足りないので、バッドエンドへまっしぐら。

だから秋以降は、さらにアーネスト殿下とジリアンの接触は避けなければ。

決意を新たにしていると、脇腹に痛くない程度の軽い衝撃が走った。メモ取りがおろそかになっていたことに気づいて、慌てて話に聞き耳を立てる。

どうやら、離宮での幽霊退治の話に決まったようだ。怖い話はちょっと苦手なので、それを顔に出さないように顔の筋肉に力を込めた。

◆
◆
◆

「殿下、お疲れ様でした」

取材が終わるなり、さっさとソファを離れたダニエルが、紅茶を淹《い》れて戻ってきた。

「ありがとう。相変わらず、君が淹れる茶はいい香りがする」

剣の稽古《けいこ》で硬くなった指が、繊細な香りと柔らかな味の茶を生みだすのが不思議だ。

礼を言えばにこりともせずに「恐れ入ります」と完璧な角度で頭を下げる。

「君の分も淹れておいで」

「いえ、私は結構です」

「つれないなぁ。君が淹れないなら、私がやろう」

「殿下！」

ティーカップをソーサーに戻して腰を浮かすと、ダニエルは渋々ながら自分の分を用意して真正面に腰を下ろした。

「何度も申し上げておりますが、この部屋にいる間は臣下として扱ってください」

「いいじゃないか、たまには。ダニエルは生真面目すぎだ」

「本当にたまになら申し上げません。それとも殿下にとって『たまに』というのは、一日、二日おきの頻度なのですか」

眼光鋭くギロリと睨《にら》まれ、あははと笑って誤魔化す。

「まぁまぁ。表向きこの部屋は在学中の王族が、王族としての務めを果たすための執務を行う目的で設けられた部屋だが、実質は休憩所のようなものじゃないか」

王家の者が学園にいれば嫌でも注目の的で、気が休まる暇も場所もない。

だから、せめてもの息抜きの場所として、一部屋、校舎内に専用の部屋が用意されている。寮は個室だが、時間が空くたびいちいち戻るわけにもいかない。

ここなら『どうしても外せない仕事がある』という名目で、煩《わずら》わしい取り巻き連中も追い払える。代々、この学園で学ぶ王族はそうして静かな環境を確保してきたのだ。

「私のことは気にせず、おくつろぎください」

「私ひとりがくつろいでもつまらないんだがね」

この話題はどうせ平行線だ。

少し冷《さ》めてしまった茶に口をつけて、話を終わりにした。

「ところで今年の一年生は面白そうだねぇ」

「はあ。そうでしょうか」

ダニエルの返事は歯切れが悪い。一年には私の弟イアンがいるから、彼にしてみれば、おいそれと同意はできないということか。別に揶揄《やゆ》を込めて面白いと言ったのではないのだが。

「面白いだろう。伯爵家の娘が新聞部に入部とはね。深窓の令嬢は、あの多忙を極める部に耐えられるかな？　それに、今の部長はあのマーガレット・アスクだ。すでに彼女には気に入られているようだし、散々振り回されるんじゃないかな？」

マーガレット・アスクは破天荒な振る舞いで有名な人物だ。だが、あっけらかんとした言動や、表裏のない態度が幸いしてか、人から好かれている。しかも、頭が切れ、面倒見がよく人望も厚いため、今年は寮長も任されている。

「そういう意味では、同情を禁じ得ませんね」

「なにを言う。私は君をそんなに振り回してないだろう？」

「――さてどうでしょうか」

「その含みのある言い方！　酷いな。――まぁ、確かにリドル伯爵の娘には同情するね」

いくら大勢に好かれても、全員に好かれる人物はいない。マーガレットも例外ではなく、一部の女子生徒たちからは蛇蝎《だかつ》のごとく嫌われている。そう。労働などもってのほか、働かないことこそが美しく、校内を飛び回るなどみっともない。しかも人の周りを嗅《か》ぎ回るなど下賤《げせん》極まりないと蔑《さげす》む、気位ばかりが高い貴族の娘たちに。

そのくせ、自分が取材対象になれば、嬉々《きき》としてめかし込み、写真は美しく撮れとうるさく注文をつけて大騒ぎする。矛盾に気付くどころか、自分の振る舞いは全て正しいのだと信じて疑わない連中だ。

自分と同類であるはずの貴族の娘が、平民に混じってバタバタと走り回っているのを見たら、はたしてどう思うだろう？　異質な存在を嘲笑《あざわら》うより、裏切り者に対する反発でもっと酷いことをするはずだ。

彼女は事情を知らずに入部を決めたのか、それとも全て承知の上なのか。

そして三年間続けられるのか、途中で諦めるのか——。

「いずれにしても楽しみだ」

「アーネスト様もお人が悪い」

「心外だな。私は彼女を応援しているからこそ、楽しみだと言っているんだよ？」

正直なところ、ダニエルの指摘は当たっている。応援していると言えば聞こえはいいが、単に面白がっているだけなのだから。

「あの子、今日初めて会ったわけじゃないんだ。入学式でちょっとね」

「入学式で？　あの日はずっとアーネスト様の護衛をしておりましたが、彼女と接触する機会はなかったかと」

「そういうことじゃないんだ」

あの日、私は祝辞を頼まれて登壇し、当たり障りのない祝いを述べた。

人前でなにかを述べることは日常茶飯事で、式典とはいえ緊張のかけらもない。あらかじめ用意された挨拶文を頭に叩き込み、ただそれを喋ればいいだけ。なにかを考えることもない。

約五十名の新入生。彼らはみな緊張した面持ちで壇上をじっと見ていた。

我々三年も、二年前はあのように初々しかったのだろう。学園生活に慣れきり、どことなくだれきった同級生たちの顔を思い浮かべながら、心の中で苦笑いした。

アダマス学園に入学を許されるのは、貴族の子弟と一部の裕福な者たちだけだ。だから生徒数は他の学校に比べて極端に少ない。今年の新入生は比較的人数が多いほうだ。

何の気なしに新入生の顔を見渡せば、その中にひときわ目立つ女子生徒が二人。

ひとりは淡い金の髪に海色の目。ふわふわした砂糖菓子のような少女。もうひとりはストロベリーブロンドに黄緑色の目。明るい色を持っているのに、なぜか秋の愁《うれ》いを思わせる少女だった。

二人とも系統は違うが人目を惹く容貌だ。きっとすぐに男子生徒の注目の的になるだろう。

そんなことを思った矢先、ストロベリーブロンドの少女と目が合った。

だが、彼女は慌てたように視線を逸《そ》らした。視線が絡んだのは一瞬だが、彼女の眼差しに嫌悪とも恐怖ともつかないものが混じっていることに気付いた。

そんな目で見られるのは初めてだ。

——面白い。

そう思ったのだ。

だが、大した興味も湧かず、次の瞬間には彼女の存在など忘れ去っていた。

「それは会ったと言うより見かけたと言ったほうが正しいと思うんですが……」

「ん？　まあ、そうとも言うかな？　さっき会うまで忘れていたが、大変興味深い子だと思ってね」

ダニエルはどう反応していいのか戸惑っているようで、「左様で」と煮え切らない返事をした。

それはそうだろう。面白いと言いながら今の今まで忘れていたと、矛盾することを言ったのだから。


新聞部の取材を受けてから数日はルーシャ・リドルの存在を覚えていたものの、一ヶ月も経てば思い出すことすらなくなっていた。特に接点があるわけでもなく、興味深くはあっても積極的に関わりたいと思うほど心惹かれもしなければ、こんなものだろう。

単調に繰り返される退屈な日々。その日もそんな一日だった。

傍《そば》にはいつも通り高位貴族の子弟たちが集い、なにかと話しかけてくる。そのかしましさには辟易《へきえき》しながらも、長年培ってきた笑顔の仮面は強固で、誰ひとり私の心情に気付く者はいない。ダニエルを除いて。

「そう言えば、わたくしの父、新しい船を購入しましたの」

ひときわ高い声でそう話すのは、バークローア侯爵のひとり娘のイザドラだ。

「まぁ、素敵ですわ！　イザドラ様、どんなお船ですの？」

「我が家の領地には、それは美しい湖がございまして、その湖を遊覧するために作らせたものですの。ほら、景観を損なうような船にはできないでしょう？　意匠にはとても注意を払いましたのよ」

鼻高々で自慢話をするのを曖昧《あいまい》に笑って聞き流したのだが、私が興味を持ったと勘違いしたのか、更に微に入り細に入り新造船の話を始める。

休憩所を兼ねた執務室は例外だが、私がどこにいても現れ、取り囲み、一方的にまくし立てる彼女たちをどう言い表すべきだろう？　めざといと感心すべきなのか、執拗《しつよう》だと気味悪がるべきなのか、それとも熱心だと呆《あき》れればいいのか。

いずれにせよ、邪険にするより適当に受け流しておけば、角が立たなくていい。

貴族社会は狭い。

学園生活を共にした上級二学年、同級、下級二学年の者たちとは、卒業後もなにかと顔を合わせることになる。下手《へた》に敵を作るより、味方にしておいたほうが先々有利だろう。それに学生時代からの顔見知りというのは強力な伝手《つて》にもなる。

それを理解しているからこそ、生徒たちはみな当たり障りなく、穏やかに生活している。

しかし、どこにでも例外となる者たちはいるものだ。

たとえば、勝手に私を取り巻いて、かしましく喚《わめ》くこの生徒たち。彼女たちこそ、まさにその例外の最たるものだろう。

家柄を笠《かさ》に着て、己の美しさを鼻にかけ、傲慢《ごうまん》な態度を傲慢とも思わない。何をしても許される、運命に祝福された特別な人間だと思い込み、それを公言して憚《はばか》らない。

誰かを気に入らないと思えばほんの戯れにいじめ、それを武勇伝のように自慢しさえする愚かで驕《きょう》慢《まん》な女たち。

正直に言えば、鬱陶《うっとう》しかった。

だが、家柄がよく歳《とし》も近い彼女たちの誰かが、いずれ私の妃《きさき》になるのだろう。

邪険にするのは上策ではない。

だから、取り囲むまま放置している。

彼女たちがなにをしようが、誰をいじめようが、どうでもよかった。

いじめられたくなければ、抗えばいいのだ。それすらしないのなら、その者はこの先、今より過酷な貴族社会で生き抜くなど到底無理だ。

なら、今から自分というものを知っておいたって困らないだろう。弱き者は弱いなりに生きる術《すべ》を見つければいい。

それに……。

今は仲のいい振りをして私を取り囲んでいる女たちだが、いずれ王太子妃の座を狙《ねら》って競い合うのだろう。気性が激しく、虚栄心の強いこの女たちなら、互いに殺し合うのもいとわないかもしれないな。

　そう思えば楽しくもあった。

　上の空の私の周りでは、相変わらずイザドラ・バークローアの自慢と、取り巻きのお追従が繰り広げられている。

「素敵なお船ですのね！　話をお伺いするだけでも心が躍ります」

「本当に！　いつかこの目で拝見したいわ」

「ありがとう、ドロシア様、ヘレン様。いつか遊びに来てくださいましね。絶対に約束ですわよ！」

　イザドラの家は爵位こそ高いものの、国政にはさほど携わっていない。当主がイザドラの祖父から父へと代替わりして以来、あまり評判はよくない。現当主は金遣いの荒さと経営手腕のなさで財産を食い潰していると聞くし、その財産もそろそろ底をつきそうだという噂《うわさ》も聞いている。豪華な船を新調する資金を一体どこから捻出《ねんしゅつ》したのか。

　――調査を入れるよう、父に進言しておくべきか？

　そんなことを私が考えているとは露ほども思っていないのだろう。イザドラは「アーネスト殿下」と無邪気に呼びかけてくる。

　偶然を装って身体を密着させてくるイザドラをさりげなくかわし、返事の代わりに笑顔を向ける。

「いつか、殿下もお越しくださいませね。とても美しいところですから、きっとお気に召していただけますわ」

下手に返事をすると肯定と捉《とら》えられるから厄介だ。曖昧に微笑《ほほえ》むだけにとどめる。

「アーネスト殿下。今年の夏はどうなさいますの？　よろしければ、我が家にお越しいただけ……」

「申し訳ないが、夏は忙しくてね。バークローア侯爵領まで行く時間は取れない」

「まぁ。それでしたら、秋口はいかがでしょう？　新学期が近づいて少々気ぜわしいかもしれませんが、夏とは違った趣《おもむき》がございますので」

なんだ？　今日はやけに喰《く》い下がってくる。

おおかた、父親にでも、王太子を領地に誘えと言われたのだろう。新しい船とやらを自慢したいのか、それとも王太子を迎えるために船の新調が必要だったとでも言い訳するつもりか。

「ぜひご検討いただけ……」

「あいにくだが、秋口も無理だ。長期休みの間は忙しいと言い換えよう」

なんにせよ、利用されるのはごめんだ。だから強引だとは思ったが、イザドラの声を遮り、誤解の余地がないようにはっきりと断った。

「ま……まあ、そうですの……残念ですわ。では、また今度」

「最近は次々と大切な用事が舞い込むのでね。約束はできないが」

有り体《てい》に言えば、君の誘いよりも突発で舞い込んでくる用事が大事だということだ。

微妙な言い回しの意味に気付いたのだろう、イザドラの顔から笑みが消える。

しかし、すぐ笑顔に戻った。

この気の強さとしたたかさを別の方向に発揮すれば、父親に代わって財政を立て直すのも難しくないかもしれないのに。勿体ないことだ。

今日はいつも以上に煩わしく感じる。さっさと寮に戻ってしまうか……。

中庭に面した窓から花の香りを乗せた風が吹き込んでくる。風につられて外に目をやれば、中庭の花々は春の終わりと夏の予感を含んで咲き誇っている。

その花々の向こう側に、見覚えのある女子生徒の姿があった。

ストロベリーブロンドの髪を揺らし、プリントとファイルらしきものを抱えている。

よほど急いでいるのか、甘そうな色をした髪が乱れるのも気にならない様子で、外廊下を小走りしている。途中、出くわした教師に叱られ、申し訳なさそうにぺこりと頭を下げた後、今度は早足に切り替えてどこかへ向かっている。

あの先にあるのは……新聞部の部室か。

そうか、あの子はまだ新聞部員を続けているのか。

「あら、急にどうなさいましたの？」

突然足を止め、忍び笑いを漏らした私に、イザドラが不審そうに尋ねてくる。

「いや、なんでもない」

答えながらも視線は新聞部の彼女を追っている。

イザドラを始め、周りにいた者たちは私の視線を辿り、その先に誰がいるのかに気付いたらしい。

「あの子。新聞部に入った一年生ね。名前は確か……」

「ルーシャ・リドル様よ」

イザドラの言葉を、腰巾着《こしぎんちゃく》のドロシアが引き取った。

「――リドル伯爵の娘だな。元気そうでなによりだ」

ぼそりと呟《つぶや》くと、取り巻きたちがピタリと静まり返った。

人のことには無関心な私が、珍しく興味を持ったのが面白くなかったのだろう。イザドラが不機嫌そうに眉をひそめた。

私を取り巻く女性たちの中心人物はイザドラで、彼女が不愉快そうにしていると取り巻き連中の間には緊張が走るのだ。それに加えて、今日は彼女の腹心であるドロシアとヘレンも芳《かんば》しくない雰囲気を醸し出している。場の雰囲気は険悪と言って差し支えない。

イザドラたち三人は表面上は仲良さそうにしつつ、腹の底ではお互い牽制《けんせい》し合っているのだが、共通の敵を見つけると、とたんに妙な連携を見せるのだ。

ルーシャという少女には悪いことをしたかな、とは思ったが、自分が助けようとは思わなかった。

リドル伯爵家は同じ爵位の中でも中堅の家柄だ。実直な性格の者が多く、王宮に仕官しているものも多いが野心家は少ない。そこを買って、父はなにかとリドル家の者を可愛がっているが、だからといって王宮内で幅をきかせることもない。しかも噂では、領地内でもよい領主だと評判らしい。

そんな人物の娘を攻撃するのは得策ではない。

貴族の子弟であれば、そのくらい簡単に気付くはずだ。よほどの馬鹿でもなければ、彼女に危害は加えないだろう。次、イザドラたちと顔を合わせた際に、多少嫌みを言われるくらいはあるかもしれないが。

「リドル伯爵と言えば、謹厳実直《きんげんじっちょく》で知られた方でしたわね。さすがだわ、お嬢様もしっかりしていらっしゃりそうね」

「そうですわね。新聞部って、大変そうよね。いろいろなところを飛び回って新聞にお載せになる記事の種を探して……。いつもお忙しそうよね。私には真似《まね》できないわ」

「ええ。実業家のご子息やご令嬢も多く集まってらっしゃると聞くわ。さぞかし活気に溢《あふ》れた部なのでしょうね」

直訳すれば、華のない娘だ、身なりに構わない無頓着《むとんじゃく》な娘で、人の噂話を嗅ぎ回って下世話だ、爵位も持っていないような輩《やから》と混じって下品だ、という意味だろう。

よくもまぁ、ここまで綺麗《きれい》に包み隠して人を蔑めるものだと呆れる。

私の薄笑いをどうとったのか、彼女たちは延々とルーシャと新聞部の悪口を言い始める。醜くて卑しいのはお前たちのほうだろう？　と、うっかり言ってしまいそうになったが、どうにか堪《こら》える。

その代わり、多少の嫌みを言うくらいは許されるだろう。

「なるほど、君たちは新聞部の存在意義に疑問を持っているようだね。次の号には私のインタビュー記事も載る予定なのだが、読んでもらえないとは残念だ」

新聞部をけなすと言うのなら、ひいては取材を受けた私をもおとしめる意味合いを含んでいるのだぞ、と言外に匂わせてみる。

するとみな、顔を青ざめさせ、今度は口々に言い訳を始める。

ひと言チクリと言われただけで慌てるぐらいなら、初めから言動を慎めばいいのに、なぜそのことがわからないのか――。

呆れた私は、彼女たちに別れを告げ、早々に男子寮へ戻ることにした。

「殿下、先ほどのような嫌みはどうかほどほどにしてください」

寮の個室に戻ったとたん、ダニエルが苦り切った顔で口を開いた。

「なんのことだ？」

とぼけると、ダニエルがじとっとした目でこちらを見た。

「本当に覚えておられないのですか？」

「いや、どの話かと思ってね。イザドラの誘いを断ったことか？　それとも延々と続く悪口に嫌気がさして嫌みを言ったことか？」

「両方です。傍で聞いてて冷や汗をかきました。彼女たちはいずれも高位貴族のご令嬢たちです。下手に関係がこじれてはこの先が思いやられます」

「そう言うな。結局こじれも、変わりもしなかったんだからいいだろう？　個人的にはなにか変化があったほうが面白かったんだけれどね」

冗談めかしているが、ほぼ本気だ。

ダニエルもそれに気付いているのだろう。やめてくれと言わんばかりに天を仰ぐ。

「殿下……」

「わかっているから、言わなくていい」

ちょうど軽口に一段落がついたところ控えめなノックが響いた。

校舎にいる時とは違い、寮であればイザドラたちであるはずがない。気楽に「どうぞ」と声をかければ、ダニエルがすかさずドアを開けた。

「イアン！　君がここに来るなんて珍しいね」

「うん。部屋が近いから、いつでも行けると思うと、後回しになっちゃうよね。――へえ……。兄上の部屋ってこういうふうになってるんだ」

イアンも同じ階の個室を与えられているはずだ。室内の造りはそう変わらないと思うのだが、彼は物珍しそうにきょろきょろと周りを見回している。

「なにか珍しいかい？」

「うん。間取りは同じなのに、雰囲気が全然違うなって」

「君のことだから、居間をアトリエにでもしてるんじゃないか？」

王宮の私室がそうだったように。

笑いながら問えば、イアンは肩を竦《すく》め、否定も肯定もしない。どうやら図星のようだ。

「さて。今日はどうしたんだい？　部屋を見に来たわけじゃないだろう」

語尾は疑問形だが、疑問ではなく確信している。

だが、なにを迷うのか、椅子に腰を下ろしたイアンは、膝《ひざ》の上で手を組み、そこに体重をかけるように前屈《かが》みで俯いたままだ。

「イアン様、失礼いたします。どうぞ」

「ああ、ありがとう」

ひとくち飲んで気持ちがほぐれたのか、イアンはようやく顔を上げる。

「兄上」

言ったきり、またしても黙り込む。

ただ横を向き、窓の外を眺めるだけだ。肩の下まで伸ばした長い髪が、開け放した窓から入った風に揺らされるまま。

母によく似た繊細な面立ちは中性的とも言えるが、しかし、入学してから少し線が太くなってきた気がする。

少年から青年へ変貌《へんぼう》する時期だからか、それとも他になにか理由があるのか。

「学校生活には慣れたかい？」

言いにくい話題なら、口にする決意が生まれるまで他の話をすればいい。

「うん。まぁね」

イアンはゆっくりとした仕草で視線を私へと移す。

「美術部に入ったんだろう？　絵のほうは？」

「まぁまぁ上手くやってる」

子どもの頃から画家になりたいと言って憚らないイアンだが、世の中には下手の横好きという言葉がある。

変名でコンクールに応募していたりするのだが、いまだに一度も入選していないのだから、そろそろ諦めて私の補佐となる未来を考えて欲しいものだ。

本人は認めないが、彼の人心操作の上手さには私も一目置いている。ああも簡単に人の警戒心を解けるのは才能としか言い様がない。イアンが外交を担当してくれるとありがたいのだが。

「兄上、ジリアン・セルウィンっていう一年生、知ってる？」

「ジリアン？　名前からするとセルウィン伯爵の娘か？」

「そうそう。淡い金髪に青い目をした、優しそうな感じの可愛い子。ルーシャ・リドルっていう、ちょっと珍しい髪色をした子とよく一緒にいるんだけど」

「ルーシャ・リドル？」

名前を聞いて、脳裏に蘇《よみがえ》ったのは入学式の光景だ。薄暗い客席。慌てて目を逸らすルーシャ・リドルの不自然な仕草。その隣に座っていたのが淡い金髪の女子生徒ではなかったか？

「まだ一年生の顔と名前を全部覚えているわけではないけれど、たぶんあの子だろうなというのは見当がつくよ。よく図書館にいるだろう？」

図書館は私も時々足を運ぶ。その際、何度か見かけた気がする。一心不乱《いっしんふらん》に活字を追い、時おり顔を上げてはうっとりと目を細め、しばらくするとまた本に没頭する。よっぽど本が好きなのだろうと心の隅に引っかかったのだ。

「うん。たぶん、その子で間違いない」

頭に浮かんだ女子生徒の特徴を口にしただけなのに、なぜかイアンはむっとした顔になる。

一体どうしたんだ？　自分から知っているかと聞いてきたくせに。

「そのジリアン・セルウィンがどうした？」

「僕のだから」

「――は？」

我ながら間抜けな声が出た。

護衛らしく、扉の前で直立不動《ちょくりつふどう》の姿勢を取っているダニエルからも、ガタン！　と大きな音がした。おそらくドアノブに腕でもぶつけたのだろう。驚いたのは私だけではないようだ。

「……それは、君がジリアンと恋人同士で、もしかしたら一線も越えた仲だとそういうことか？」

となれば一大事だ。もし子どもができたとなれば、その子どもは王位継承権を持つ。

密《ひそ》かにイアンの結婚相手に娘、もしくは身内の娘を……と暗躍している貴族たちが黙っていないだろう。

そうなればここでは身の安全が保証できない。彼女には休学のうえ、極秘に出産してもらうか？

いや、そんな日陰者のような扱いは第二王子の花嫁には相応《ふさわ》しくない。とすれば、一刻も早く大々的に婚約を公表せねば。今から根回ししたとして、最速なら来週には何とかできるだろうか？　妊娠の報告との間隔はなるべく広く空けておきたい――と、一瞬でめまぐるしく考える。

「ち、違う！　そうじゃなくて！　僕はジリアンが好きなんだけど、その……恋人同士とかまだそういうことにはなってなくて」

イアンは私の質問を真っ赤になって打ち消した。

浮き草か春の風のように飄々《ひょうひょう》とした弟でも、こんな顔をするのかと思うと、自然と頬が緩んでしまう。

「でも、今から自分のものだと宣言するのだから、落とす自信はあるんだな」

自然と緩んでしまう頬をそのままに、からかい混じりに念を押す。

「なんなの、兄上。そんなにニヤニヤしなくたっていいじゃないか。意地悪だなあ」

今度はむっと唇を尖《とが》らせた。

幼子のようにくるくると表情を変えるイアンの様子が、なんとも微笑ましい。

恋というものはだいぶ人を変えるようだ。おかしさがこみ上げてくるが、爆笑などしようものならイアンは椅子《いす》を蹴立てて帰ってしまうだろう。

「他のどんな男にも負けない自信はあるけれど、兄上にだけは敵《かな》わない。もし兄上がジリアンを好きになったら勝てないから。だから、好きにならないでと牽制に来ただけ」

「これはまた……すごいことを言い出したね。可愛い弟に『敵わない』なんて褒められてしまったら、兄としては嬉しくて舞い上がってしまうよ」

頬杖《ほおづえ》をつきながら笑って受け流すが、その態度が逆にイアンの不安を煽《あお》ったのか、テーブルに手をついて身を乗り出してきた。

「からかわないで。僕は本気だよ。彼女が欲しい。彼女しか要《い》らない。彼女が傍にいてくれるなら、他のことはどうでもいい」

まくし立てるイアンの目には狂気に似た熱が宿っている。

「彼女とともに生きられるなら僕はなんでもする。画家になる夢だって捨てる。売れない画家のお嫁さんなんて彼女が苦労するだけだ。絵は趣味の範囲にとどめる。彼女には何の苦労もなく、安全で、優しい場所にいてもらいたい。そのためなら僕は」

「待て、イアン。本当に画家になる夢を捨てると言うのか？」

「うん」

あんなに固執していた夢を、こんなに簡単に諦めるのか？　にわかには信じられず、穴が開くほどイアンを見つめるが、彼の目に迷いはない。

「それで、本当にいいのか？」

「もちろん！　あのね、僕はもう彼女の絵しか描きたくないし、描いた絵を人目に晒すのも嫌なんだ。僕が見て、僕が思って、僕が描いた彼女の絵、それは僕だけの物であるべきなんだ」

どういう理屈かはさっぱり理解できないが、それでもイアンが本気なのは知れた。

見知った弟がまるで別人に見える。

狂気に似た熱が宿っているのではない。これは熱を持った狂気が宿っているのだ。

ぞくり、と体が震えた。

面白い。

弟をこんなふうに変える恋愛というものに初めて興味が湧《わ》いた。

「で、君はなにを望むのかな？　私を牽制しに来ただけではないだろう？」

「力を貸して」

兄の贔屓目《ひいき》ではなくイアンは優秀だ。

ひとりで処理しきれないほどの難問が待ち受けているのか、それとも王子二人の威光を利用してでもねじ伏せたいものがあるのか。

私は組んだ手の上に顎を乗せて身を乗り出した。

「見返りは？」

「僕」

「いいだろう」

イアンは、自分が補佐として、私に望まれていることを知っている。

その上で見返りは自分だと言うのだ。

未来を私に売り渡してでも、ただひとりの女が欲しいと。

本当に、なんて、面白いんだ。

決して自分にはわからない感情だが、弟のように狂気を孕《はら》んで生きる人間は大好きだ。

歪《ゆが》んでいる？

そうかもしれない。

でも、だから、なんだと言うのだ。俺《おれ》は自分が生まれながら課せられた責務を充分に果たしている。

これまでも、そしてこれからも。

だから多少歪んでいたって、許されないわけがない。

【第二章】 胸騒ぎの初夏

新聞部に入った私は、忙しい日々を送っている。

でもそれは同時に、充実した日々を過ごしているとも言える。

放課後はあちこち飛び回ったり、インクで真っ黒になったり、部長に叱責《しっせき》されたり、振り回されたりで、立ち止まって悩む暇なんてない。

落ち込むようなことが起きると、部員の誰《だれ》かが慰めてくれたり、気分転換に連れ出してくれたり、本当にいい人たちばかりだ。

日が経《た》つにつれ、新聞部が一部の高位貴族出身の生徒から嫌われていると、身をもって感じたし、貴族の娘がなぜ平民に混じって……と聞こえよがしの嫌みを言われたのも、一度や二度じゃない。

けれど、新聞部の活動は楽しいし、情報収集は（もしかしたら）命綱だし、そんな悪口を気にかけるわけないでしょ。

馬鹿馬鹿《ばかばか》しいと鼻で笑っているうち陰口は徐々に減り、ルーシャ・リドルはちょっと変わった生徒――という認識に落ち着いていった。

私と仲のよいジリアンには『ルーシャと関わるとあなたのためにならない』というとても親切なご

注進が何度かあったようだ。彼女はそんなこと私には言わないけれど、こういうことはそれとなく感じてしまうものだ。彼女が黙っているのなら、私も黙っていよう。そう決めていたのに……。

今日はよりによって立ち聞きしてしまった。忘れ物を取りに戻った放課後の教室で。

教室のドアを開けようとした時、ドアにはまったガラスから中の様子が見えた。

ジリアンが複数の生徒に取り囲まれていて、彼女にしては珍しく口を真一文字に引き結び、眉《まゆ》を吊《つ》り上げていた。

もしかして、いじめられているんじゃないかと慌てて引き戸に手をかけた矢先。少しだけ開いたドアの隙間《すきま》から、ジリアンの硬い声が流れてきた。

「ご親切にどうも。でも、あなたがたの言うことは承知できないわ。ルーシャとは幼馴染《おさななじ》みでとても長い付き合いなの。彼女のことはよく知っているわ。だから、あなたがたの言うことは根も葉もない噂《うわさ》だとわかっているの。それより、あなたたちどういうつもりなのかしら。親切心のつもり？　よく知りもしない人のことを、さも知ったような口ぶりで悪く言うことこそ、下世話ではなくって？」

ジリアンの口から、厳しい言葉が弾丸のように飛び出る。

いつも穏やかで、どこか夢見心地のクラスメートから、そんなふうに糾弾されるとは思っていなかったらしい女子たちは、ぽかんと口を開けて呆《ほう》けている。

そろそろ潮時かな、と思った私は、さも今来た風を装って思い切りドアを開けた。

「あっ、ごめんなさい。お取り込み中だった？　忘れ物を取りに来たんだけれど、入っても構わない？」

「え……？　ええ、どうぞ。こちらこそ気を使わせてしまってごめんなさいね」

ジリアンを取り巻いていたうちのひとりが、ばつが悪そうに視線を逸《そ》らす。

それには気付かないふりをして、忘れ物の教科書を探し出す。

「あ、あったわ！　これがないと明日の予習ができないから」

そう言いつつ、みんなに見えるように教科書をヒラヒラと振る。

「そうよね、あの先生、予習をしている前提で授業をなさるから、忘れたら大変よね」

「ちゃんと鞄《かばん》に入れたか、私も確認しようかしら……」

ジリアンを囲んでいた彼女たちはパラパラと散って帰り支度を始める。

「ねえ、ルーシャ。今日はもう部活はいいの？」

「うん。今日は部室にいても特にすることもないから……」

「そう。じゃあ、カフェテリアに行かない？　夏季限定のスイーツ、まだ食べてないの。ルーシャはもう食べた？」

「ううん。まだ。じゃあ、少し寄っていきましょ！」

私たちの会話に、周囲が聞き耳を立てているようだ。きっと、ジリアンが私に今しがたのことを告げ口するんじゃないかと気が気ではないのだろう。

そのくらいでビクビクするなら陰口なんて言わなきゃいいのにと思うけれど、ちょっと気の毒でもある。

彼女たちはダンス部の部員だ。ダンス部には高位貴族の子女が多く入っていて、部活というよりサロンのような雰囲気なのだ。しかもダンス部の部長はイザドラという侯爵令嬢で、うちのマーガレット部長をとても嫌っている。

そんな間柄なので、きっと彼女たちは部活で新聞部やマーガレット部長、ひいては私の悪口を耳にしているのだろう。ジリアンを心配して忠告したのか、それともなにがしかの悪意をもって私を孤立させたかったのかは知らないけれど、周囲の意見に流されているだけだというのはなんとなく察しがつく。

私だって、前世の記憶が蘇《よみがえ》らなかったら、彼女たちのようにただ流されるまま、周りの言う『貴族の子女らしく』を鵜呑《うの》みにしていただろう。

そう思うと、怒りも湧《わ》かない。

「じゃあ、もう行きましょう、ジリアン。――皆様、お先に失礼します」

ジリアンを促し、彼女たちにそう挨拶《あいさつ》して教室を出た。

しばらく無言で歩いていたけれど、校舎を出て、声が周囲に響かないことを確認してから、ジリアンに話しかけた。

「さっきはありがとう。庇《かば》ってくれて嬉《うれ》しかった」

「あら。聞いてたの？　恥ずかしい！　別にあなたを庇ったわけではないわ。私自身があの方たちの言うことを許せないと思ったから、正直な気持ちを言っただけよ」

私に負担をかけないようにそう言ってくれているんだろう。心遣いが嬉しい。

再び『ありがとう』と口にしかけて呑《の》み込んだ。何度も言うのは違う。

困った時はお互い様、助けられたことは負い目に感じないこと。それが私たちの暗黙の了解なのだ。

校舎とカフェテリアはそれほど離れていないのに、エヴァン先生と遭遇して立ち話をし（今年は授業を担当してもらってないし、文芸部の顧問でもないのに、なぜジリアンと顔見知りなのだ！）、そのあと二年生のランドル様と行き会って立ち話をし（放課後は、彼が勝手にアトリエと決めた空き教室にこもって作曲してるはずなのに、なぜ歩き回ってるの！）、カフェテリアに着いたら着いたで、今度はマスター（理事長）がジリアンに親しげに話しかけ、この前の礼だと言ってスイーツの上に載せるチェリーを増量してくれる始末。

ジリアンはゲームのヒロインポジションだから攻略対象と知り合いになりやすいのだろうか。

ここまでゲームと同じイベントが起こってないから油断していたけれど、少し気をつけたほうがいいかもしれない。

ジリアンがイアン殿下を憎からず思っているのは、例のペンをことあるごとに見つめていることから も窺《うかが》えるのだけれど……。他《ほか》の攻略対象が強引に迫ったら流されちゃうかもしれない。ジリアンが誰を好きになってもゲームと同じ結末を迎えないよう努力しつつ応援するつもりではあるけれど、とりあえず安心安全な個別ルートを持つイアン殿下には、もっとしっかりジリアンにアプローチしてほしい！　いや、イアン殿下がジリアンをどう思ってるか知らないんだけど。

「ねぇ、理事……じゃなくてお兄さん、この前のお礼って言ってたけど、何かあったの？」

テラスの一番端の席に座るなり尋ねれば、ジリアンはトレイの上のスイーツを指差した。

「この前、文芸部のみんなでお邪魔した時にね、夏季限定スイーツのポスターデザインをどれにしようか悩んでいらしたの。それでみんなで意見を出し合って、それを参考にしてあのポスターに決定したようよ」

「そっか。そんなことがあったの。ジリアンのお陰で私まで得しちゃったわ！　チェリー大好きなの。嬉しい」

「ルーシャは昔から好きよね」

頬杖《ほおづえ》をついてフフッと笑うジリアンは、同性の私の目から見ても可愛《かわい》い。ほんと、贔屓《ひいき》目なしで！

こんないい子なのに。もし迷ワルと同じ未来が待ち受けているのなら神様は意地悪だ！　どうか、この世界とゲームの酷似は名称や人物の容姿だけであり、未来は全然違うものでありますように。

「アイスが溶けちゃったら勿体《もったい》ないし、とりあえず食べちゃいましょ！」

ジリアンに見蕩《みと》れたことを誤魔化すように元気よくスプーンを手に取る。

私たちは「美味《おい》しい！」を繰り返しつつ、あっと言う間に完食してしまった。

ちょっと量が多いかも？　と思っていたけれど、美味しいし、さっぱりしてるし、食べ終わってみればちょうどいい量で、満足度が高い。

お喋《しゃべ》りをするでもなく、私たちはそれぞれぼんやりと辺りの様子を眺めていた。

放課後のカフェテリアはそこそこ混雑しているけれど、満席で座れないわけでもない。

いい感じに活気があって、静かでもない代わりにうるさくもない。

つまりとても落ち着ける環境だった。

もうすぐ夏が来るんだろうと予感させる空の色。ついこの間まで若葉だった木々の葉は、濃緑に変わっている。暖かいというには少し高い気温にしっとりと汗ばんだ肌を、時おり吹き抜ける微風が冷やす。スイーツと一緒に注文したアイスコーヒーの氷は、もうほとんど溶けてしまっている。

もうすぐ夏だなぁ。今年の夏の予定を聞こうか？　と思った矢先、ジリアンがなにかを決意したような顔で私を見た。

「ねえ、聞いてルーシャ！」

「えっ、な、なに？　どうしたの？」

見たこともないくらい真剣な眼差《まなざ》しに、なにか悪いことが起きたんじゃないかとドキドキする。

「あのね、あのね、私……」

だんだんジリアンの声が小さくなっていく。

それとともに、彼女の頬《ほお》が真っ赤になり、次第に耳まで赤くなっていく。

あれ？　これは悪い知らせではないのかな？　もしかして、イアン殿下となにか進展があった？

「話す踏ん切りがつかないなら、勇気が出るまで待つから焦らないで。ゆっくりでいいわよ。今日は時間がたっぷりあるんだし。ね？」

もじもじと下を向きながらも、彼女はわかったと言うように頷《うなず》く。

じっと見つめたら急《せ》かしているみたいで可哀想《かわいそう》だから、私は道を行く人たちを眺め、少し温くなってしまったコーヒーを飲む。

「あのね！　イアン殿下に告白されたの」

ジリアンが口を開くまで、もう少し時間がかかると油断していたせいで思いっきりむせた。

「や、やだ、ルーシャ、大丈夫!?」

「ゲホッ……だ、だいじょ……ゴホッ……だから……っ、続けて？」

「本当に大丈夫なの!?　顔が真っ赤よ？　喉《のど》は痛くない？　ええっと……こういう時はどうしたらいいのかしら……？」

「大丈夫……大丈夫よ。……ほら治った」

咳《せき》払いを何度か繰り返せば、咳も止まって落ち着いた。ちょっと喉がヒリヒリするけど。

「さあ、続けて！」

身を乗り出して尋ねれば、ジリアンは私の勢いに驚いたように身を仰け反らせた。

けれど、大きな声では話せないことだから、彼女もテーブルに肘《ひじ》をついて身を乗り出してきた。

「続けてと言われても……、それだけだもの」

「なにが『それだけ』よ！　詳しく話して！　いつ言われたの、なんて言われたの、そしてジリアンはどう答えたの!?」

聞きたいことはいっぱいあるのよ。『告白されたの』のひと言で終わられてたまるか！

「えっ、そんなに一気に聞かれても……。昨日、文芸部の集まりが終わって廊下を歩いていたら、ちょうど美術室から出てきたイアン殿下と会ったの。それで、途中まで送ってくださることになって」

「ちょっと待って。いつの間にそんなに親しくなったの？」

「親しいなんて畏《おそ》れ多いわ！　放課後、時々ばったりお会いすることがあって、そういう時にお喋りをしたり、一緒に下校したりするだけよ」

それを親しいと言うのではなかろうか？　と突っ込みたくなる心をどうにか宥《なだ》めて、冷静に質問を試みる。

「時々って、どのくらいの頻度？　最近は毎日だとか？」

「あら。そう言えばそうね。ここのところ毎日お会いしていた気がするわ」

「もしかして、今日もイアン殿下と帰る予定……？」

どうしよう。私、イアン殿下に恨まれたりしないかな!?　今日は二人の放課後デートを邪魔しちゃってるじゃない？

「ううん。約束なんてしていないわ。昨日、告白していただいた時に『返事をするまで少し時間をください』ってお願いしたもの。お返事を差し上げるまで、そっとしておいてくださるわ」

「お返事、まだなの？　ジリアンもイアン殿下のこと好きでしょう？　なにか気がかりなことでもあるの？」

「やだっ！　なんでそんなこと知ってるの」

「気付かないわけないでしょう！　イアン殿下が拾ってくださったペン、事あるごとに眺めてはため息をついてたじゃない」

　驚いたことに、ジリアンは自分の行動に気付いてなかったらしい。目を丸くして「本当にそんなことしてた？」と聞いてくる。

「本当に、本当。でも、私以外に気付いた人はいないと思うわ。それで、ジリアンはどうするつもりなの？」

「イアン殿下のことは好きよ。会うたびにその気持ちが大きくなって、もう自分でも止められないの。でも、いざ付き合ってほしいと言われたら、とても怖くなってしまって……」

「それは、どうして？　イアン殿下もジリアンも、お互い好きなんでしょう？　なら自分の気持ちに素直になればいいんじゃない？」

「でも……、身分が違うわ。私なんかじゃ、イアン殿下のご迷惑にしかならないわ」

　ジリアンは唇を噛《か》んで俯《うつむ》く。

　確かに彼女の言うことには一理ある。王子の妃《きさき》となるのは他国の王女や王妹が最《もっと》も多く、国内から選ばれる場合は侯爵以上の家柄の令嬢が多い。歴史を紐《ひも》解けば、伯爵家からも嫁いでいるがごく少数なのだ。

「イアン殿下だって、そういうことは重々承知だと思うわ。それでも、あなたがいいっておっしゃってるのよ。ねえ、ジリアン。自分の気持ちに嘘《うそ》をついたら、絶対あとで悔やむわ。尻込《しりご》みして後悔するより、思い切って行動して後悔したほうが、ずっと幸せだと思う」

「私……素直になっていいのかしら？」

「私はそのほうがいいと思うわ。世間体でなにかを諦《あきら》めるなんてジリアンらしくないもの。素直な気持ちを打ち明けて、それからどうするかは、イアン殿下と二人で決めたらどうかしら」

私自身は前世も今も恋愛経験がないので、こんなアドバイスでいいのかどうか不安だけれど、私の言葉はジリアンの心の琴線《きんせん》に触れたようで、落ち込んでいた彼女の顔が見る間に明るくなっていく。

「そう、ね。私、素直になってみる！　ありがとう、ルーシャ」

「どういたしまして。ジリアンが幸せなら私も嬉しい！　応援するね。――あ、ないとは思うけど、もしイアン殿下に泣かされたら、私に相談してね？」

これまで収集した情報によれば、イアン殿下に悪い噂はない。唯一それっぽい評価なのは、彼の絵はとても前衛的（婉曲《えんきょく》表現）だということくらいだ。

だから、不誠実だったり意地悪だったりはしないと思うけれど、やっぱり親友の初恋の行方《ゆくえ》は心配だ。引き続き情報収集にいそしむことにしよう。

「ありがとう、ルーシャ、大好きよ！」

「そういうことは、イアン殿下に言ってきなさい」

嬉しさ半分、照れ半分で茶化す。ジリアンは私の軽口を真に受けたのか、思案するような顔で遠くを見て「そうね……」と独《ひと》り言のように呟《つぶや》いた。

「そうね。そうだわ。ルーシャの言う通りよね。まずはきちんとお返事をしなきゃ！　ねえ、イアン殿下はまだ美術室にいらっしゃるかしら？」

「今日は美術部の活動日だから、きっといらっしゃるんじゃないかしら？　美術関連の書籍を読むのもお好きなようで図書館にいらっしゃることも多いと聞くけど」

「じゃあ、美術室にいらっしゃらなかったら、図書館を見てみるわ！　お目にかかれなかったら明日改めて頑張る」

ジリアンはグッと拳《こぶし》を握って立ち上がる。全身からみなぎる活力に、ちょっと気圧《けお》された。

「ひとりで大丈夫？　私もついていこうか？」

「大丈夫！　ひとりでやれるわ。いいえ、やらなければいけないのよ。イアン殿下もおひとりで私に告げてくださったのですもの。私も、私ひとりでお返事しなきゃ」

妙なところで義理堅いな。

「わかった。頑張って！　あっ、ここの片付けは私がしておくから、ジリアンはもう行って！」

せっかく勇気が出たんだから、殿下が寮に戻ってしまう前に捕まえないと！

「ありがとう！　じゃあ、行ってくるわね！」

ジリアンはテラスからそのまま遊歩道に下りると、何度か振り返ってブンブン手を振り、そのあと走り去った。

ジリアンは運動苦手と言うけれど、あのスピードで走れるなら運動苦手とは言えないと思うなぁ。

なんてことを頭の片隅で思いつつ、頬杖をついてジリアンの消えた方向を眺める。

どうか、ジリアンの初恋が、最高のハッピーエンドを迎えますように。


カフェテリアをあとにした私は、ひとり中庭のベンチでぼんやりしていた。

急いで寮に帰る必要もない――いや、予習しなきゃいけないから、早く帰る意味はあるけど――。

それにやっぱり、ジリアンのことが気がかりで。寮の部屋でジリジリするより、外にいたほうが気が紛れる。

遠くからは運動部のものだろうかけ声が聞こえ、見るともなしに眺めている噴水は傾き始めた陽光に煌《きら》めきながら虹《にじ》を作っている。

ああ……、平和な光景だ。

でも、この校舎のどこかでジリアンは今、戦っているのだ。

そう思うと、落ち着かないよーっ！

「どうしようかな。部室に顔出そうかな」

明日が最新号の発行日なので、今日は制作お疲れ様的な休みなのだ。

でも、マーガレット部長は部室にいそうだ。からかわれるのには閉口するけど、面白い話もたくさんしてくださるので、お喋りをしに行くのは楽しそう。

腰を浮かしかけた瞬間。どこかの窓が開く音がした。気に留めるようなことでもないので、音のした方向を見ることもなく立ち上がる。

その矢先、マーガレット部長の鋭い声が飛んできた。

「ルーシャ君！　そこを動くなっ！」

驚いて声のしたほうを振り向けば、部長が必死の形相で一階の窓から身を乗り出している。

「えっ？　ええ!?　部長!?　な、なに？　なんですかっ！」

動くなって言うけど、もしや上からなにか落ちてくるの？　と上を向いたものの何もなく。じゃあ、どこかから何かやってくるのかと周りを見ても何もない。部長の大声に驚いた人たちが、何事かとこっちを見ているだけだ。

「部長、なにもありませんよ……うわっ!?」

窓の向こうにいたはずの部長が、なぜか私の腕をがっしりと掴《つか》んでいる。

「捕まえた！　もう逃がさないよ。フフフ……。さぁ行こう、ルーシャ君」

「人聞きの悪いことをおっしゃらないでください、部長！　今日は部活休みですよね？」

捕まえただの、逃がさないだの、まるで私が脱走でもしたみたいじゃない。

「緊急事態なんだ、新人君。ちょっと手伝ってくれ！」

もしかして悪いことでも起こった!?　まさか印刷ミスが発覚した？　それとも部室に保管していた最新号が汚れたとか破れたとか燃えたとか？　もしそうだったら犯人捕まえて締め上げないと！　女子ばっかりの部活だと思って舐《な》めるなよ……。

　私の腕を引っ張る部長の手を、ガッと掴み返して尋ねた。

「緊急事態？　なんですか、それ？」

「いたた！　ルーシャ君、落ち着いてくれ！　君、意外と怪力だなぁ。事情はあとで説明する！　とにかく今は急いでくれ！　ほら、キリキリ足を動かして！」

　バタバタしながら辿《たど》り着いた部室では、私と同じように捕獲されたらしき部員たちが右往左往《うおうさおう》していた。

「あれ？　最新号、刷り上がりましたよね？」

「あれを見て」

　部長が指差したのは、部屋の隅。そこに積まれていたのは赤いインクらしきもので汚れた紙の束。赤い色の奥に見えるのは印刷作業で見慣れたレイアウトと写真。明日配布する予定の校内新聞だ。

「なっ、なんですかこれ！」

「そこの窓、鍵《かぎ》をかけ忘れたらしいんだ。そこから蓋《ふた》の外れたインクが投げ込まれたらしくてね」

　部長が窓のひとつにチラリと視線を投げた。拭《ふ》き取られてはいるけれど、その窓からの直線上の床や机には、うっすらと赤い染みが残っている。掃除しても拭き取れなかったその赤は、きっともう落ちないだろう。

「運悪く机の上にあった新聞にかかってしまった。確認したところ汚れたのは百部ほどですんだから、不幸中の幸いってとこかな」

だから百部刷り直さないといけないんだ、と、マーガレット部長はあっけらかんと言う。

「これ、明らかに嫌がらせですよね？　じゃなきゃ蓋のないインクが勝手に飛んできたりしませんよね？　どうして部長は怒らないんですか！」

胸元を掴む勢いで詰め寄れば、部長は困ったな……と言いたげな顔でこめかみをかく。

「うーん……、それは私もかなり怒ってるよ？　でも、まあ、戸締まりをおろそかにしてしまった我々にも落ち度があるし、新聞部の落ち度なら部長である私の責任だ」

「戸締まりを忘れることくらい、普通にあることです。インクを投げ入れるほうが遥《はる》かに悪いです！こんなことした人を野放しになんてしておけません！」

「君の言うことはもっともだ。だが、我々には犯人探しより先にしなければいけないことがある。それは……」

「それは？」

「見ての通りだよ、ルーシャ君！　汚れてダメになった分を印刷するんだ！　事情を公にして足りない分は少し待ってもらえばいいと思ったか？　いや、思ったな!?　しかし、それではいけない！　たとえ素人《しろうと》である我々の作った新聞でも、新聞には違いない。発行日に届けられずになんとする！　新聞部の沽券《こけん》に関わる！　何が何でも間に合わせるぞ！　我々新聞部はどんな難題にも屈したりしない！　そうだろう、みんな！」

意気込む部長、作業の手を止めず「おーっ！」と合いの手を入れる部員たち。

「今から明日までに百部は結構ギリギリですね？」

なんせ下校時刻が迫っている。下校時刻にはとても厳しくて、よっぽどのことがない限り以降の居残りは許されないのだ。

「そう。ギリギリだ。だが、やれないこともないだろう？」

部長が不敵に笑う。

「――そうですね」

なんだか、わけのわからない闘志がみなぎってきた。鞄をいつもの場所にしまい、制服が汚れないように袖《そで》をまくる。

「部長、微力ながらお手伝いいたします！」

「助かる。――犯人は気になるだろうが、今は堪《こら》えてくれ。学園側には既に被害を報告してある。調査をしてくださるそうだから、お任せしよう」

「わかりました」

悔しいけれど、トラブルに慣れている学校側にお任せしたほうが、きっと上手《うま》くいくだろう。

「すまないね。――さ、急ごうか！」

なんとなく部長の口調から、犯人の見当はついていて、しかも捕まえることは諦めているような印象を受けた。

あからさまに新聞部を嫌っていて、しかも学園側が強く出られないほど身分の高い家の子の仕業なんだろう。


もし下校時刻に間に合わなければ、部長が先生に掛け合って居残りを許可してもらおうと話していたけれど、それは杞憂《きゆう》に終わった。

みんなの並々ならぬ気合いのおかげか、下校時刻の一時間も前に印刷終了。

間に合わせなきゃと焦りつつ作業に没頭していた私たちは、部長の「完成だ！」のひと言で、その場にへたり込んだ。疲れた……。身体《からだ》よりも、心が。

「いやぁ、みんなお疲れ様！　今日はゆっくり休んでくれ。後日、甘い物でも奢《おご》るよ。楽しみにしてくれ！」

部長のひと言で、やつれたみんなの顔に元気が戻る。もちろん、私もだ。

さすが新聞社の社長令嬢、マーガレット部長は新商品や美味しい物、珍しい物に関する知識が半端ないのだ！　部長の差し入れはいつも可愛くて美味しいものばかりなので、今から楽しみ！

元気を取り戻した私たちは、今度こそしっかり戸締まりを確認し、帰る準備ができた者から部室をあとにした。

最後まで残ったのは部長と私の二人。一緒に部室を出たものの、彼女は部室の鍵を職員室に戻すついでに、今回のことについて少し話し合うつもりだということだったので、途中で別れた。

もうほとんどの文化部も活動を終えているのだろう。辺りはシンと静まり返っている。夕闇《ゆうやみ》が迫る廊下は夕日で真っ赤に染まって、怖いような、懐かしいような、不思議な気持ちになる。

早く人の気配があるところへ行きたくもあり、このまま異空間のような雰囲気を楽しみたくもある。

「ルーシャ・リドルというのは、あなた？」

いきなり声をかけられて、文字通り飛び上がった。

慌てて声のしたほうを向けば、豪奢《ごうしゃ》な美貌《びぼう》を誇る三年生、イザドラ・バークローア様の姿があった。

美しい湖が有名な地方を治めるバークローア侯爵家のご令嬢で、アーネスト王太子殿下のお妃候補筆頭と目されているという噂も聞く。

その噂を裏付けるように、校内では殿下と一緒にいる姿をよく見かける――と言えば聞こえがいいけれど、要するに『取り巻き』だ。

たぐいまれなる美貌も有名だけれど、プライドが高く、高慢な言動でも有名だ。

新聞部を目の敵《かたき》にしているらしいという話も、ちらほら耳にする。

こんなに人もまばらなうら寂しい校舎に、華やかな彼女は似合わない。ダンス部の部長なのだから、ダンスホールに併設された豪華な部室で、上品に笑っているほうが似合うと思うんだけれど……。

よりにもよって、あんな事件が起きた今日、どうしてここにいるのかと、ちょっと勘ぐってしまう。

「なにを呆けてらっしゃいますの？」

「そうですわ、せっかくお声をかけていただいたのに、その態度は失礼ですわよ」

答えない私に苛立《いらだ》ったのか、イザドラ様の両脇《わき》に立つ、ドロシア様とヘレン様が尖《とが》った声を上げる。

「失礼しました。ルーシャ・リドルは私です」

「少々お話があるの。付き合ってくださる？」

嫌です。私、帰ります。さようなら！　——と言いたいところだけれど、さすがに言えない。

しぶしぶだけれど、彼女たちについていくことにした。

「あなたに見ていただきたい物がございますの」

と言うわけで連れてこられたのは、いかにも使われていませんと言わんばかりの物置だ。

もともとは何か違う用途に使われていたんだろう。教室とか研究室とか。だけど、あまり使われず、
不要な物をどんどん押し込んでいくうち、そのまま物置化しました……という雰囲気だ。

積み上げられた椅子《いす》や机には埃よけの布が被《かぶ》せられているけれど、その白布さえ埃《ほこり》を被っている。

これを引っ張ったら大量の埃が舞い、大変なことになりそうだ。

「あの……、ここに何があるので……、えっ!?」

振り向いた視線の先で、唯一の出入り口であるドアがパタンと閉まった。

「え？　あの！」

焦る私を嘲《あざけ》るように、鍵のかかる音がした。

ついでにドアの向こうからクスクスと笑う声も聞こえた。

やられた！

急いでドアノブを調べてみたけれど、こちら側からは開かない仕様らしい。

「これは一体どういうことでしょうか？」

意外と冷静な声が出た。

「さあ？　ご自分でお考えになったら？」

「ちょうど今、静かな環境にいらっしゃるんですもの、自省するとよろしいですわ」

甲高い声でそう言うのは、ドロシア様とヘレン様……いや、こんなことされてまで『様』付けするのは馬鹿馬鹿しいわね！　今後、心の中では呼び捨てでいいや。

「自省ですか……」

自省ねぇ。よく言うわ。

イザドラ、ドロシア、ヘレンの三人はゲームの中にも登場する令嬢たちで、いくつかのルートで嫌がらせをしてくるのだ。他のルートでは存在感うっすいんだけどね。

それにしても、最上級生にもなって、こんな子どもじみた嫌がらせをするなんて、この方たちは馬鹿なんだろうか？　ゲームの中ではもう少し、したたかだったと思うんだけどなぁ。

ヒロインでもなんでもない私にこんなせこい意地悪してくるって、いったいどんな了見なんだろう。

シナリオに書かれていないところで色々な生徒をいじめてたのかな、この人たち。

まさかこんな妨害が入るとは思っていなくて、完全に油断してた。情けなくて肩から力が抜けた。

そんな迂闊《うかつ》さを嗤《わら》うように、窓の外でカラスがカァと一声鳴くものだから、ますますガックリ。

「ねえ、聞いているの、ルーシャ・リドル！」

苛立った声とともに、ドアがドン！　と音を立てる。

彼女たちの思うとおりの反応を返さないのが、面白くないらしい。

「あ、はい。聞いてます」

いかにも棒読みな返事になっちゃったら、ドアの向こうではお三方が「まぁ！」「失礼だわ」「ええ、本当に！」と口々に言い合っている。

まるで私が非常識なことをして、それに驚いているって感じだけど、そもそも人を閉じ込めるほうが非常識だって。

「あなた、少し身のほどをわきまえたらいかが？」

と言われましても。身に覚えがないのに、どうわきまえればいいの？

「私、皆様に何か失礼なことでもいたしましたでしょうか？」

そう問えば、またしても外では「まぁ！　失礼ね！」の合唱なんだもの。呆《あき》れる。

彼女たちは私が気に入らなくて、でも何が不愉快なのか教える気もないようだ。

ただただ自分たちの力を誇示して、他者を虐げたいだけのいじめっ子だ。真面目《まじめ》に相手の話を聞くのは無駄だ。

彼女たちが動くとしたらアーネスト殿下に関することだろう。アーネスト殿下と私の唯一の接点は、取材に同行したあの時のみ。でも、あの時、イザドラたちはいなかった。

じゃあ、なんで？　と思うのとほぼ同時に、もしかして赤インク投げ込み事件の犯人は彼女たちでは？　ということも思いついてしまった。

イザドラたちは新聞部を嫌っているし、私がなにか彼女たちの気に障ることをしてしまったのなら……。ありうる。こんな稚拙《ちせつ》な意地悪をするくらいだもの、インクくらい投げ込みそう。

なら、マーガレット部長の言葉があんなニュアンスだったのも頷ける。

「あの……」

「なにかしら？」

答えたのはイザドラで、その背後から「生意気ね！」「本当に！」という声が聞こえる。

「今日、新聞部の部室でちょっとした事件が起こったのですが……」

と切り出してみたところ、いきなりシンと静まり返った。

あ……、これ図星っぽい？

「……わたくしたちと、その事件とやらになんの関係があるとおっしゃるの？」

「いえ。単に何かご存じないかと思いまして。部活終了後、女子寮に戻るには部室の横の道を通るのが近道かと存じます。もしかしたら、昨日の帰りになにかご覧になったのではないかと、そんなことをふと思いまして」

「残念ながら、なにも見ていないわ」

「そうですか。ご協力ありがとうございます」

こんな状況でこんな話をするのも奇妙だけれど、彼女たちの受け答えもやけに素直で奇妙だ。これはますますあやしい。無関係だったら「わたくしたちを疑ってるの？　濡《ぬ》れ衣《ぎぬ》を着せるなんて失礼なっ！」と憤慨するはず。

「と、とにかく！　そこで一晩ゆっくり考えることね！」

なにが『とにかく』なのかはよくわからないけれど、私の質問でイザドラが一瞬毒気を抜かれてしまい、でも気を取り直したことはわかった。

「あ、いいことを教えて差し上げるわ。昔、この部屋で亡くなった生徒がいたらしいわ。それ以来幽霊が出るから、物置にしたんですって。幽霊が一緒にいてくれるなら寂しくないわね」

「幽霊なんて怖くありませんわよね？　平民に混じってご活躍の方だもの。肝も据わってらっしゃるはずよ」

「それもそうね、では、ごきげんよう」

と去っていった。笑い声がだんだん遠ざかるのを聞きながら、顔から血の気が引いていくのを感じた。

幽霊……！　え、幽霊は物理攻撃で倒せないから怖いんですけど！　そんな噂あったかな？　私を怖がらせるためのでまかせかな。私が怖がっていないのが面白くなかったみたいだし。

ん？　そう言えば次の校内新聞は学園の怪談特集だったよね。私は関わっていないので、内容はよく知らないけど、原因不明で急死した生徒がどうのって話してるのを聞いたような……？

「脱出しよう！　今すぐに！」

ドアがダメなら窓がある。

この部屋は二階だけれど、もしかしたら窓の外には下りられるような、なにかがあるかも！

「まずは窓の前に積み上がった椅子をどかさないとね」

埃になんて構っていられない。

制服の袖で口元を覆って、埃よけの布を取る。煙のようにもうもうと舞い上がる埃で、制服はあっと言う間に汚れてしまった。

それにもめげず苦心して窓までの道を作ったけれど、窓の外には足がかりになりそうな凹凸《おうとつ》もなかった。カーテンを繋《つな》いでロープにして……なんて漫画みたいなことをする勇気も持てず。疲れ切って床に座り込んだ。

もうすぐ下校時刻。それを過ぎたらもう誰も通りかかったりしないだろう。

時間切れだ……と思うと、どっと疲れが湧いてくる。今日は波瀾万丈《はらんばんじょう》だったので、無理もないかな。

「はぁ……疲れた。何だか眠くなってきちゃった。寝てたらお化けが出ても気にならないかなあ？」

明日の朝になれば、誰かが廊下か窓の外を通りかかるだろう。明日も平日でよかった。ついでにさっきおやつ食べておいてよかった。お昼から何も食べていないよりはマシだ。

「寒くなくて助かるわ」

埃よけの布を裏返し、埃のついてないほうを表にして床に敷き、寝床を確保！　硬くて寝心地悪そうだけど、仕方ない。たった一晩の辛抱だ。

「うん、大丈夫。とりあえず寝よう」

他にすることもないし、体力温存は大事。

思い切って横になると、ものの二、三分で寝付いてしまった。


どのくらい経ったのだろう。

「君……、君、大丈夫かい？」

柔らかい美声が、心配げな響きで語りかけてくる。

初めは夢現《うつつ》で聞いていたけれど、繰り返されるうちに目が覚めた。

目をうっすら開くと、赤い光が目に飛び込んでくる。まだ日没前なのねとぼんやり思った。

「よかった！　気がついたんだね？」

声とともに、とてつもなく麗しい顔が私をのぞき込む。

一瞬『これは夢？』と思ったけれど、夢じゃない。不自然な姿勢で寝転がっていた身体が、あちこち悲鳴を上げている。

「アーネスト、殿下？」

「大丈夫？　どこか痛いところはないか？」

全身が痛むけれど、怪我《けが》をしたわけではないので素直に答えるのは憚《はばか》られた。自力で起き上がろうとしたものの、思ったように動けない。

「はい。大丈夫です。——っ！」

痛みに顔をしかめたところを見られてしまったようで、殿下は「無理をするな」と私の肩を抱き、上半身を起こしてくれる。

まさか助け起こされるとは思っていなかったので、断るどころか、声さえ出ない。

「こんなところで何をしていたんだ？　——いや、外から鍵がかけられていたな。いったい誰にやられたんだ？」

問いかけてくる声は険しさを含んでいるし、目には剣呑《けんのん》な光が見え隠れしている。

一度しか話したことのない私のことでも、嫌がらせに怒ってくれているのだろうか？

穏和な表情も素敵だけれど、厳しい顔もやっぱり綺麗《きれい》で、私の好みのど真ん中だ。そんな悠長なことを考えてる場合じゃないけれど、思ってしまうものは止められない。

私がなかなか答えないからか、殿下は僅《わず》かに眉をひそめた。

「どうした？」

「——殿下はどうしてこんなところに？」

彼の質問に答えず、こちらから質問するのは失礼だ。叱《しか》られるかなと思ったけれど、彼は気にした様子もない。

「先ほど通りかかったときに物音がしたような気がしたんだ。一度は気のせいだろうと思ったんだが、どうにも気になってね。職員室で鍵を借りてきて、君を発見したんだよ。自分の勘を信じて正解だった」

「そうでしたか……。気にかけてくださってありがとうございます。一度はここで一夜を過ごす覚悟もしましたが、お陰で夕食に間に合いそうです」

抱き起こされた姿勢のままなので、すごく顔が近いし、触れられた肩に殿下の体温を感じてしまってドキドキが止まらない。なるべく意識しないようにと思って色気より食い気を強調してみても、気持ちは落ち着かない。

とりあえず、離れたい。離れないと心臓がもたない！

「無理に立とうとするな！　ほら、足に怪我をしているじゃないか」

身じろぎしたとたん、アーネスト殿下に止められた。

彼の視線を辿って足を見ると、確かに傷はあった。さっき机を移動した時、なにかに引っ掛けてちょっと切れてしまっただけの、ほんの小さい傷だ。出血はほとんどなく、僅かな血もすでに固まっている。

「こんなものは怪我のうちにも入りませんから」

「小さな傷だと甘く見てはいけない。ここはずっと使われていなかった部屋だ。どんな雑菌が傷口に入ったかわからない。ダニエル、救急箱を持ってきてくれ」

アーネスト殿下の背後に控えていたダニエル様は「御意」と短く答えて、部屋を出ていく。

遠ざかる足音を無言で聞き、やがてシンと静まり返る。その沈黙を破ったのはアーネスト殿下だ。

「やっと二人きりになれたね」

「え!?」

夕暮れ迫る部屋で、そんなこと言われたらどきりとする。

ドキドキしてる場合じゃないとか、そんな意味で言ったんじゃないだろうって頭で理解してても、ときめいちゃうよね。だって、推しが目の前で、自分に向かって言ってくれるんだから！

狼狽《うろた》えて視線をあちこち泳がせる私に、アーネスト殿下はぐぐっと距離を詰めてきた。

「さあ、誰にやられたのか言いなさい」

にっこり笑顔で命令口調。迫力あるし、怖っ！

「え……、あ、その……、そういうことじゃ……。それに、別にたいしたことでもないですし……」

「大ごとだよ？　女子生徒がひとり、夜になっても寮に戻らない――みんながどれだけ心配するか、考えてみなさい。犯人を庇うよりも、君を大切に思っている人たちのことを思いやるべきだ」

言われてハッとした。真っ先に浮かんだのはジリアンだ。なにも告げず一晩帰らなかったら「心配したんだから！」って泣き笑いの顔で怒るだろう。

そうだよ、今日はジリアンにとって大切な日だ。十中八九《じっちゅうはっく》、告白は成功しているはずなので、交際開始日という記念すべき日！　同じ日に私が心配かけたらいけないよね。

アーネスト殿下のお叱りは至極真っ当なことだ。

「はい……。おっしゃるとおりです。私が浅慮でした」

みんなにどれだけ迷惑かけるか考えもしないで、一晩ぐらいここで過ごしてもいいだろうなんて簡単に諦めてしまった自分が情けない。

「私こそ失礼した。君が心配できつい言い方をしてしまった」

「いえ！　殿下のおっしゃることはもっともです。簡単に諦めたりしないで、もっと真剣に脱出を試みるべきでした。カーテンをロープ代わりにしてでも！」

「カーテン!?　危ないからそれはやめなさい」

アーネスト殿下は即座に却下する。

「せめて大声で助けを呼ぶくらいにしなさい。いや、声を張り上げると体力を消耗するから、なにかを叩いて音を出すのもいい。けっして、カーテンで下りないこと」

いいね？　と念を押したあと、殿下は堪えきれなくなったように笑い出した。しんとした部屋に、殿下の笑い声が響く。

普段だったら『そんなに笑うとこ？』と不愉快に思うはずだけれど、アーネスト殿下の笑い声は面白がっているというよりも、嬉しそうに聞こえるので腹も立たない。

「君は強いね。ひとりでよく頑張った」

笑いの残滓《ざんし》を残しながら褒められて、ちょっと答えに困った。

「お褒めいただけるようなことはなにも。ただ寝ていただけですから」

「こんな状況でも泣いて取り乱したりせず、落ち着いているのはなかなか難しいことだ。君の冷静さは賞賛に値する。冗談でもお世辞でもなく、君はよくやった」

そんな大袈裟《おおげさ》な……と面映《おもは》ゆくなる。

「少なくとも、君を閉じ込めた奴《やつ》らは、君が精神的にも肉体的にも追い詰められることを期待したはずだ。ところが君はダメージを負っていない。完璧《かんぺき》な意趣返しだ」

アーネスト殿下は人の悪そうな笑みを浮かべる。

嫌がらせで閉じ込められたのだと、殿下は完全に気付いている。けれど、ここでそれを肯定して大ごとになったら困る。貴族社会はなにかと窮屈《きゅうくつ》なのだ。

「な、なんのことでしょうか？」

あはは……と曖昧《あいまい》に笑って誤魔化せば、殿下は肩を竦めて小さなため息をついた。

それ以上追求してこない。どうやらこちらの事情を慮《おもんばか》ってくださったようだ。

「それにしても君は不思議な子だな。一緒にいると楽しい気分になれる」

「貴族の娘らしくない、突拍子もないことをするからですか？」

カーテンの一件で笑われたことをちょっと根に持っていたので、皮肉交じりに答えれば殿下は驚いたように目を丸くし、それから輝くような笑みを浮かべた。

「気に障ったのならすまない。私は君のことを好ましいと思っているんだ」

やましいところなど何ひとつなさそうな態度に、嫌みを言った自分が恥ずかしくなる。

「あ、あ、あの……」

「なにかな？」

「その……」

神々しくすら感じる笑顔に魅了され、口ごもってしまう。嫌みを言ったことを謝りたいし、『好ましい』と言ってくれたことにお礼も言いたい。なのに、言葉が少しも口から出てくれない。

殿下は、そんな私のことを辛抱強く待ってくれている。

優しさが胸に染みる。やっぱり現実のアーネスト殿下は病んでもいないし、孤独を拗《こじ》らせてもいなくて、外見通りの完璧王子様なのかも？　なんて考えているうち、ハッと気がついた。

私、埃まみれでめちゃくちゃ汚い！

「た、た、大変失礼いたしました！　今の今まで失念しておりましたが、私、埃を被って汚れております！　殿下まで汚れてしまいますので離れてください」

何とか距離を置こうとしたんだけれど、肩を抱く殿下の腕はなかなか力強く、結局、ジタバタと両手を動かすだけになった。

焦る私の姿が面白かったのか、アーネスト殿下はあはは！　と笑い声を上げた。

「それはずいぶんと今さらな話だね。服は洗濯すればいい。身体は洗えばいい。それだけのことだ。

気にするな。それより君の傷のほうがよっぽど心配だ。早くダニエルが戻ってくるといいんだが」

それから程なくして戻ってきたダニエル様の手には、救急箱とともに濡らした清潔なタオルもあった。自分で手当てすると言う私と、君は大人しく手当てされなさいと言うアーネスト殿下と、殿下の代わりに自分が……と言うダニエル様で三つ巴《どもえ》の攻防を繰り広げたけれど、結局アーネスト殿下の勝ち。

そして私は殿下に足をマジマジと見られつつ手当てされるという、恥ずかしい目に遭った。

手当てを終えると、殿下はさも当然だとばかりに私を支えて立たせてくれた。

「君の身になにかあるといけない。女子寮の前まで送ろう」

思いがけないことの連続で半ば呆けていた私は、そのひと言で我に返った。

親切心から送ると言ってくださったのはわかる。けれど……！

「ひとりで戻れます。大丈夫です。これ以上ご迷惑をおかけするわけには参りません」

寮まで送ってもらうなんてとんでもない！　そんなことしたらアーネスト殿下やダニエル様と、ジリアンが接触する可能性が高くなる。せっかくイアン殿下といい感じになっているこの時期に、二人を彼女に近づけてなるものか！　たとえ些細《ささい》な遭遇だとしても不安の芽は摘んでおくに限る。実際イアン殿下とジリアンの出会いは一本のペンがきっかけだもの、なにがどう転ぶかなんてわかったもんじゃない！

「今日は本当にありがとうございました！　私はこの辺でおいとまを……」

アーネスト殿下が口を開く前に、逃げ出してしまおう。鞄を拾い上げて、くるっと踵《きびす》を返した。

そのまま歩きだそうとしたら、鞄を持つ手がついてきてくれない。

あれ？　と思って振り返ると、アーネスト殿下の笑顔とぶつかった。

「遠慮などするものではないよ」

「え？　ええっ！」

アーネスト殿下が私の手首を掴んでいる。

なにごと!?　いつの間に掴んだの!?　と驚く私をよそに、彼は私の手から器用に鞄を取り上げた。

殿下は私の鞄を自分のもののように持つと、「さあ、帰ろう」と手を繋いだまま歩き出す。正しくは手を繋いでいるのではなくて、私が一方的に手首を掴まれているだけだけれど。

「お待ちください！」

「待てないよ。もたもたしていては暗くなってしまう」

「では、せめて手を！」

「離したら逃げ出すだろう？　ひとりで帰らせてなにかあったら、悔やんでも悔やみきれない。君が嫌だと言っても送っていく」

とりつく島もない。

ダニエル様、殿下を止めてーっ！　と願いを込めて彼を見たけれど、厳しく引き締まったお顔の中、目だけが『諦めろ』と語っていた。これはダメだ。頼れない。

「逃げませんから、手を離してください」

どういう掴み方をしているのか、痛くないのに解けない。

このままじゃ落ち着かないし、誰かに見られたら……特にあの意地悪令嬢三人組に見られたら、また面倒だ。

なんとか解けないかと、押したり引いたりしていると、頭上からクスクスと忍び笑いが聞こえた。

顔を上げれば、目に楽しげな色を浮かべている殿下と目が合った。悪戦苦闘《あくせんくとう》している姿がそんなに面白かったんだろうか。心の中で少しムッとする。

「本当に逃げない？」

笑い混じりに尋ねられて、即座にこくりと頷く。

「そう」

短い答えとともに手首が自由になる。

もたもたしていて再び掴まれては困るので、急いで腕を胸元に引き寄せた。

次は鞄も返してほしいんだけど……。私の視線の意味に気付いて、アーネスト殿下はちょっと意地悪そうに口の端を吊り上げた。

「これは寮に着くまで返してあげない」

「そんな！」

殿下、ずるい。

どうにもこうにも逃げられないようなので、諦めた。あとは誰にも――特にジリアンに――会わないよう祈るのみ。

アーネスト殿下と並んで歩く。しかも後ろにはダニエル様までいる！　という畏れ多い状況に緊張し、カチコチに硬まる私。並んで歩くアーネスト殿下をチラチラと盗み見れば、いつも通りの涼しいお顔。

スマートな対応ができない自分が情けない。けれど、この状況下で緊張するなっていうのは無理な相談だ。彼らに送ってもらうなんて畏れ多いことだし、二人がゲームそっくりのヤンデレでないとは言い切れないのだから。でも、親切にしてもらっておきながら身構えてるのって失礼だよね？

悶々《もんもん》とそんなことを考えていると、「ねえ、ルーシャ」と殿下に名前を呼ばれた。

名前を覚えられていたことにも、親しげに名前呼びをされたことにも驚いた。そんな隙《すき》を突くように、彼の言葉がスルリと耳に流れ込む。

「おそらく私は犯人を知っている」

どう答えたらいい？　カマをかけられているだけかもしれないし、本当に知っているのかもしれない。言葉を選びあぐねているうちに、殿下は先を話し始めた。

「君を見つける少し前、彼女たちの姿を見た。普段なら放課後はダンス部の部室に入り浸りだ。あんな時間に校舎内をうろついているのはおかしい。しかも、挨拶もそこそこに慌てて去っていった。普段はなにかと理由を付けて、私の周りにいようとするのにね。あれは何か後ろめたいことがある者特有の行動だ」

殿下は犯人が誰なのか、正解を知っているようだ。

「もちろん、憶測でものを言うのはいけないことだ。彼女たちが本当に犯人なのかは、きちんと調べないといけない。もう少し待っていてくれ。必ず報いは受けさせる」

先ほどまでのにこやかな笑顔とはまったく違う。底冷えのするような笑みを浮かべている。

掴まれた手首はそのままに、思わず一歩後退《あとずさ》る。

「なぜ、そんなに……？」

強《こわ》ばった喉は、掠《かす》れた声しか出せない。

ほんのちょっと顔見知りの生徒のトラブル処理にまで奔走していたら、アーネスト殿下の身がもたないんじゃ？

「君が標的にされたのは、私が原因の可能性がある。申し訳ない」

「どういうことですか？」

先日、取材に同行したけれど、それが彼女たちの気に入らなかったということだろうか。首を傾《かし》げれば、殿下は少し言い淀《よど》んだあとに口を開いた。

「彼女たちの前で不用意に君の話題を出してしまった。まさか国王陛下の覚えもめでたいリドル伯爵の息女に手を出すような愚か者がいるとは……」

殿下は肩を竦め、大きなため息をついた。

それは考えすぎなんじゃないかと思ったけれど、あまりに殿下の雰囲気が真剣なので声には出せなかった。少なくとも、私よりは彼女たちと付き合いの長い殿下がそう言うのだから、ありえることなのだろう。

ほんの少し話題に上っただけ。それで標的に決めたと言うのなら、あの三人はだいぶ気軽に標的を決めて、手軽に人をいじめるみたいだ。彼女たちに目をつけられるのは小さな天災に遭うのと同じようなものか、と納得した。

それならなおさら殿下は原因じゃない。むしろ、余計な心配をしなきゃいけなくなった彼だって、ある意味被害者だ。

そう告げれば、殿下は驚いたような顔をして、それからみるみる笑顔になった。

「ありがとう。君は面白い考え方をするね」

「そうでしょうか。自分ではよくわかりません」

笑顔が眩しくて直視できない。俯こうとしたところ、「俯かないで」とおとがいを掴まれた。

上を向かされて逃げられず、否《いや》が応《おう》でも殿下と視線が絡む。

「君は大人しそうに見えてなかなか気骨のある子だね。あのマーガレットが気に入るだけのことはある。とても興味深いし、今後の活躍が楽しみだ」

「あ……りがとう、ございます」

簡単なお礼さえ、しどろもどろになってしまう。

「それにしても、君のように型破りで面白い後輩が、心ない者たちの愚かしい行為に煩《わずら》わされるのが腹立たしいな」

「か、型破り……面白い……」

面白いって褒め言葉だよね？　もし違ってもいいや。せっかくなので褒められたということにしておく。

「嫌がらせがこれで終わるとは限らない。今後はつけいる隙を与えないように」

「はい！　なるべくひとりにならないように気をつけます。人の少ないところもできるだけ避けます」

答えるとおとがいにかかっていた彼の手が離れた。

「そうだね。それがいい」

穏やかな表情で頷いてくれたことにホッとした。

けれど……。

次の瞬間、彼の目が急に鋭さを増した。辺りの空気が凛《りん》と張り詰めたように感じる。

「今日の一件、君は表沙汰《ざた》にしたくないようだから、俺も不問に付そう。だが、それは今回だけだ。次はないから覚えておいて。気に入った者が他者から蔑《ないがし》ろにされるのは、我慢ならない性質《たち》でね。たとえ君が嫌だと思っても、次は犯人を見つけ出し相応の罰を受けさせる」

今、自分のこと『俺』って言わなかった？　それって、ゲームの中の殿下がなんらかの理由で理性を吹き飛ばし、ブラック殿下になった時に使う一人称！　やっぱり彼はゲームの中と同じ性格なの!?

私を見下ろす彼の眼差しは鋭利な刃《やいば》を思わせるほど冷たいのに、どこかに不思議な熱も感じる。絡め取られるような錯覚を起こして、身体の奥がゾクリと震えた。

でも、それはほんの一瞬のこと。すぐに殿下の眼差しはもとに戻った。

「――なんて脅さなくても、君なら大丈夫だろうけれど。本当に気をつけてほしい。今回、我々が気付いたのはただの偶然だ。次も運に恵まれるとは限らない」

「はい」

今しがたのブラックな発言は、注意喚起《かんき》するためにわざと言ったことだとわかって、少し安心した。一瞬だけれど、ゲームの中と同じくらい怖い方なのかと思ってしまった。でもあんな病んでる人は、現実世界にそうそういないよね！

話しているうちに、私たちは女子寮まであと五十メートルくらいの場所へ着いていた。

「本当は玄関先まで送ってあげたいのだけれど、それでは君が困るだろう？　ここでお別れだ。君が寮の中に入るまで見守っているから安心してほしい」

よかった！　ここならジリアンと殿下のエンカウントを避けられる！　ついでに寮生に目撃されて質問攻めにされる事態も避けられる。

「ご配慮ありがとうございます」

さぁ、早く鞄を返してください！　視線に切実な願いを込めて彼を見上げた。

殿下に鞄を持たせているなんて、誰かに見られたら一大事。

そんな心情を知ってか知らずか、殿下はゆっくりとした動作で鞄を渡してくれた。悪戯《いたずら》っぽく目を煌めかせながら。

付き合いは短いけれど、なにか不穏なものを感じて身構えた。

「本来なら手の甲に別れのキスをしたいところだけど、また『埃まみれだから』と拒まれてしまうかな？　拒絶されたら私も悲しいので、今日のところは諦めよう。また今度、ね？」

警戒している私が面白いのか、彼はクスクス笑いつつ、甘い声で囁《ささや》く。

「なっ⁉　え、ええーっ！」

「そんなに残念に思ってもらえるなんて嬉しいな。やっぱり、キスしていい？」

違う！　キスしてもらえないのを残念がってるんじゃなくて、また今度するって言われたことに対して驚いてるのに！　なんとか誤解を解きたい。でも全力で否定したら失礼にあたるのでは？

「えっ、えっ、えっ……その、あの、違っ……」

なんとも答えられず焦る私を見て、アーネスト殿下は満足そうに笑う。それで、からかわれたんだと気が付いた。

「君は表情がくるくる変わるから、見ていて楽しい」

意地悪な笑顔も様になるんだから美形ってズルイ！

「殿下のご気分を晴らすお手伝いができて光栄です」

「怒らないでくれ。本当に、君は正直で好ましいと思っているんだ」

本当に～？　疑いの眼差しで見上げれば、アーネスト殿下は「信じてくれ」とさも悲しそうに眉尻《まゆじり》を下げる。

絶対に私の反応を面白がってるだけだと確信したところで、それまで沈黙を見守っていたダニエル様がそろそろ時間だと助け船を出してくれた。

本当に夕食ギリギリの時間だ。改めて助けていただいた礼を告げ、失礼にならない程度の速さでその場を去った。

◆
◆
◆

ルーシャ・リドルは軽やかな足取りで女子寮に帰っていく。小走りの後ろ姿を見る限り、先ほどまで閉じ込められていたようには見えない。

「殿下。アーネスト殿下、いつまでぼんやりなさっておいでですか。ルーシャ嬢はすでに寮の中です。我々も戻りましょう。このような暗がりに長時間立ち尽くしていては、不審者だと思われますよ」

「――ダニエル、君はもう少し私に優しくてもいいんじゃないかな」

軽口を叩《たた》くが、ダニエルは「主《あるじ》をお諫《いさ》めするのも臣下の役目です」と涼しい顔で答える。

「儚《はかな》げな外見と違って、なかなか豪胆な子だったな。泣けば誰かが助けてくれると思っている子たちとは大違いだ。――ねえ、ダニエル。私はあの子がとても、とても、気に入ってしまったよ」

「あなたが誰かに興味を持つとは珍しいですね」

ダニエルは唇を歪《ゆが》め、ニヤリと笑う。

「どうしたら手に入れられるかな？」

「私にはわかりかねます。――本当に彼女を手に入れるおつもりですか？」

ダニエルの問いには答えず、視線を彼から女子寮へと転じた。

「夏休みにも会えるだろうか」

窓から漏れる明かりを眺め、独り言を呟いた。

会って、話して、彼女をもっと知りたい。いつもの気まぐれではなく、心からそう思った。

◆　◆　◆

「んー。こんなに汚れてたら食堂に入れてもらえないよね」

いちおう玄関先で埃を払ったけれど、制服の汚れは消えないし、髪も埃っぽい。

部屋に戻ってシャワーを浴びて、着替えて……、髪は乾かしている暇ないからひとつにまとめてキッチリ結わなきゃね――と、このあとの段取りをめまぐるしく考えていたら、アーネスト殿下のことも、イザドラたちの意地悪もそっちのけになってしまった。

なんとか間に合った夕食の席で、イザドラたちから幽霊を見るような目つきで睨《にら》まれたけれど、気付かないふりをした。

ここで彼女たちを糾弾してやり込める……という物語的な勧善懲悪《かんぜんちょうあく》・大逆転劇ができればいいのだけれど、現実はそうもいかない。私たちはまだ子どもだけれど、もう既に貴族社会のしがらみで雁字《がんじ》搦《がら》めなのだ。

閉じ込められたところから抜け出して、しれっとしている私の姿は、きっと彼女たちの目には不気味に映ったはずだ。それが牽制《けんせい》になって、今後手を出してこなくなればいいなと思う。

万が一、またなにか彼女たちから仕掛けられて、それがアーネスト殿下の耳に入ったら、面倒なことになりそうだしね。

先ほど垣間《かいま》見《み》た険しい表情の殿下が脳裏に浮かび、思わず身震いした。

今日のことは、記憶から抹消していただけないだろうか。平凡な下級生のことなんて、覚えててもしかたないもの、明日にはすっかり忘れていただきたい！　明日が無理なら一週間くらい後でもいい！

頭を抱えたかったけれど、いくら心配しても自分ではどうにもできないことなので、とりあえず考えるのは後日ということにした。全《すべ》て取り越し苦労かもだし、考えるだけ無駄よ、無駄！

それよりも、ジリアンに本日の成果をきっちり聞かなければならない。夕食中の彼女は、心ここにあらずといったふうだった。時々思い出し笑いをしたり、頬を染めたりしていたので、結果は明らかだけれど、彼女の口から聞きたい。

「ジリアン！　どうだった!?」

ソワソワしながら部屋に戻り、ドアを閉めるのももどかしく尋ねた。

「お付き合いすることになったわ！」

ジリアンは嬉しそうに頬を染めて答える。

「きゃーっ！　おめでとう！」

「ありがとう、ルーシャ！」

ジリアンは顔を真っ赤にして手近なクッションを抱え込んだ。そこに顔を埋めて「きゃーっ！」なんて黄色い悲鳴を上げて身悶《みもだ》えている。

「イアンと両想いになれたなんて、夢みたい」

「あっ、もう呼び捨てしてる！」

「だ、だってーっ！」

「そう呼んで、ってイアン殿下に言われたのね～？」

からかうと、またしても彼女はクッションに顔を埋めた。

そんなこんなでキャッキャとはしゃいでいたら、あっと言う間に消灯時間が来てしまい、見回りに来たマーガレット寮長に「静かに！」と注意されてしまった！

【第三章】危険な夏休み

アダマス学園の夏は長い。違った。アダマス学園の夏期休暇は長い。

二期制なので初夏に前期が終わり、後期の始まりは秋になってから。約二ヶ月半の長い休みを前に、生徒たちはソワソワしつつ、期末テストに頭を悩ませている。

イザドラたちは相変わらず幅を利かせているけれど、あれ以降手は出してこない。もう私のことなんて忘れているのかもしれない。

件《くだん》の校内新聞は無事配布できたけれど、アーネスト殿下の話が面白いのと、マーガレット部長が撮った殿下の写真がめちゃくちゃカッコよくて、家族や知人に送りたいからもう一部欲しいという先生や生徒が引きも切らず。異例の発行後即増刷となった。

ご覧になったアラン国王、レイラ王妃両陛下からもお褒めの言葉を頂戴《ちょうだい》した――という話を、夕食の席でマーガレット部長や部員たちと話していたら、たまたま近くの席にいたイザドラたちの顔が青くなり、急に黙り込んだので、私としてはそれで溜飲《りゅういん》が下がった。

万が一、自分たちがその校内新聞の一部を嫌がらせのために汚したと知られたら大変だものね。たとえ揉《も》み消そうとしても、人の口に戸は立てられない。生徒たちは結構みんな噂《うわさ》好きだもの。

前期は残り十日もないけれど、ぜひビクビクする日々を過ごしていただきたい。

今後もずっと大人《おとな》しくしていてほしいけど、きっと新学期を迎える頃《ころ》には綺麗《きれい》さっぱり忘れていて、今までみたいに傍若無人《ぼうじゃくぶじん》に振る舞うのかな。

まあ、新学期のことは新学期に考えればいいか！

ジリアンはイアン殿下と上手《うま》くいってるみたいだし、学期の終わりとしてはいい感じではなかろうか。

夕食を終えて、いつものようにジリアンと一緒に部屋へ戻る。

ドアを閉めたとたん、彼女が真剣な面持ちで詰め寄ってきた。

「ねえ、ルーシャ！　夏休みにグリーンブライトへ行かない？」

「ジリアンが行くなら、私も行きたいわ。グリーンブライトになにかあるの？」

理由を尋ねてみたところ、イアン殿下から離宮に滞在しないかと誘われたそうだ。なんでもジリアンをモデルに絵を描《か》きたいとのこと。

あ、それ、ゲームのイベントと同じだ。よしよし、順調にイアン殿下ルートを進んでるなあ。

「なるほど、離宮ならゆっくり過ごせそうだものね。いいじゃない！　あんな素敵なところに滞在できるなんて羨《うらや》ましいわ」

「せっかくのお誘いだから、私もお受けしたいと思ってるわ。でも、離宮にお邪魔するのも畏《おそ》れ多いのに、滞在するなんて……ひとりじゃ無理！　ルーシャも一緒に来てくれない？　イアン殿下からはもう許可をいただいてるの」

「私!?」

「そう！　あなたがいてくれたら、心強いわ」

断るつもりは毛頭ないけど、もしここで断って、ジリアンまで『行かない！』って言い出したら、絶対イアン殿下に恨まれるだろうなあと空想してみる。

「誘ってくれてありがとう。グリーンブライトの離宮には前々から興味があったの。中に入れるなんて嬉《うれ》しいわ」

前期中にイアン殿下から告白されて付き合い始めるという、ゲームには全くない出来事が起こったので安心していたけれど、もしジリアンがグリーンブライトへ行くなら話は別だ。全キャラともイベントがあるあの避暑地に彼女をひとりで行かせてなるものか。

他《ほか》の攻略対象にばったり出会ってしまって、その方とのフラグをうっかり立てちゃったら、大変な未来が待っている（かもしれない）！　そんなことが起きないよう、同行して見張らねば。

特にアーネスト殿下は要注意だ。彼が離宮にやってくる可能性は高く、それならジリアンと顔を合わせる確率が高い。

今となってはゲーム内のフラグも、どの台詞《セリフ》を選択すればどのルートに入るのかも、全《すべ》てをはっきり覚えているとは言いがたい。前世で迷ワルをクリアしたのって、亡くなる二、三年くらい前だもの。全部覚えていたらそれこそ奇跡だ。

とにかく記憶が欠落しているところは、運と気力でカバーしよう！

「早速、両親に連絡しないとね！　離宮に滞在させていただくって言ったら、きっと父も母も驚くわ」

たぶん上を下への大騒ぎだろうなあ。特に母が。妙に張り切って、服を大量に購入したりしないといいけど……。いや、やりかねないから釘《くぎ》を刺しておこう。

それから。ジリアンとも、なにを何着持っていくかとか、色々相談しないと。

どうせなら楽しく過ごしたいものね！


無事夏休みを迎えたジリアンと私は、ひとまず王都内にあるタウンハウスへ戻った。

数ヶ月ぶりに見る我が家は妙に懐かしかった。戻った初日は、しばらく離れていたせいで両親や弟との距離が掴《つか》めず、ちょっと他人行儀《たにんぎょうぎ》になってしまったけれど、そんな感傷は長く続かなかった。

離宮に滞在させてもらうことになった経緯はどういうことかと両親から詰め寄られたり、くれぐれも粗相のないようにと繰り返し念を押されたり、事前に言っておいたはずなのに、それを無視して大量の服を注文しようとしていた母を宥《なだ》めているうち、すっかりよそよそしさは吹き飛んでいた。

ジリアンの屋敷はお隣なので、連日どちらかの家に集まって旅行の準備をしたのだけれど、それはそれで楽しくて、毎日ハイテンションできゃあきゃあ過ごしていると、あっと言う間に日々は過ぎて出発日になった。

そういえば、親と一緒じゃない旅行ってこれが初めてだ。

両親には散々心配されたけれど、王都からずっとイアン殿下が手配してくれた護衛やメイドが同行してくれ、なんの心配もなくグリーンブライトに着いた。高原にあるため昼でも涼しい風が吹き、王都からの移動で疲れた身体も癒される。

離宮は、街の名前と同じグリーンブライトという名前の澄んだ湖の真ん中に建っている。

多くの湖沼《こしょう》を持つ我が国でも、この湖の美しさは一、二を誇る。東には一年中雪を被《かぶ》っているような高い山脈があり、そこからの雪解け水が川となって湖に流れ込むのだ。

澄んだ湖面には、厳しさと美しさを併せ持つ山脈や常緑樹の森、そして白亜の離宮が映り込み、観光客にため息をつかせる。

私もここに来るたび、対岸から離宮と山脈、そして水面に映る景色《けしき》をうっとりと眺めたものだ。

それが今は大勢の観光客から見られる側に立っているとは。不思議な感じ。

宮殿の周りは高い塀《へい》に囲まれているし、唯一、岸と繋《つな》がっている跳ね橋の向こうは、広範囲にわたって離宮の敷地になっているので、部外者がおいそれとは入ってこられないし、離宮内には誰《だれ》がいるのかも見えないようになっている。

プライベートは大事だよね。そこが守られていなかったら、なんのための離宮なのかわからないものね。

離宮に到着した私たちは、『本当は一緒に来たかった』とちょっと拗《す》ね気味のイアン殿下に迎えられた。

イアン殿下とジリアンの仲は、すでに国王夫妻もジリアンの両親も知るところで、いちおう公認にはなっている。けれど、正式な婚約の発表も先だし、さすがに一緒に旅行なんて人目につくようなことは避けたいということのようだ。

それにしても、もう親公認って早くない？　イアン殿下が交渉に優れた方なのはわかるけど、それにしても早すぎない？　もしかしたら、アーネスト殿下やダニエル様たちの支援があるのかもね。

離宮滞在一日目は夕方に着いたこともあり、客室に案内してもらったり、旅装を解いたりしているうちに夕食になった。広いダイニングで、イアン殿下、ジリアン、私の三人だけの食事だったけれど、室内は眩《まぶ》しいくらい暖かな光に満ちていて寂しさは微塵《みじん》も感じられない。

食事中の雑談で、翌日からの予定の話題が上がったので、ここぞとばかりに離宮の中を見学したいと申し出た。

イアン殿下は気軽な感じで「わかった。じゃあ、この離宮に詳しい案内人をつけるから、楽しんでね。古い歴史を持つ宮殿だから、君の興味を惹く場所もいっぱいあると思うよ」と請け合ってくれた。

案内人をつけていただけるのは助かる！　少なくとも迷子にならないし、関係者以外立ち入り禁止の場所に入っちゃって咎《とが》められることもない。

ちなみに、イアン殿下とジリアンの予定は、もちろん絵を描くこととモデルを務めることだ。どうやら本気で離宮に引きこもるらしいので、他の攻略対象と街でばったり！　は避けられそうだ。

加えて、夕食の席にアーネスト殿下の姿がなかったので、彼がいないこともわかった。

他の攻略キャラに遭遇する懸念が消えて、首尾は上々。

明日は心置きなく離宮探検ができるね！　と嬉しくなる。

食事のあとはジリアンと一緒に大浴場でのんびりと入浴。二人揃《そろ》って湯あたり気味になったのは、浴場がプールほども広く、とても豪華で、ついついはしゃぎすぎたからだ。

明日からはのぼせないように気をつけようと心に誓いつつ、ベッドに入ったとたん旅の疲れからかぐっすり眠り込んでいた。


清々《すがすが》しい朝の光が差し込む部屋で、気持ちよく目覚めた離宮滞在二日目。

窓を開ければ、湖を渡ってきた風がひんやりとして気持ちいい。

高原独特の涼しさを感じつつ空を見上げれば、抜けるような青空が広がっている。今日も日差しは強くなるんだろうという予感がする。それでも湿気が少なく室内や日陰は涼しいので、暑くて動けないなんてことにはならない。

三人揃ってテラスで朝食をとった後、ジリアンとイアン殿下は絵を描くために庭園内のガゼボへ向かい、私は案内の人が到着するまでテラスで待つことになった。

艶《つや》やかな飴《あめ》色をした籐椅子《とういす》に深々と腰かけ、鳥のさえずりと木々の葉が奏でる微《かす》かな音を聞く。

それにしても、イアン殿下の、あのいかにも『早くジリアンと二人っきりになりたい！』という素振り！　微笑《ほほえ》ましいというか、なんというか。

頑張れ、殿下！　なんて思うと、顔がにやけちゃう。

「やあ、ルーシャ。おはよう。清々しい朝に相応《ふさわ》しい、可愛《かわい》らしい笑顔だね。見ている私まで嬉しくなってくるよ」

爽《さわ》やかでどこか甘く、そしてよく通る声が耳に飛び込んできた。ピキッと全身が硬直する。

――嘘《うそ》でしょう？　この声は……！

嫌な予感と、よくわからないドキドキを感じながら振り向いた。

「アーネスト殿下……」

やっぱりーっ！

「久しぶりだね。会いたかったよ」

彼は完璧《かんぺき》な笑顔を浮かべつつ、籐椅子から半ば腰を浮かしかけた私の前に立った。

美しい青空、色鮮やかな花々と緑に輝く葉、そして殿下の神々しいまでに麗しい美貌《びぼう》。それらが一気に目に飛び込んでくる。

シンプルながら一目で仕立ての良さがわかる白いシャツは、第一ボタンが外されていて無造作に喉《のど》元《もと》がのぞき、黒のボトムスは細身で彼のスタイルの良さを引き立てている。

これぞ、まさに、眼福！　目が幸せ！　いやいや、そんなこと思っている場合じゃない！　だけどやっぱり目が離せない……どうしたらいいい⁉

言葉もなく見蕩《みと》れていると、彼は美しい笑顔を崩さず私の両肩を押して、元のように椅子に座らせた。ご自身はと言えば、私の前の床に片膝《ひざ》をつき、私の手を両手で包みながら見上げてくる。

「どっ、ど……ど……」

どうしてここに？　と尋ねたい気持ちと、跪《ひざまず》くのはやめて！　とお願いしたい気持ちがごちゃ混ぜで、上手く言葉が紡げない。ただ魚みたいに口をパクパク開閉するだけになっている。

「どうして私がここにいるかって？　イアンから君がここに滞在していると聞いてね。会いたくて来てしまったんだ。今日は君の案内役を務めさせてもらう。どうぞよろしく」

「え……？　ええっ！　案内役⁉」

「そう。一日一緒にいられて嬉しいよ。なにか要望があったら遠慮なく言ってくれ。君の願いならなんでも叶《かな》えよう」

アーネスト殿下は立ち上がり、握ったままの私の手をやんわりと引っ張った。さあ、立って！　と言わんばかりに。

甘い台詞と衝撃的な事実のコンボに呆然《ぼうぜん》としていたものの、このままなし崩しになってはまずいと我に返った。

「ちょ、ちょっと待ってください！　殿下の貴重なお時間を、私などに割いていただくのは畏れ多いので――」

「そんな他人行儀なことを言わないでくれ。悲しいな」

絶対嘘だ。悲しいどころか、面白い答えを期待しているような眼差《まなざ》しを向けてくる。

「嫌だと言うのなら、護衛として勝手についていく。君は気にせず自由に散策しなさい。大丈夫。こう見えても、私はそれなりに強いんだよ？」

ちょっと待って。これ、逃げられなくなる雲行き！

しかも護衛ってなに？　王太子殿下が護衛って正気？

「冗談はおやめください！」

諫《いさ》める声が裏返ったのは、長いまつげに彩られた彼の青い目に、言いようのない艶を見てしまったからだ。

それ以上見ていられなくて視線を逸《そ》らせば、先ほどまでジリアンが座っていた椅子が目に入った。

――そうだ！　のんびりパニック起こしてる場合じゃなかった！

今、ここにはジリアンがいて、アーネスト殿下がいるのよ。二人の接触を阻まねば！

ジリアンの傍《そば》にはイアン殿下がいるので大丈夫だとは思うけれど、慢心してはいけない。世の中には略奪愛という言葉も存在するんだから！

となったら、殿下のペースから脱却しなくては。

咳《せき》払いをして、居住まいを正す。

「話は変わりますが、朝食の時はお見かけしませんでしたので、アーネスト殿下はこちらには到着したばかりかと推察いたします」

「君と一緒に朝食がとれなくて、非常に残念だ」

艶《なま》めかしいため息つきの返事。気を取り直した傍からペースを崩されそうだ。ときめいちゃダメ、見蕩れちゃダメ！　平常心！　と三回、心の中で唱えて、どうにか持ちこたえた。

どこから離宮へやってきたにせよ、朝到着ということは夜間に移動してきたはず。いくら鍛えていたって身体《からだ》に負担がかかっているのは間違いない。出歩いたりしないで部屋でゆっくり休んだほうがいいんじゃないかな！　なんなら一日ぐっすり寝て体力回復しないとね！

「お疲れかと存じますので、まずはゆっくりとお休みになったほうが――」

「嫌だ」

言い終わらないうちに返事が来た。

「殿下！」

「ちょっと面倒な案件を片付けてきたんで、癒《い》やされたいんだ。君と一緒にいてはいけないか？」

真っ直《す》ぐな眼差しに、困ったような表情。金の髪は頬《ほお》に絶妙な影を落とし、憂いと色気が匂《にお》い立つようで……ああ、ダメだ、ほだされる……！

「それは……その。いけなくはない、です……」

「じゃあ、同行を許してくれるんだね」

そんなにパッと顔を輝かさないでください。あと、握りっぱなしの手にぎゅーっと力を込めるのもやめてください！　そういう意味じゃないとわかっていても、恋愛経験ゼロの私は簡単にときめいちゃうから！

「私といても、癒やされたりはしないと思いますけれど……。よろしく、お願いいたします」

視線を左斜め下、名も知らぬ紅《あか》い花へと逸らしながらの答えになったのは、間近に迫った殿下の顔が眩しすぎたからだ。

「心配には及ばない。君と一緒にいれば確実に癒やされるから。一日一緒にいられたら、きっと昨日までの疲れが全て吹き飛ぶよ」

アーネスト殿下は上半身を屈《かが》めて、私の耳元に顔を近づけた。

なにごとかと身を強《こわ》ばらせる私の耳に「協力してくれるね？」という囁《ささや》きが流れ込む。

吐息が耳朶《みみたぶ》を掠《かす》め、ぞくりと身体が震えた。

色気に当てられてぼうっとした頭の片隅で、どうしてこんなことになったんだろう？　と考えつつ。

「は……っ、はいぃ！」

反射的にそう返事をしていた。

「そうと決まれば、早速、行動開始だ。王宮ほどではないけれど、ここもそれなりに広いからね」

衝撃から立ち直れなくてコクコク頷《うなず》くばかりの私を立たせつつ、彼は上機嫌で話す。

しっかりしなさい、自分。考えようによっては、幸運よ！

アーネスト殿下と一日一緒にいるということは、ジリアンに近づかないよう間近で見張っていられるということ。殿下は部屋で休んでてくださいとお願いしただけで別行動するよりも、このほうが確実に監視できるじゃない。

なら、この機会を有効活用しなきゃね。行動を監視しつつ、ついでに情報収集にもいそしもう！

「さて、最初はどこへ行きたい？」

尋ねられて、我に返った。

「最初、ですか……。えー……と……」

慌てて答えを探すけれど、どこへ行ったらいいのか見当がつかないのだ。

案内役はきっとこの離宮に常駐している方であり、客人の案内にも慣れ、最適な見学ルートを知っているだろうと思っていたのだ。黙ってついていけばいいかな、なんて考えていた自分が恥ずかしい。

結構長い間考え込んでいたはずなのに、殿下は根気よく待ってくれる。でもそうされると、早くしなきゃと焦る。そんな悪循環の末、辿《たど》り着いたのはありきたりなリクエスト。

「この離宮はもともと主城だったと聞きました。その頃のお話が知りたいですし、もし今も当時の建築が残っているのなら見てみたいです！」

やっぱり建築物を見学するなら、事前にその建物の歴史を知っておいたほうが面白いよね。という理由から選択したのだけれど、アーネスト殿下は意外そうに私の顔をマジマジと見ている。

そんなに見つめないで！　と叫びたくなるくらいの凝視っぷりだ。

早々に行き先を決めて、このいたたまれなさから解放されたいのに、殿下はなかなか答えてくださらない。さて、困った。

「アーネスト殿下、もしかして、私は無理を申し上げてしまいましたでしょうか？」

私の希望した場所は機密に抵触するのかな？　どこまで公開可能で、どこからが非公開か考えてくれているとしたら申し訳ない。特にどうしても知りたいというほどじゃないから、難しいようなら他の場所を選び直したい。

「いや、違うんだ。ずいぶんと地味な選択だなと驚いた」

「地味、ですか？」

「うん。女性はもっと美しく華やかなものを好むのではないかと思っていたのだが」

「綺麗なものは私も好きです。でも秘められた歴史や、そこにある理由を知ってからのほうが、より一層楽しめると思いますので」

たとえば一枚の絵を鑑賞するにしても、予備知識ゼロで見るのと、その絵が描かれた当時の世相や、画家本人の生き方や思想を知っているのとでは違った印象を受けるはず。

アーネスト殿下は真顔で私の話に耳を傾け、聞き終えると輝くような笑顔になった。

何度も言うけど笑顔が眩しい。比喩《ひゆ》じゃなくて本当に。美貌は力ってこういうことなのね。

「なるほど。承知した」と殿下は頷き、少しの間考え込んだ。

「手始めにこの島の周りをめぐってみようか。離宮を離れることになるけれど構わない？」

「はい。ですが……」

「が？」

「湖に出て大丈夫なのですか？　対岸から見えてしまうのではないでしょうか」

誰かに見られて、あらぬ噂を立てられたら大変だ。

「そんなことを気にしているのか。君となら誰に見られても構わないよ」

「えっ⁉」

「――と言いたいところだが、それでは君が聞きたいことへの答えにはならないな」

悪戯《いたずら》っぽく笑う。殿下の冗談はちょっと心臓によくない！

「賓客をもてなすために船を出すのはよくあることだ。珍しいことではないので誰も気にしない。それに対岸にあるのは全て貴族の別荘だ。仮になにかを目撃したとして、それが噂にしていいことか否か判断はつくだろう。つかない者には離宮の傍に別荘を建てる資格などないよ」

アーネスト殿下の口調は穏やかだし、柔和に微笑んでいるけれど、そこはかとなくブラックな感じがした。もし判断を誤ってうっかりポロッと余計なことを言ってしまったら、その人はどうなるのかな？　別荘取り壊しとか使用禁止だけですむのかな……？　いや、深く考えるのはやめておこう。

「問題ないんですね。安心しました」

あははと笑いつつ、頭の中に湧《わ》いた考えを振り払った。

「そう。何の問題もないんだよ」

アーネスト殿下は使用人を呼び、船を用意するようにと命じた。使用人は驚くでも反対するでもなく淡々と受け答えをしている。殿下の言うとおり、船を出すことに問題はないようだ。

殿下に案内されて船着き場へ向かえば、用意されていたのはゴンドラのような形の小舟。

ロマンチックな意匠で、湖の景観によく合っている。もう少し大きい船に乗るのかと思っていたので驚いたけれど、おとぎ話の中にいるような気がして、気分が上がる。

内装も豪華なので、乗り心地も非常に快適だ。座席は少し硬めのクッションで安定感がある。

「気に入ってくれた？」

「はい！　こんな素敵な舟に乗れるなんて！　ありがとうございます」

抑えようと思っても、声が弾んでしまう。

「喜んでもらえて、私も嬉しいよ」

乗っているのは、アーネスト殿下と私、それから操船してくれている船頭さんがひとり。

耳に聞こえるのは、さざ波の音、船頭さんが櫂《かい》をかく音、それに小鳥の囀《さえず》り。

開放感と一緒に、世界には私たちだけしかいないような不思議な気持ちにもなる。

話が途切れても気詰まりではなく、殿下も私も湖を眺めた。

「この景色、昔から好きでね」

先に沈黙を破ったのは、アーネスト殿下だった。

声に引き寄せられるように、真正面に座る彼へと目を転じた。遠くを見る彼の横顔は、学園内で見かける彼より少し大人《おとな》びた印象で、僅《わず》かに憂いを帯びている。いかにも休暇中らしい飾り気のない服装と相まって、違う誰かを見ているみたい。

「美しいですね」

湖水は水底が見えるほど澄み、水面は夏の日差しにキラキラと輝き、遠くには夏さえ消えない雪の山嶺《さんれい》――自然の美しさと厳しさが混在する光景だ。

「この先に築城当時の面影を残す場所があるんだが、そこまでもう少しかかる」

「それでは、そこに到着するまで、いくつか質問をしてもよろしいでしょうか？」

少しの時間だとしても情報収集のチャンスだ。すかさずお願いをすると、殿下は面白がるような表情を浮かべた。

「それは新聞部員としての質問？」

「私個人の興味からです。伺ったことは他言いたしませんので！」

慌てて付け加えると、殿下は唇に笑みを乗せた。

「君が私に興味を持ってくれるとは、嬉しいな」

彼はにっこり笑いながら、身を乗り出す。まるで本当に嬉しいと思っているような表情と仕草に、またしても胸の中がざわめく。

こんな時はどう答えれば正解なの!?　社交辞令《しゃこうじれい》に詳しい誰か、教えて！

目を泳がせて、口をパクパクさせていると、アーネスト殿下がクスクスと忍び笑いを漏らした。それでようやく、からかわれたことに気付いた。

「で、質問というのはなにかな？」

からかいに気付かなかった恥ずかしさで頬が熱いけれど、時間も限られているので、いつまでもダメージを引きずっていられない。簡潔に、かつ迅速《じんそく》に尋ねなくちゃ。

ジリアンが彼のタイプだったら大変。大至急、アーネスト殿下と彼女のエンカウントを限りなくゼロにする策を練らないといけない！

そう焦ったのが裏目に出た。

「どんな女性が好みですか？」

口から衝《つ》いて出たのは、とても直截《ちょくせつ》的な質問。言ってしまってから『これはないわ！』と冷や汗をかいた。

殿下は微笑を消し、驚いたように私を見ている。

「あ、そ、そ、その！　すみません。失礼しました。今の質問は取り消します！」

立場上、好みの女性なんて答えられないよね。他言しないと約束したけれど、私がいつかポロリと漏らすかもしれない。そうなったら王太子妃の座を狙《ねら》っている方々はこぞってその『好み』になろうとするだろう。

固まってしまった雰囲気をどうにかしたくて慌てていると、彼がおもむろに口を開いた。

「君だ」

「はい？」

なにが私なの？

「私の好みは君だよ、ルーシャ」

嘘も偽りもないと言わんばかりの真っ直ぐな視線。聞き間違えられないくらいはっきりした口調。

まさか、そんな……と、一瞬呆《ほう》けてしまったものの、すぐに我に返った。

殿下の好みが私だなんて、そんなことあるわけない。

さすがは王太子。質問者をけむに巻く、上手い返事の仕方だわ！

殿下にそんなこと言われたら、多くの女性は『ありえない！』って思うものの、嘘でしょう？と食い下がるのは難しいし、驚いてオロオロしているところを言いくるめるのは簡単だろう。それに、誰かに話を漏らそうとしてもまさか『王太子殿下の好みは私よ！』なんて言えないよね。

優しくて人がよさそうに見えるけれど、やっぱり一筋縄じゃいかない方だと再確認した。

いい人の仮面の下で、ジリアンをかっ攫《さら》われたら大変！

イアン殿下、頑張って！私も陰ながら頑張ってサポートしますから！

脳裏に浮かんだイアン殿下の面影に向かって手を合わせた。

「聞いている？もう一度言おうか？」

「聞いております！大丈夫です。――からかうなんてお人が悪いです。とても驚いてしまいました」

あはは、と笑えば、彼は「冗談ではないんだけれどね」と困ったようにも、呆《あき》れたようにも聞こえるため息をこぼした。なんとも演出が細かい。

「そういう君の理想は？　どんな男性が好み？」

「私の好みですか？　好み……好みは……」

アーネスト殿下です！　と意趣返しをしてみたい気持ちはあるけれど、その後を上手く乗り切れるだけの会話スキルを持ってない。

それに殿下のお顔は非常に好みなので、冗談でも『好き！』なんて言っちゃったら、今後意識しちゃって大変そう。

そ、そうだ、どうせなら殿下とかけ離れた男性像を話してしまえばいいんじゃない？　かけ離れた容姿、かけ離れた性格……。

「かっ、寡黙で……ちょっとコワモテなくらいが好き、かも……しれません。ほ、ほら、いつも厳しいお顔をしている方が、ふとした拍子に笑うのを見ると嬉しくなりませんか？　そういうの、いいと思います」

しどろもどろに答えると、アーネスト殿下は「ふうん」と納得したのかどうかわからない相づちを打った。

「それから、優しくて誠実な方がいいです！」

こっちは本音だ。

「なるほどね。寡黙でコワモテで優しくて誠実、か。君の口ぶりからして、優しくて誠実な人が最重要なのかな？」

外見に関しては適当なでっち上げだ。それを見抜かれているみたいでドキッとした。

「え？　あ、はい？　そ、そうですか……？」

「なんで私に聞くんだい？　君の理想は君が一番わかっているはずだよ」

アーネスト殿下はクスクスと笑う。

適当に嘘を並べたの、完全にバレている気がする。

「それは……そう、なんですが……」

「じゃあ、逆に嫌いなのはどんな男性？」

「え？　き、嫌いな？」

なんでそんなこと聞くの？　とは思ったけれど、答えないのも不自然だ。嫌いな男性？　そうだ、ゲームの中のブラック殿下！　二次元なら好みだけれど、実際にいたらとても嫌！

「怖い人！　怖い人が苦手です。一途すぎたり、思考が極端だったり、目的のためなら手段を選ばなかったり、力ずくで人を従えようとしたり。それから、人の意見を聞かない自己中心的な人も嫌です」

一気にまくし立ててから、そっとアーネスト殿下を見上げる。彼は驚いたような顔をしていたけれど、すぐに楽しそうな笑い声を上げた。

「好きな男性像は曖昧《あいまい》なのに、嫌いな男性像はずいぶんハッキリしているんだね！」

それはそうだ。好きな男性像は半分嘘で、嫌いなほうは本音なんだから。

「だ、だ、男性を好きになったことがないので、理想ってよくわからないのです。それより、どうして殿下はそんなことをお聞きになるのですか？」

苦し紛れの言い訳ついでに尋ねれば、アーネスト殿下は私の手をそっと取った。

「君に興味があるからだよ、ルーシャ。君のことを知りたくて、知りたくて仕方がない」

私の手の甲に口づけ、色気たっぷりの上目遣いでこちらを見てくる。

「ひゃっ!?」

どうしていいのかわからなくて、ただただ狼狽《うろた》えるばかりだ。からかうのはやめてほしい。

助け船を期待して振り返るけれど、ちょうど曲がらなきゃいけないところに差しかかったらしく、船頭さんはこっちを見ていない。そもそも櫂の音と水音のせいで、私たちの会話はなにも聞こえていないのかもしれない。

ダメだ。自力で切り抜けないと。

「そういう甘い言葉は、他の方に囁いてください」

精一杯にっこり笑って、手を引き抜く。

そんなふうに逃げられると思っていなかったのか、アーネスト殿下はきょとんとした顔になった。

でもそれはほんの一瞬で、みるみる面白がるような表情に変わった。

「残念。逃げられてしまった」

私が逃げたため空いた右手を、彼はヒラヒラとおどけたように振る。

「逃げるに決まっています！　こういう会話には慣れていませんので、困ります」

社交辞令の応酬や、思わせぶりな言葉でする駆け引きは苦手だ。

「君を困らせたくはないから、これ以上はやめておくよ。せっかくできた友人に嫌われるのは悲しい」

「友人、ですか？」

「違うのか？」

悲しげに尋ねられて、慌てて首を横に振った。

なるほど。殿下は私を友人だと思ってくれて、だから興味があるとか知りたいと言ったのね。

それなのに、私ったら変な勘違いをしちゃって恥ずかしい。

「いえ、違いません！　大変失礼しました！　殿下に友人だと思っていただけるなんて、身に余る光栄です！　その……あまりにも畏れ多いことで、つい――」

「そう堅苦しくされると寂しいな。生真面目《きまじめ》なのは長所だが、君は友人にもそんなふうに接するのかい？」

「申し訳ございません！　もっと砕けた喋《しゃべ》り方ができるように努力いたします」

「それが堅苦しいと言っているんだけれど？」

と言われても、どうすればいいの。

「そんな急には変えられません」

「じゃあ、とりあえず笑って」

「こう、ですか？」

ちょっとぎこちなくなってしまったけれど笑顔を作れば、アーネスト殿下は「それでいい」と頷いた。

「学園内で見かける君はいつも気を張っているように見えた。今日は肩の力を抜いて、そうやって笑っていてほしいな」

特に意識したことはないけれど、確かに入学前に比べれば笑う機会は減ったかもしれない。

「私、そんなに必死な形相をしてました？」

「必死と言うより懸命に頑張っている感じだね。いじらしくて好きだよ」

殿下ーっ！　だから軽々しく『好き』と言わないで！

「ありがとうございます。でも褒められ慣れてないので、恥ずかしいです……」

語尾がみるみる小さくなっていく。

それ以降は、ありがたいことに当たり障りのない会話になった。助かった……と胸を撫《な》で下ろしていると目的の場所に着いたと告げられた。

「あの辺りに古びた石垣があるだろう？　築城当時の面影を残すのはあの石垣と、向こうに聳《そび》える尖《せん》塔《とう》だけでね。尖塔については後で話すから、今はとりあえず石垣と、その上に建つ建物の話をしよう。ここに城が建てられたのは――」

アーネスト殿下がすぐに解説を始めてくれる。

簡潔でわかりやすい話に耳を傾けつつ、彼の指差す方向を眺める。

最初に築かれた城を中心に増築が重ねられ、時には放置され荒れ果て、そしてまた修復と増築が重ねられ……そんな歴史が、実際に痕跡《こんせき》として残っている。

長い時を経た証左が目の前にある。そのことに夢中になってしまい、ついつい舟から身を乗り出してしまった。

舟がぐらりと傾き、私は為《な》すすべもなくバランスを崩した。

湖に落ちる！　と覚悟して目を瞑《つむ》ったのと同時に、力強い腕が私の身体を引き戻した。

恐る恐る目を開ければ、私はアーネスト殿下に抱かれながら、床に座り込んでいた。心臓がバクバクして、背中や掌《てのひら》に嫌な汗がじっとりと浮かぶ。

「間に合ってよかった。気をつけなさい、ルーシャ」

「あ……ありがとう、ございます……。申し訳ありません。夢中になってしまって」

「私の話に夢中になってくれるのは嬉しいが、それで君が危険な目に遭ったのでは元も子もない」

「お恥ずかしい限りです。気をつけます」

転覆したら怖いので、這《は》うようにして座席に座る。その間、アーネスト殿下もさりげなく支えてくれた。そこまではとてもありがたかったのだけれど……。

殿下の手が。手が。腰に回ったまま！

座席に座った私の足元に、殿下が座っているみたいな構図になっている。

早く殿下も元の席に戻ってほしいのに、腰を上げる気配はない。

「あの、私、もう座りましたので、支えていただかなくても大丈夫です」

困り果ててそう伝えれば、ようやく腕の存在に気付いたのかと言わんばかりに、腰を抱く手に力がこもる。

「また落ちそうになったらいけないから、こうやって支えているよ」

「それは、ちょっと……ご遠慮申し上げます」

「そう？　ならこうしよう」

そう言うと、彼は流れるような身のこなしで、私の横にするりと腰を下ろした。

小さな舟で横幅もないから二人並ぶと窮屈《きゅうくつ》……と思うより早く抱きかかえられて、気付けば彼の膝の上に座らされていた。

背後から抱きすくめられる形で、彼の両手は私のウエストにしっかり巻き付いている。

お陰で不安定さは感じないけれど、背中に感じる胸板の硬さや体温に息が止まる！

「ちょっと待ってください！　どどどど、どうしてこうなるんですか!?」

「どうして、って……このほうが安全だろう。それに、これだけ近ければ私も大きな声を出さずに解説できる。合理的だと思うが？」

嘘だ！　絶対面白がってるだけよ！　その証拠《しょうこ》に、私の耳の傍にある彼の口元からは、低い忍び笑いが聞こえてきている。

「合理的⁉　そういう問題ではありません！」

「固いことを言うな。友人だろう？」

「なんでもかんでも『友人』のひと言で片付けないでください！　これはどう考えても不適切な距離ですが！」

こんなきついこと言ったら罪に問われるんじゃないかと不安に思いながら、勇気を出して苦言を呈したのに。なぜか殿下は大爆笑。

「ルーシャは本当に真面目だね！　ここぞとばかりに自分を売り込んだりしない」

笑いの合間で話す。

まだ婚約者が決まっていない殿下の周りには、王太子妃の座を狙う女性が多く集まる。だから、逆に距離を置きたい私は物珍しいのかもしれない。

「ルーシャのそういうところに惹かれたから、親しくなりたいと思ったんだよ。君は生まれて初めてできた、女性の友人だ」

私の予想を肯定するようなことを言う。そんなことを聞いたら無碍《むげ》に『離れて！』とは言いにくい。

緊張するけど、少しの間だけならこの姿勢でもいいかなという気分になったので、それ以上抵抗するのは諦《あきら》めた。

一度腹をくくってしまうと、彼の温《ぬく》もりが心地いい。気を引き締めようとする傍から、緩んじゃっ

て困る。

「ねえ、ルーシャ、不思議な気分にならないか？」

穏やかな沈黙のあと、アーネスト殿下が口を開いた。彼の声はもう笑いを含んでいない。寂しささえ感じさせる声音だ。

「人の世がいくら移ろっても、この湖は静謐《せいひつ》さをたたえたまま、ここにあるんだろうね。我々人間は、ほんの束の間を通りすぎるだけ。泡沫《うたかた》のような人の世で、身分がどうだ、富が、名声が……と躍起になるのは馬鹿《ばか》馬鹿しくないか」

声の中に厭世《けんせい》的な気配を感じる。ゲームの中のアーネスト殿下は心の中に孤独と歪《ゆが》みを抱えていたけれど、現実の彼もなにか鬱屈《うっくつ》したものを抱えているのだろうか。

そういえば、『ちょっと面倒な案件を片付けてきた』と話していたよね。人間にうんざりするくらい嫌なことがあったのかな。

「たとえ人の世が泡沫だとしても、それはそれでいいんじゃないでしょうか。どんなに短くても、私たちが生きていることは消えない事実ですから……。その短い時間の中で、大好きな人たちが幸せに暮らせたらいいと思います。上手く言えないのですが……その、私は凡人なので、悠久の時とか人の世の行く末というような壮大な話は想像もつかなくて、でも愛する人たちとその子孫にはいつも幸せでいてほしいです。身分やお金にこだわるのも、自分の愛する人を守りたい気持ちの裏返しだったりするのかもしれません。もちろん欲するあまりに罪を犯すのは言語道断《ごんごどうだん》ですが。――えっと、その、すみません。自分でもなにが言いたいのかわからなくなってきました！」

喋り始めたのはいいけれど、着地点を見つけられない。

なんか、こう、殿下が人に対して失望しているらしいのが悲しくて、違う見方もあるとさりげなく言えたらよかったのに、的外れな上に押しつけがましくなってしまった。

「いや。そうか。たとえ泡沫でも、意味はある、か……」

私への返事というより、独《ひと》り言みたいだった。

「よく知りもしないのに、偉そうなことを申し上げてしまって……恥ずかしいです」

「そんなことはない。やはり今日は君と一緒でよかった」

私のお腹《なか》の前で組み合わされた腕に、きゅっと力がこもった。

自分では失言だとしか思えない言葉だけれど、少しでも彼の心になにかが届いたなら嬉しいな――。

それにしても顔が見えないって厄介だ。

「そろそろ戻ろうか。一日は短いからね。君を案内したい場所はまだたくさんあるんだ」

そう言うと、殿下は船頭さんに戻るようにと指示を出した。舟はゆっくりと向きを変え、元来た方向へ進み始める。

「往路は君から質問を受けたから、帰りは私が君に質問していいかな？」

尋ねられて、情報収集しなきゃいけなかったことを思い出す。しまった！　大した成果も出ないうちに、アーネスト殿下のペースに乗せられてすっかり忘れてた！

「私の話なんて面白くありませんから」

「そんなことはない。君にとって、友人のことを知るのはつまらないこと？」

「まさか！」

「だろう？　そういうことだよ」

アーネスト殿下は朗らかに笑った。

岸に着くまで、アーネスト殿下は次々に他愛《たわい》もない質問を投げかけてくる。好きなお菓子、好きな花、好きな色……。彼から情報を引き出そうと意気込んで舟に乗ったはずなのに、これでは立場が逆だ！

殿下のペースに乗せられっぱなしでなるものか！　と思って、こちらからもできるだけ質問したりして、結局帰りは質問合戦みたいになっていた。

いつの間にか緊張はほぐれ、密着する体勢にも慣れ、お喋りは予想以上に楽しかったけれど、なにかが違うような違和感が拭《ぬぐ》えない。殿下がジリアンと接近しないように見張るのと、今後の対策の参考に情報収集するため一緒にいるのに。そう、なにか違うような気がするのだ。でも、なにが違うのかはっきりわからない。

殿下の手をお借りしつつ、揺れる舟から恐る恐る降りれば、まだ足元が揺れているような気がする。千鳥足ではないけれどちょっと心もとない歩き方に気付いて、アーネスト殿下がさりげなく支えてくれる。

スマートな優しさに、胸がキュンキュンするやら、恥ずかしいやらで頬が熱い。

「次は画廊と図書室がいいかな。だが、案内の前に休憩しよう。湖の上は風が涼しかったから、身体が冷えただろう？　温かい飲み物でも用意させよう」

殿下の笑顔はいつも通りの爽やかさで、自分だけがドキドキしたり、焦ったり、恥ずかしがったりしている。その温度差を寂しいと思ってしまうのは私の我が儘《まま》だろう。

休憩のあとは、殿下おすすめの画廊と図書室を見学させてもらった。

画廊に飾られている絵は、グリーンブライトの風景が多かった。静かな湖畔《こはん》に、実り豊かな田園風景。春や秋のお祭りの様子を描いた絵もあって、歴代の国王がこの土地を愛していたのだろうと思えた。同じように、図書館には郷土史の本がたくさん収蔵されていて、中には民話の本も混じっていた。

昔話っていいよね！　ワクワクしながらあれこれ手に取って眺めていたら、アーネスト殿下が持ち出して読んでいいと許可をくださった。

厳選したつもりなのにお借りしたい本は十冊。滞在中に読み切れないんじゃないかな……。

「読み切れなかったらその時はその時。続きが読みたくなったら、いつでも遊びにおいで。君なら大歓迎だよ」

そう告げると、彼は即座に人を呼び、「これをルーシャ・リドル嬢の部屋へ運ぶように」と渡してしまった。遠慮する暇もない。

図書室を出ると、アーネスト殿下から中庭へと誘われた。

「今日は天気がいいし、気温もさほど高くない。庭の一画に昼食の席を用意させているんだ」

口ぶりからして、もう用意は完了している頃合《ころあ》いなのだろう。

「でも、中庭ではイアン殿下とジリアンが……」

「大丈夫。ここの中庭は広いうえに入り組んでいる。念のため彼らのいるガゼボとは真逆の位置に用意させたのだが……、ああ、君の心配は杞憂《きゆう》のようだよ」

彼の視線を辿れば、イアン殿下とジリアンの姿が見えた。

仲良く手を繋いで、談笑しながらこちらへ向かってきている。ふいに二人の歩みが止まったと思ったら、ジリアンがハンカチでイアン殿下の頬を拭っている。顔に絵の具の汚れでもついていたみたい。

微笑ましい光景だ。

このままなんの障害もトラブルもなく、二人の恋が実って結婚に漕《こ》ぎ着けられたらいいな。

あんなにお似合いの二人がすれ違うところなんて、見たくない。ゲームの中のすれ違いイベントを思い出して胸がチクチク痛くなる。

視線を感じて横を見れば、殿下が心を見透かすような眼差しで私を見ていた。私を観察でもするかのように温度のない視線。青空色の虹彩《こうさい》には薄氷を彷彿《ほうふつ》とさせる光が混じっている。

うなじに冷水を押し付けられたように、ぞくりと悪寒が全身を走る。

「殿下……？」

喉の奥がざらざらして、声が掠《かす》れる。

「――彼らも昼食に誘おうか？」

彼は今しがたの視線が嘘だったかのように、朗らかに笑った。

「一緒に、ですか？　いえ、それは！」

食事を共にするって、それ親密になるために使われる定番の手段じゃない！

ジリアンとアーネスト殿下が親密になったら困る。

さすがに夕食の晩餐《ばんさん》は避けて通れないから諦めるにしても、お昼はもっと砕けた席だろうから、なおさら避けたい。

「嫌か？」

「いえ、そういうわけではなくて。二人の時間を邪魔するのは忍びないのです。学園内ではどうしても二人でいられる時間が少ないですから。せめて夏休みくらいは……」

「そういうことなら、やめておこう。どうも私は色恋沙汰《いろこいざた》に疎《うと》くていけない。君が注意してくれて助かったよ。危うくお邪魔虫になるところだった」

冗談めかしてそんなことを言う殿下に笑い返しながらも、お腹の底にはザワザワとした不安が残った。アーネスト殿下の冷たい視線の理由はなんだろう？　美しい笑顔の下で彼はなにを思っているのだろう？

昼食は大樹の作る木陰に用意されていた。丸いテーブルには白いクロスがかけられ、美味《おい》しそうな料理が所狭しと並んでいる。

食事中に給仕が必要ないような料理ばかりで、メイドたちは私たちが席に着くと下がった。

二人きりの食事……緊張せずにはいられないシチュエーションだけれど、それでも何とかなっているのは、庭園の見事さのお陰。どこを見ても、なにに見蕩れていても無理はない美しさだ。

実際に今だって、紅茶の水面《みなも》に映った白い花に惹かれて上を向き、私たちのテーブルに影をつくってくれている巨木を眺めている。濃緑の葉に寄り添うように咲く白い花。なんという名前の木なのか知らないけれど、木漏れ日と相まって清々しい姿だ。

「この木がお気に召したようだね」

向かい側に座ったアーネスト殿下が、テーブルに頬杖《ほおづえ》をつき満足そうに目を細めた。そういう行儀の悪い仕草さえ、彼がすると優雅だ。

「はい！　この木の下で読書をしたらさぞ気持ちいいでしょうね」

明日辺り試してみようかな。敷布と膝かけを用意して……と想像するだけで、心が浮き立つ。

ついつい、ふふっと笑えば、殿下もつられたのかにっこりと笑った。

「弟から聞いたところによれば、ジリアンは相当の読書家だそうだが、君も相当好きなんだね」

「嫌いなほうではないと思います。彼女とは幼い頃からよく遊んでいましたけれど、二人で並んで本を読んでいることもよくありました。お互い無言なので、親たちが静かすぎると心配して見に来たり……。つまらない昔話をしてしまいました。すみません、忘れてください」

　アーネスト殿下の口からジリアンの話題が出ると、落ち着かない。なにがきっかけになってアーネスト殿下が彼女に興味を持つかわからないし、そのままルートに突入したら最悪だ、早々に切り上げたい。

「実に興味深いよ。続けてほしいな。君たちはそんな大人しい子どもだったのだね」

「大人しいかと言われると、ちょっと」

　苦笑いで言葉を濁すけれど、殿下は『続けて』というように小さく頷いてから、ジッと見つめてくる。

「本に書いてあったイタズラを実践して叱《しか》られたり、本の虫と言ってからかってきた男の子を二人で言い負かして泣かせたり」

「へえ。その男の子を？　その子も幼馴染《おさなじ》み？　今でも意地悪なのかな？」

　アーネスト殿下はますます身を乗り出してくる。そんなに面白い話でもないのに。

「その子はジリアンの遠い親戚《しんせき》だったと思うのですが、会ったのは一度だけです」

　そろそろ終わりにしたいな。昔の話をすれば必然的にジリアンの話をすることになるんだもの。

　そんな気持ちから答えは自然と早口になるし、ぶっきらぼうになっていた。そのせいか唐突に会話が途切れた。

　その沈黙を破ったのは、アーネスト殿下だ。

「君はもしかして、イアンが好きなのかな？」

「――は？」

間抜けな声が口をついた。

え。誰が、誰を、好きだって？

「さっき二人を見て辛《つら》そうな顔をしていたね。昼食を一緒にとるのも嫌がっていた。それは、イアンがジリアンと仲良くするのを見たくなかったからでは？　今だってジリアンの話題は話しにくそうだ。彼女に関する話をするのが辛いのは――」

「ちょ、ちょっと待ってください、殿下！」

動揺しすぎて、殿下の話を遮ってしまったけれど、それ以上は聞くに堪《た》えないので許して！

それから、見るからに高価そうなティーカップを、ガチャッと音を立ててソーサーに戻してしまったけれど、それも許してほしいな！　突拍子もないことを言い出した殿下のせいだから！

「それは、つまり、私が、イアン殿下を、好きだと……。殿下はそう思っていらっしゃるのですか？」

「違うのか？」

「はい!!　決して横恋慕なんてしていません。絶対に！　私の理想はコワモテですから！」

昼食を一緒にとりたくなかったのはアーネスト殿下を警戒してのことだけど、それは口にできない。なので、ここぞとばかりに先ほど口から出任せで言った理想の男性像を引っ張り出してくる。繊細で優美な美貌のイアン殿下はどう逆立ちしてもコワモテにはなりえない。

「では昔の話をしたがらなかったのは？」

「それは！　そ……その……。ジリアンの昔の話を、イアン殿下より先にアーネスト殿下がお知りになったら、イアン殿下は面白くないだろうなと思いましたので」

咄嗟《とっさ》の言い訳にしては我ながら上手いこと言ったんじゃない？

イアン殿下はなかなかに嫉妬《しっと》深そうなので、自分以外の男性が幼い頃のジリアンの話を先に聞いていたら不快になると思うな。

「では、全て私の誤解、か？」

「はい！　誤解です！　紛らわしい態度を取ってしまったようで、失礼しました！」

全力で否定する。ムキになっているのが更に怪しいと言われたら困るけど。

「本当に違うのか？」

「本当に、違います。ジリアンには幸せになってほしいし、彼女を幸せにできるのはイアン殿下だけだと信じております！」

だからこそ、二人の障害になりそうなあなたを近づけたくないのですが！

疑う殿下と、嘘じゃないと主張する私は、しばらく無言で見つめ合う。

「それを聞いて安心した」

彼はふうっと大きなため息をつき頬杖を解いた。

「誤解が解けて嬉しいです」

安堵《あんど》したと言わんばかりの力の抜けた表情に、物憂げにも見える切れ長の目。色気が全身から滲《にじ》み出ていて目のやり場に困る。そっと目を逸らした私の耳に、彼の声が流れ込んだ。

「ところで君の理想の男性についてだが」

「え?」

「君は他人の外見にこだわるような性格に思えないのだけれど、どうして『コワモテ』が理想?」

「え? あ。それは、その……。な、なんででしょう?」

唐突な話題転換と、探られたくないところを探られたことで、返事がしどろもどろになってしまう。もっと堂々としてないと怪しまれる。そう思っても、動揺は消せない。

「確か、厳しい顔をした人がふとした弾みに見せる笑顔がいいと言っていたね」

「あ、はい。そう! そうでした! たまに見せる笑顔にキュンとします!」

ついうっかり、自分で言った理想像設定を忘れていた。

アーネスト殿下もおかしいと思ったのか、僅かに眉《まゆ》をひそめた。

嘘だってばれた?

焦る私。そんな私をジッと見る殿下。沈黙が辛い。

「本当にコワモテが好きなのか?」

「そう言われてみると、なんだか違うような気がしてきました。あ、ギャップがある方を好きなのかもしれません」

笑って誤魔化した。殿下もにっこり笑い返してくれたけれど、どこか油断ならない雰囲気だ。これは完全にコワモテ好きは嘘だってばれてるね！

でも、『殿下が理想です！』と言ってぐいぐい迫って迷惑をかけたわけでもないし、彼にとって私の理想の真偽なんてどうでもいいことのはず。お茶を濁してしまえばこっちのもの。

「そうか」

「はい！　殿下とお話ししていて、ようやく自分の理想がハッキリしました」

ニコニコしながらお茶をひとくち飲む。それを機に話題を変えてしまいたいからだ。

「ギャップ、ね。それならどうとでもなるな」

私の耳に、殿下の独り言のような言葉が届く。言葉の意図がわからないし、聞き違いかもしれない。

「殿下？　なにかおっしゃいました？」

尋ねたけれど、彼は「なんでもない」と微笑むだけだった。

その後、しばらく食後の休憩をして、それから庭園や温室を散策した。途中で何度も休憩を挟んでくださったお陰で、疲れも覚えていなかった。

そう。離宮案内ツアーのラスト、主塔へ上る前までは。

殿下の解説によれば、主塔は築城された時からある古い建物だ。先端部分へのびる螺旋《らせん》階段は急で、しかも荒削りな石造りなので、ちょっと……いや、かなり歩きにくい。

かった。

「大丈夫か、ルーシャ？」

「は……い……、だ、大丈夫、です……！」

「大丈夫そうには見えないが」

ですよね！　私もそう思う。日頃、運動不足だったつもりはないけれど、延々と続く階段はきつかった。

その一方、アーネスト殿下は額に汗すら浮かべていない。なんなのだ、この差は。

アーネスト殿下は日々鍛えているらしい、という噂は本当だったようだ。余談ながら、弟のイアン殿下は自室をアトリエに改造していて、部活を終えて寮に帰ってまで絵を描いているらしい。

「やっぱり、手を繋ごうか」

「そんな！　け、結構です」

と、断る傍から強引に手を掴まれた。

「殿下！」

「意地を張るのもいい加減にしなさい。手を繋ぐのも嫌だと言うなら担ぐよ？」

「担ぐ⁉」

「そう。肩に担ぎ上げるけど構わない？　本当は抱っこしてあげたいけど、ここの階段は狭いからね。君の頭をあちこちにぶつけてしまいそうだ」

荷物のように運ばれる姿と、石壁にゴンゴン頭をぶつける姿を想像して、勢いよく首を横に振る。

それは遠慮したい。

「もうちょっとだけ頑張れるか？　付き合わせてすまない」

あと少しで最上階に到着するから……と、アーネスト殿下は申し訳なさそうに眉尻《まゆじり》を下げた。

「わ……たしも、ここには……上るつもりで、いましたので……」

「君に興味を持ってもらえて嬉しいよ。この塔は私のお気に入りの場所なんだ」

息を切らしながら答えるのも、握ってもらった手がじっとり汗ばんでいるのも、へろへろな顔を見られるのも恥ずかしいのに、それに加えて、嬉しそうに笑いかけられるものだから頭の中は大混乱。

てっぺんに着いて、風に当たったら多少は落ち着くかな？　早く着いて！

心の叫びが通じたのか、それから十段も上らないうちに、周囲の空気が変わってきた。

疲れて俯《うつむ》いてしまう顔を何とか上向かせれば、階段の上から明るい日差しが差し込んでくる。

「はぁ……も、もう少し、ですね」

「うん。頑張れ、あと三段……二……一……」

殿下のカウントダウンに合わせて、重い足を動かす。太腿《もも》とふくらはぎが限界でプルプルするから、慎重に。だいぶアーネスト殿下の手に頼っちゃってるけれど、頭の中は階段を上りきることでいっぱいで気にしている余裕がない。

「やった……、着いたーっ！」

着いたとたん、へなへなと座り込んだ私の横で、アーネスト殿下は片膝をつく。

「お疲れさま。頑張ったね」

「ありがとうございます！」

答えてから、ただ階段を上っただけでこの喜びようはちょっと大袈裟《おおげさ》だと冷静になる。

おそらく八階建ての建物くらいの高さだと思うので、上りきれないほうが問題なのでは？

現にアーネスト殿下は平気そうだ。

「己の体力のなさが、情けないです……」

「ここの階段は上りにくいからね。踏み段自体傾斜しているし、石が荒削りで凹凸《おうとつ》がある。きっと敵に攻め込まれた時のためにそうなっているんだろうけれど、今となってみればただ疲れるだけだね」

そんなふうにさりげなく慰めてくれる。

息が多少整った頃を見計らって、立ち上がれるように手を貸してくれるところとか、本当に紳士だと思う。

ちょっと意地悪なところもあるけれど、ゲームの中のアーネスト殿下と違ってヤンデレではなく、優しい方なのかもしれない。

いや、違う違う。今日一日で何度かヒヤッとすることがあったので、ヤンデレではなくとも、怖い性格の方ではあるのかもしれない。油断は禁物だよね。

「疲れているだろうけど、君に見せたいものがあるんだ。こっちに来てくれるかい？」

誘われるまま、塔の外へ出る。人ひとりが通れるくらいの通路が塔の周りをぐるりと囲んでいる。

私の胸の高さまで石の手すりで囲われているので、落下の危険性は少ない。

とはいえ、うっかり真下を見てしまって、その高さにゾッとした。

「こら。そんなに下をのぞき込んだら危ない。私の傍においで」

急に硬直した私に気付いた殿下は、クスクスと笑いながら私の腰に手を回し、支えるように引き寄せる。ただ私が不安にならないように支えてくれている……それ以外の思惑は全く窺えない屈託のなさだ。

そう。変に身構えてしまうのも、ときめいてしまうのも、全部私がひとりで空回りしてるだけ。殿下にしてみたら弟の恋人の友人。もしくは、からかい甲斐《がい》のある後輩ぐらいのものだろう。

「すみません。お言葉に甘えさせてください。高いところが苦手というわけではないのですが、階段を上ったあとなので足元に不安が」

「遠慮なく寄りかかってくれ」

腰に回された殿下の腕に、少し力がこもる。さらに身体が密着しちゃって恥ずかしいけれど、逆に服越しに感じる彼の体温に安心してしまう。

で、次の瞬間には、勘違いしちゃダメだと警戒心が湧いてくる。ボケッとしていたら、なにかとんでもない事態に陥りそう。

傍にいさせてほしいとは言ったけれど、それで腰に手を回してくるのはくっつきすぎじゃない？

さりげなさを装って距離を空けたかったけれど、あまり暴れるわけにもいかないし、手すりを掴んで踏ん張るくらいしかできない。たぶん、殿下にとっては抵抗のうちにも入らないささやかなものだろう。

ここで手を離してほしいって言っても、絶対に逆効果だ。今日一日で嫌というほど学んだ。

「ルーシャ、顔を上げて？」

その声でハッと我に返る。見上げれば予想以上に近い場所で、青い目が煌《きら》めいている。吸い込まれそうな美しい虹彩に見蕩れていると、彼はスッと目を眇《すが》めた。

「向こうを見てくれ」

言われるがままに、視線を向ければ……昼と夜が混在するような不思議な光景が広がっていた。

高い山脈と、月の出始めた東の空。細った三日月のすぐ傍には一番星が瞬いている。

静寂を感じさせる濃紺の空の手前には、雪を被った白い峰《みね》。でも、夕日に染まって白い雪は赤く輝いていた。

「なんて……綺麗」

山脈のふもとに広がる森も赤く染まり、湖面もまた同じ色でキラキラと煌めいている。けれど、その湖面にひとつ、離宮の作り出す黒い影が長く伸びている。とりわけ長いのは私たちが今いる主塔の影だ。赤い湖面に、ただひとつ、夜を思わせる黒い影。

「君にどうしても見せたかった。夕方まで連れ回してすまない」

「――いいえ。こんなに素敵な景色を見せてくださってありがとうございます。感動して……言葉もありません」

　まるでおとぎ話のように美しい光景に魅せられ、夢見心地で答える。

「よかった。これから日没まで、色の変化がとても素晴らしいんだ。もう少しこうしていても構わない？」

「はい！」

「では、この塔にまつわる昔話でもしながら眺めようか。――昔、この国がまだ小さく、ここが国王の居城だった頃の話だ」

　アーネスト殿下が語ったのは、ひとりの国王と王妃の話。国王が城を不在にした際、敵国と通じていた臣下が深夜、城内で反乱を起こした。大混乱に陥る中、まだ若い王妃は剣を手に戦い、生存者たちを率いて主塔に立てこもり、王が帰還するまでの間、徹底抗戦の姿勢を貫いたという。その際、降伏を勧める反逆者に向かい、絶対に降伏はしないと宣言したのがこの場所だという。

「そんなことがここで起きたなんて……」

「怖い？」

「いえ。こんな静かで綺麗なところでそんなことがあったなんて、想像もつきません。――それで、その後はどうなったのですか？」

　王家は今でも続いてるんだから、ハッピーエンドに決まってるけどね。

「帰還した王が逆臣を退治して、王妃と再会し、めでたしめでたし。その時の王妃は遠い国から嫁いでまだ日が浅く、仲を深める間もなかったらしい。だが、この件で国王は王妃の心の強さにいたく感激したらしい。それからはもう臣下が苦笑いするほど仲睦《むつ》まじい夫婦になったそうだよ。と言うより、王が王妃にベタ惚れだったようだ」

殿下はそこでいったん言葉を句切り、なぜか苦笑いを浮かべた。

「この王の執心具合がちょっと変わっててね。肖像画が一切残されていないのだけれど、王妃を愛するあまり、誰にもその姿を描かせなかったと言われているよ。それにこの塔が現存しているのも、その王が遺言で『思い出の塔を壊すな！』と言ったからだと伝えられている」

「……情熱的な方だったんですね」

そこはかとなくヤンデレの匂いを感じるけれど。

「そうだね。血筋なのか、代々情熱的な王は多い」

アーネスト殿下はそう言うと、意味深に笑った。

まさか。ゲームの中では環境のせいで猜疑心《さいぎしん》が強く、それゆえヒロインに執着してたけど……。こっちのアーネスト殿下は血か！　血のせいで執着するのか！　としたら同じ血を引いているイアン殿下も遺伝的な意味で執着魔なのか！　いや、違う。現実のアーネスト殿下とイアン殿下がヤンデレだと決まったわけじゃない。落ち着け、私。

と、そんなことをぐるぐる考えているものの、気持ちのほとんどは目の前に広がる光景に釘付けだ。刻一刻と夜の気配が辺りを侵食して、燃えるような赤は紫色から青へと変わっていった。懐かしいような、切ないような、寂しいような、愛《いと》おしいような——なんとも名状《めいじょう》しがたい気持ちになる。

「風が冷たくなってきた。戻ろう」

「え？」

残照はまだ西の空にあって、もうちょっと見ていたい。すぐに返事できないでいると、アーネスト殿下は、私の腰を支えていた手を肩に移動させた。

「こんなに冷えてる。夏とはいえ身体を冷やしては体調を崩してしまう」

布越しに感じる彼の手が熱く、それでようやく自分の身体が冷えていることに気付いた。とくに薄着をしていたつもりはなかったけど、やっぱり避暑地だけあって朝夕は気温が下がる。上るときに汗をかいたのも敗因かな。

「次、ここに来る時は上着を一枚持ってくることにします。そうしたらもうちょっと長くいられますから」

「それから、なにか足元を照らすものがあるといいね。少し階段が暗いから」

言われて階段に目をやれば、そこにはぽっかり暗闇《くらやみ》が。

階段の途中にある小さな窓から差し込む光では、もう室内を照らせていない。え、今からここを下りるんだよね？　途中で足を踏み外す危険性大。

「慣れていないと危ないから、私に掴まって」

差し出された手に一も二もなく飛びついた。

「ありがとうございます！　よろしくお願いします。殿下のおっしゃるとおり、ひとりで来る時は明かりを忘れないようにします」

アーネスト殿下は夜目が利くようで、迷いのない足取りだ。ペースがゆっくりなのは間違いなく私に気を使ってくださっているからだ。

「ひとり？　それはやめた方がいいかな。ここ、幽霊が出るって噂があるから」

「ゆ、幽霊〜〜!?」

思わず口を飛び出した素っ頓狂《とんきょう》な声は、長い螺旋階段に大きく響く。

「し、失礼しました。大きな声を上げてしまって……」

「やっぱり君、幽霊が苦手なんだね。新聞部の取材の時、幽霊の話題を出したとたん、浮かない顔つきになったから、そうじゃないかとは思ったんだ」

なるべく顔には出さないように頑張ってたけど、バレてたーっ！　それ以前の問題として見られてたーっ！

結局、あの時のお話のオチは幽霊の正体見たり枯れ尾花ってことで、幽霊はいなかったんだよね。そこまで聞いてようやくホッとしたんだけど、それまでは怖かったな。

「忘れてください！」

「嫌だよ。君と私の大事な思い出なんだから」

「殿下……！」

そういう過剰な言動は返答に困るからやめてほしい。

「それにしても君は、どうしてそんなに幽霊が怖いの？」

「幽霊が実在するとは思っていないのですが、もし万が一本当にいたら……」

こうして前世の記憶を持ちつつ転生した人間がいるくらいなんだから、幽霊が実在したっておかしくないよね。

「いたら？」

「実体がないのにどうやって退治したらいいのかと思うと、怖くて！」

「んっ？　退治？」

「はい！　実体のある魔物や怪物なら、攻撃のしようもあると思うんですが、物理攻撃が効かないとしたら打つ手はないですよね？　それってとても怖いことだと思うんです！」

と一気にまくし立てると、私の手を引いて階段を下りていた殿下が急に立ち止まり、身体を折り曲げるほど大爆笑した。

え？　私、変なこと言った？

「殿下？」

「……ちょっと……待って」

笑いの間から切れ切れの答えが返ってきた。

ひとしきり笑って落ち着くと、アーネスト殿下はいつものように落ち着いた様子で口を開いた。

「笑ってすまなかった」

「いえ、こちらこそ。変なことを申し上げてしまったみたいで」

「違うよ。君は変なことなど言っていない。意外な答えで驚いたのと、それから君らしい考えだと思って嬉しくなってしまったんだ」

嬉しくて笑う場合、あんなふうに大爆笑するものかしら？　と頭の隅で思うけど、そういうのは人それぞれだものね。

「それで、ここに幽霊が出るというのは……」

「嘘だよ」

嘘！　からかわれたのか！　と思う半面、じゃあ心置きなくまた来られると安心もする。

「だからと言ってひとりで来るのはいけない。絶対に誰かを同伴させること。何かあったら大変だ」

ここは足元も悪いし、客人が怪我《けが》をしたら警備責任者の責任問題になったりするかもしれない。誰かに迷惑をかけるのも心苦しいので、ひとりで来るのはやめよう。

わかりました、と答えると、アーネスト殿下は嬉しそうに笑う。

「よかった。君が約束してくれるなら、私も安心して離宮を離れられる」

薄暗いのに、殿下の笑顔は輝いて見えるから不思議だ。

アーネスト殿下の離宮滞在は今日限りで、明日の早朝にはもう王都に戻るらしい。

そんな忙しいスケジュールなのに、私なんかに一日付き合っていて良かったの？　せっかくのお休みなのに……。

主塔を下りた後、イアン殿下やジリアンたちと合流して四人で夕食をいただいた。しばらく歓談していたけれど夜も更けたので解散になり、ジリアンはイアン殿下に、私はアーネスト殿下に部屋まで送ってもらうことになった。

「アーネスト殿下、今日は一日ありがとうございました。楽しかったです！」

「私も楽しかったよ。今日という日を、思い出として君の心に刻んでもらえたら嬉しい」

「はい！　絶対に忘れません」

楽しかったのは本当だ。ジリアンとの接触を回避するほうも首尾は上々。色々な意味で気の抜けなかった一日がもうすぐ終わると思えば達成感が湧いてくる。

「そう言ってもらえると嬉しいな。ありがとう。楽しんでくれているかどうか、内心では冷や冷やしていたんだ。君のその笑顔は最高の褒美だ」

嬉しそうに笑うアーネスト殿下に、ぼーっと見蕩れたとたん周囲の空気がフワッと動いた。

次の瞬間、頬に柔らかくて温かいものが触れる。

「つあ!?」

今しがた触れたものが唇だと理解したのは、彼が身を起こした後だった。

「本当に楽しかった。――いずれまた、こんな一日を過ごしたいものだ」

「え？　あ……、は、い……」

キスの混乱で、答えは上の空。うわずった声で答えれば、アーネスト殿下はニヤリと口の端を吊《つ》り上げた。細められた目には得体の知れない熱が宿っているように見えて、自分がなにかとんでもないミスを犯した気になった。

「じゃあ、またね、ルーシャ」

甘い笑みを含んだような声で囁き、殿下は私の頬を撫でた。今しがた口づけた場所を確かめるような触れ方で。

「新学期を楽しみにしている。しばらく会えない日が続くのは寂しいが、今日の君を思い出して耐えることにするよ」

上手く頭が回らなくて、なにを言われているのか理解が追いつかない。

「殿下……？」

「おやすみ。よい夢を。夢でも君に会いたい。君もそう思ってくれたら嬉しいんだが」

耳元で低く囁くと、なにもなかったかのように身体を離す。

アーネスト殿下は私に宛《あて》がわれた客室のドアを開けると、私の肩を抱いて中に入るように促した。

それに従って入室すれば、彼は「それでいい」と言いたげに頷きゆっくりとドアを閉じた。

呆然と立ち尽くしていると、ドアの向こうから遠ざかっていく足音が聞こえた。

キスの感触が残る頬を手で押さえながら、機械的に寝室へ向かい、ベッドへ腰を下ろした。

「今のキスって……なに……？」

お休みのキスだ。家族がするような。兄が妹にするような。殿下はおそらくそのつもりだったのだ。

わかってる。わかってるんだけど。

殿下の言動はどう解釈したらいいの？　まるで異性として好意を持っているとアピールされているように感じてしまった。

「ないない、そんなことあるわけないわ」

あはははは、と乾いた笑いが口をつくのは、衝撃から立ち直れないせいだ。

平凡、普通、脇《わき》役。ゲームの中でも現実でも、私の役どころはそんな感じ。王太子殿下とどうのこうのなんてあるわけないのだ。

「紛らわしい言動は、控えていただきたいものよね」

誰もいない部屋に、大きなため息が落ちる。

控えてほしいとお願いしたところでやめてもらえる気はしないうえに、下手《へた》したら激化する可能性さえあるからだ。

「私のどこにからかい甲斐を見いだしたのか、不思議すぎるわ」

独《ひと》り言《ご》ちれば、アーネスト殿下の顔が脳裏に浮かび、一瞬で頬が熱くなる。

「やめ、やめ！　考えちゃダメ！　ジリアンとの急接近を阻止できたんだから、それでよし！　以上、終わりっ！」

無理矢理、彼の面影を消し、勢いよく就寝の用意を始めた。
脇役の私に、メインヒーローで完璧な王子様のキスは刺激が強すぎた！

【第四章】変化の秋

「ねえ、聞きまして？　バークローア侯爵の……」

「横領ですって？　名門侯爵家のご当主がそんな不正をなさるなんて……嘆かわしいことですわ」

「ええ、本当に！　それにしてもイザドラ様はどうなさるのかしら？」

「退学というお話は聞いておりませんけれども、学園には居づらいですわよねえ」

夏休みが終わり、ジリアンと一緒に学園に戻ってみれば、女子寮は噂話《うわさ》で持ちきりだった。

集合場所と決められている談話室へ入るや否や、辺りでヒソヒソと交わされる会話が耳に飛び込んでくる。その中には「バークローア侯爵」「イザドラ様」「横領」「不正」などの単語が入っていた。

部屋を包む奇妙な熱気も、同情する素振りに小さな棘《とげ》を混ぜ込んだ会話も不快で、隣に立つジリアンと顔を見合わせてしまった。

「ねえ、ルーシャ。みなさんがざわめいているのって、あの一件のことよね」

「うん。そうだと思う」

数週間前、イザドラの父であるバークローア侯爵の不正が発覚し、逮捕されたというニュースが新聞で報じられたのだ。詳しくは知らないけれど新聞を読む限り、国に納めるべき税の一部を長年にわたり着服していたのだという。以来、新聞は連日のようにこの件を報じている。

侯爵のひとり娘のイザドラもさぞ大変な毎日を過ごしたことだろう。意地悪されたことは忘れてないし、今でも腹を立てているけれど、さすがに『いい気味』とは思わない。

イザドラの取り巻きだったはずのドロシアとヘレンは、ひときわ大きな声で噂話に興じている。心配する言葉の端々に嗜虐《しぎゃく》的な思惑が透けているようで、なんとも胸の中がもやもやする。

仲がよさそうに見えたけれど、それは上辺だけだったようだ。アーネスト殿下を取り合うライバル同士で、こうしてなにか起きたらここぞとばかりに蹴落《けお》とそうとする。女性同士の争いって怖いなと思う半面、そんなに王太子妃の座が欲しいものなのかと薄ら寒い気持ちになった。

帰寮予定の生徒のほぼ全員が揃《そろ》ったと思われる頃《ころ》、急に辺りがシンと静まり返った。

ふと談話室の入り口に目を向ければ、そこにはイザドラの姿があった。

以前のような自信に満ち溢《あふ》れた微笑はなく、唇は真一文字に引き結ばれている。青ざめた顔は少しやつれているようにも見える。身に纏《まと》う制服も心なしか緩くなっているようだ。

誰《だれ》も動かず、ひと言も発しない。

そんな凍り付いた空間をものともせず、イザドラは室内に入り、さもそれが当然と言わんばかりに前を見据える。

「やあ、皆さんこれでお揃いかな？」

張り詰めた空気を破ったのは、マーガレット部長――今は寮長と呼ぶべきかな？　――だ。

「無事、新学期を迎えられて喜ばしい限りです。それではまた半年間、よろしく！　わかっているとは思うけど、後期の部屋替えはなし。点呼がすんだら、自室に戻って荷物の整理をしてくれ。あとは夕食の時間まで自由にしていていいよ。なにか気になることがあったら、遠慮なく私のところへ来るように。――じゃあ、点呼を始めます」

寮長には、無理をしている様子も取り繕っている様子もなくて、完全にいつも通りだ。彼女のマイペースさと精神的なタフさはこういう場面で遺憾《いかん》なく発揮される。

周りを見れば明らかにホッとした様子の生徒たちも見受けられる。みんながみんな噂を楽しんでいたわけでもないとわかって、私も胸を撫《な》で下ろした。

点呼を終えた生徒たちが三々五々《さんさんごご》散っていく中、孤立しながらも平気な顔をして立っているイザドラと、その彼女をチラチラと見ているドロシアとヘレンの三人の姿が妙に気になって仕方なかった。

波乱含みで始まったものの、時が経《た》てばそれなりに安定はしてくるものだ。

初日と変わらずイザドラは孤立しているし、仲がよかったはずの二人は彼女をまるっきり無視している状態が続いている。

イザドラを中心に作られていたコミュニティは自然に消滅し、寮の談話室はあちこちに小さなグループができてそれぞれに談笑しているし、ダンス部の子に聞いたところによれば部室も同じような雰囲気になっているそうだ。

なんでもないふりをし続けているイザドラのことは少し見直している。ただの意地悪なお嬢様かと思っていたのだけれど、この状況に耐え続けているのはすごい精神力だと思う。

新聞部の部室で、書き上げた記事をマーガレット部長にチェックしてもらう間、ぼんやりとそんなことを考えていた。

窓の外はもう秋一色で、落葉樹は徐々に色づき始めている。きっと半月もしないうちに見事な紅葉に変わるんだろう。

窓の外の景色《けしき》を眺めていると、アーネスト殿下の姿が見えた。

前期中は、イザドラを始め多くの生徒を従えていたけれど、今はダニエル様と二人きり。

そういえば今学期に入ってからずっとあんな感じだ。なにがあったんだろう？　イザドラの一件が関係しているのは確かなはずだけれど……。

嫌な言い方をすれば、イザドラが脱落したらドロシアやヘレンにとってはチャンスになると思う。

なのに、どうしてみんないなくなったの？

同学年のマーガレット部長なら、なにか知っているかな？

部長が記事のチェックを終えて、原稿用紙を返されたタイミングで聞いてみた。

「マーガレット部長、ちょっとお伺いしてもいいですか？」

「んー？」

「最近、アーネスト殿下の周りがだいぶ静かになりましたよね」

尋ねながら、視線が自然と窓の外へ向かう。部長は私の視線を辿《たど》って、そこにアーネスト殿下の姿を見つけたようだ。

「ああ、あれね」

「好機到来とばかりにドロシアとヘレンが先を競って殿下にまとわりついてたんだけどねえ」

部長は組んだ手の上に顎《あご》を乗せ、なにかを思いだしたようにニヤリと笑う。

「お互いの悪口を言いふらしたり、足の引っ張り合いや意地の張り合いをしたり。とうとう授業にまで支障が出る始末。それで、温厚な殿下もさすがに黙っていられなくなったようだ。みんなの前でその子たちに厳しく注意をした。殿下ってあの通り顔が整っているだろう？　ニコニコ笑ってる時はいいんだけど、真顔できついことを言うとすごい威圧感でね。取り巻き連中はみんな恐れをなしちゃったってわけ」

「そんなことがあったんですか」

返事をしながら、その場に自分がいなくてよかったと思う。殿下が怖い顔をしたら、本当に怖そうだもの！　震え上がって取り囲むのをやめる気持ちもよくわかる。

「おかげで静かになったから、同級生の私としてはありがたいよ。殿下ももうちょっと早くチクリと言ってくれてたら、今までの二年間だって静かだったのになあ」

マーガレット部長はやれやれと肩を竦《すく》める。

「アーネスト殿下だって、注意はしにくかったんだと思いますよ」

取り巻いてたのは有力貴族の子弟たちばかりだったから。

「まあそれはそうなんだけどね。――にしても、なんの心境の変化だろうね。殿下だったら、もうちょっとやんわり注意できたと思うんだけど。わざときつい言い方をしたのには理由があるんじゃないのかなあ」

「そうですか？　ただ単に我慢の限界だっただけでは？」

殿下だって人だ。イラッとすることも、これ以上は無理って思うこともあるだろう。

「かもね。最近は特にうるさかったから」

部長はそう締めくくると、話は終わったというように、手元の原稿用紙へと視線を落とした。

それを機に私も一礼して部長の机をあとにする。

去り際に見た窓の向こうには、もうアーネスト殿下の姿はなかった。

新学期が始まってから、まだ面と向かって話したことはない。三年生の後期は、ほとんど卒業研究に費やされるので、授業の数は少ないし、一日の時間割は一、二年次と全く異なる。だから、会えないのは当たり前と言えば当たり前なんだけれど、ちょっと寂しくはある。

でも、校内ですれ違う時などに、微笑《ほほえ》んでくださるので嬉《うれ》しいような恥ずかしいような。いや、やっぱり嬉しいかも。

なんて暢気《のんき》に思えるのも、夏休み中にイアン殿下が頑張って根回ししたらしく、秋の初め頃にイアン殿下とジリアンの婚約が正式発表になったから。もう他《ほか》の攻略対象たちもおいそれと手は出せまい！

予断は許されないけれど、前期ほど気を張る必要はなさそうだ。

緩んでしまいそうな頬《ほお》を引き締め、赤字を入れて返却された原稿用紙とにらめっこする。今日中に清書してしまわねば……と意気込む私の耳に、コンコンとノックの音が届く。

私の席が一番ドアに近いので、「はーい」と返事をして、ドアを開いた。

「アーネスト殿下⁉」

廊下の窓から差し込む陽光は、逆光となって彼の金の髪をきらきらと縁取っている。柔和に微笑むアーネスト殿下の背後には、いつも通り無表情を貫くダニエル様の姿もある。

「やあ、ルーシャ。久しぶり」

彼は距離を詰め、顔を近づけるように上半身を少し屈《かが》めた。そのせいで視界はアーネスト殿下でいっぱいになる。

ものすごい至近距離に麗しいお顔！　思いもよらぬ遭遇に開いた口が塞《ふさ》がらない。

離宮で別れ際にされたキスを思い出してしまって、更に脳内大混乱。

「どうしてこちらに⁉」

「前々から興味があったので遊びに来た。――やあ、マーガレット。この時期なら暇だと聞いたから、遠慮なく遊びに来た。お邪魔しても構わないかな？」

後半はマーガレット部長へ向けられた言葉だ。

「どうぞどうぞ！　ルーシャ君、アーネスト殿下をご案内して」

「え？　あ、はい」

案内するってどこに？　と首を捻《ひね》ったあと、そういえば応接スペースがあったと思い出す。

しかし、テーブルにはここ数号分の在庫が積み上がっていて使える状態じゃない。とりあえず、私の机の上へ在庫を移動した。

「そこが君の机？」

彼は優雅な所作でソファへ腰を下ろし、興味深そうに尋ねてきた。

「はい。散らかっていて恥ずかしいです」

「君が頑張ってる証拠《しょうこ》だろう？　恥ずかしがることはないと思うけれど」

「ありがとうございます。頑張ってはいるのですが、まだまだ未熟で」

さりげなく褒められて、面映《おもは》ゆい。

そこにマーガレット部長が言葉を挟んでくる。

「いや、謙遜《けんそん》することはないぞ、ルーシャ君。――殿下、ルーシャ君はすごい努力家でね、しかも面白い視点で記事をまとめてくれるんですよ。次号には彼女が単独取材した記事が載るのでお楽しみに」

「そうか。それは楽しみだ」

「楽しみにしていてください。今回はチェス大会で優勝した男子生徒への取材を担当してもらったんですが、事前に相手の方のことをすごく調べてましてね。見ていて私も感心したんですよ」

部長に褒められるなんて滅多にないので、彼女の顔をマジマジと見つめちゃった。マーガレット部長はそんな私をチラリと横目で見て、『そういうことだ』を言うように眉《まゆ》をひょいと上げる。

そっか、ダメ出しばっかりだし、赤字もいっぱい入るけど、ある程度は認めてもらえてたんだ……。嬉しいな。

私が照れている間にもアーネスト殿下と部長の話は弾んでいる。

「もちろん、チェスのルールはわかってなきゃいけませんが、ルーシャ君は彼の過去の成績だけではなく、対戦相手のこともしっかり調べていましたね。生い立ちや戦い方の癖、傾向……。そこまで調べるのはなかなかないことです」

「いえ、そんな褒められることではないです。なにがどこでどう繋《つな》がるかわからないので、いくら調べても足りないくらいです。説明しながら質問に答えるのは時間も負担もかかることだと思います。せっかく取材を承諾してくださったのですから、こちらとしてもできるだけ、快適な環境をご用意したくて。なにより共通の話題があれば話も弾むかと思います。せっかくお話しさせていただくのですから、お互いに楽しくなければ寂しいです」

そう説明をすると、アーネスト殿下とマーガレット部長は目を細めて、同じような表情でこちらを見る。なんだろう、二人のこの連帯感は。

「そんなに熱心に取材するのか。それは取材を受ける生徒が羨《うらや》ましいな。――ねえ、ルーシャ。そのうち私のところへ取材に来てくれないか？」

「私が、ですか？」

「私も君に下調べされたいし、熱心に質問されたい」

真面目《まじめ》なお顔で冗談はやめて！　と心の中で叫ぶ。

笑い飛ばしていいのか、真剣に答えるべきか。どちらにすればいいのか、判断つかないから！

「嫌なのか？　悲しいな」

答えあぐねていると、アーネスト殿下はとても残念そうな顔つきになった。

「違います！　私のような新米がお邪魔して、失礼があってはいけませんので」

またからかってらっしゃるのね！　と思いつつも、慌てて言い訳を口にした。

「君がどんなミスをしようと、一向に気にならないから大丈夫だよ」

アーネスト殿下は組んだ長い足の上で頬杖《ほおづえ》をつきながら、立ったままの私を見上げる。

その顔が妙に艶《つや》めいていて、目の当たりにしてしまった私は一気に顔が熱くなった。

「あー、ゴホン。ところで――」

あわあわする私に助け船を出してくれたのは、それまで殿下と私のやりとりを黙って聞いていた部長だ。咳払《せきばら》いがちょっとわざとらしい。

「いつの間に殿下とルーシャ君は仲良くなったんです？　伺っても？」

助け船はありがたいけれど、なんてことを訊《き》くのだ、部長！

アーネスト殿下には、部長に告げてほしくない色々なことを知られているので、なにを言うのかハラハラする。

できれば、あの物置に閉じ込められた一件は黙っていてもらいたい。過ぎたことだし、今さら言ってもいたずらにマーガレット部長を心配させるだけなので。

それから、離宮で一日ご一緒させていただいたことも黙っていていただけると非常にありがたいんだけど！　部長に知られたらしばらくその件を追求されて大変だから。

お願いだから、あの一件とその一件のことは内密に！　という願いを込めて、アーネスト殿下を凝視する。どうか伝わりますように。

彼はそんな私をちらりと見て、ふっと微笑む。その笑みはどっち⁉　余計なことは言わないから安心して？　それとも、面白そうだから言っちゃおっかな？

平静を装いつつ、内心ではドキドキしながら、アーネスト殿下が口を開くのを待った。

「私の弟が、彼女の親友と婚約したのは知っているだろう？　その繋がりでたまに顔を合わせるようになってね」

おお！　とても当たり障りのないお返事、ありがとうございます！

心の中で殿下に手を合わせ、誰にも気付かれないように、ほうっとため息をついた。

「なるほど、そういうことでしたか。話は変わるのですが、その婚約の件でイアン殿下に取材を申し込んだのですが、断られてしまいました。アーネスト殿下からお口添えいただけませんかね」

マーガレット部長の押しの強さ――悪く言えば厚かましさ――は健在だ。王太子殿下に対してもこの態度ってすごく豪胆だよね。

アーネスト殿下は、あははと声を上げて笑う。部長の押しの強さはアーネスト殿下にとって不快ではないようだ。むしろ好ましいと思っていそうな雰囲気でもある。

「それは無理だろうね。私がなにを言おうが聞かないよ。ことジリアン嬢が絡む話になると、とたんに意固地になるから。そうだよね、ダニエル？」

殿下はひっそりと後ろに控えていたダニエル様へ話を振った。返事のしにくい質問だったからか、彼は小さく頭を下げただけで、あとは無言を貫いている。いつものことなのか、殿下は彼の態度を気にした様子もなく、マーガレット部長と別の話題で盛り上がり始めた。

二人の弾む会話を聞きながら、胸の奥がずきんと痛んだけれど、それには気付かないふりをした。その痛みを追求してはいけない気がして。

この日を境にして、アーネスト殿下が度々新聞部を訪れるようになった。違う。度々じゃない。ほぼ毎日だ。

最初は緊張していた部員たちもあっと言う間に彼の存在に慣れ、いつしかアーネスト殿下は昔からよく遊びに来る客人のようなポジションに収まっていた。新聞部のみんなと軽口を叩《たた》き合っている彼の姿は、取り巻きたちに囲まれて不自由をしていた分を取り戻すかのように、自由を謳歌《おうか》しているふうに見えた。

つい先日は発行日を間近に控えた修羅場中にもやってきて、部員に交じって印刷を手伝い手や顔をインクで汚す始末。

日頃は女子生徒だけで切り盛りしているので、今回は男手ができてこれ幸いと力仕事を押し付けちゃった。もともとうちの部は、修羅場中になると上下関係もなにも希薄になるので、たとえ相手が王太子でも「手伝うよ」なんて言おうものなら最後。遠慮なくこき使われるのだ。

けれど、アーネスト殿下にとって、それはそれで楽しかったらしい。部長の作業終了の声が響いたとたん、彼から零《こぼ》れた清々《すがすが》しい笑みはかなり衝撃的だった。素敵すぎて。

修羅場を越えた連帯感からますますアーネスト殿下は部に馴染《なじ》み、『入り浸るのは歓迎しません』という態度を貫いている私はさらに形勢不利になった。

みんなが歓迎するのでなにも言えなくなった私に向かって、殿下がしてやったりの顔で笑う。この策士が！　と内心で悪態をつく。殿下の喰《く》えなさを垣間《かいま》見た気がする。

まあ、そんなに新聞部が気に入ったというのなら仕方ない。私にできることはなにもないので、諦《あきら》めの境地だ。

けれど、私個人としては内心穏やかじゃない。殿下がいると無意識に姿を目で追ってしまうし、気がつけば彼の話を聞こうと耳をそばだててしまうし、誰かと喋《しゃべ》っているのを見ると胸の中がチクチクする。楽しそうにしている殿下の顔を盗み見て綺麗《きれい》だなと思いつつ、心の片隅では、離宮ではあんなに親しげにしてくれたのに、結局私は殿下にとってその他大勢だよね……なんてみっともないことまで考えてしまう。

なんでそんなことを考えてしまうんだろうと、自己嫌悪に陥る。

いつの間にか原稿を書く手が止まっていた。

それに気がついて慌ててペンを握り直す。ピンク色のそれは入学して間もない頃、ジリアンと交換したものだ。

イアン殿下とジリアンの仲は周知の事実になったけれど、いまだゲームの舞台となる一年間は終わっていない。念には念を入れて、情報収集は怠らず、周囲の動向にも目を光らせなくちゃ。多くの攻略対象者たちの個別ルートに出てくる学園祭が、もうすぐやってくるのだから。

余計なことを考えるより、学園祭でジリアンの身に起こりそうなアクシデントの回避方法を考えないと。

それにはまずこの原稿を終わらせて……と考えたとたん、机の上に影が差した。前屈みになった私よりも大きい影。

「ルーシャはどうするんだい？」

聞き慣れた美声で声の主を知る。今しがたまで他の部員とお喋りしていたんじゃなかったの!?

「え？　――なんのお話ですか？」

「ダンスパーティだよ。君はもうパートナーを決めている？」

彼の言っているのは、学園祭の最後に開催されるパーティのことだろう。

ダンスパーティと銘打っているものの、別に全員が全員ダンスを踊る必要はないと聞いている。打ち上げみたいなもので、踊りたい人は踊ればいいいし、料理を楽しみたい人もお喋りに花を咲かせたい人もそれぞれ好きなように楽しむパーティらしい。

だからダンスのパートナーを決めない人も多いと聞いた。決めなくていいなら、身軽でラッキー！と思ったぐらいなので、当然決めていない。そもそも頼めるような男子もいない。いや、寂しくなんてないよ。ジリアンの警護に徹するんだから。

「いえ。決めなくて構わないと聞いてますので、特には」

「じゃあ、私のパートナーになってくれ」

「はい!?」

私が素っ頓狂《とんきょう》な声を上げるのと、部室がシーンと静まり返ったのはほぼ同時だった。

振り仰いで見たアーネスト殿下は本日も麗しくて、にこにこと満面の微笑みをたたえている。

「それは……」

断れ。即時に断れ、私。でないと、ぐうの音も出ない正論が飛んできて、言い負かされてしまうから！　と焦ってもなかなか言葉が出てこない。

「混乱を来《きた》さないため、今まで二年間は挨拶《あいさつ》程度で寮に戻っていたんだが、今年は最後まで楽しみたくてね。協力してくれないか？」

「で、でも……」

「君の親友のジリアンはイアンと一緒に参加する予定だね？　だが、イアンは私と同じでパーティの冒頭は一緒にいられない。彼の手が空くまでジリアンをひとりにしたくないイアンから、君は一緒にいてくれと頼まれていないか？」

その通りなのでコクリと頷《うなず》く。

「やはりそうか。では、イアンとジリアンが合流したあと、君はどうするんだ？　まさか二人について回るわけにもいかないだろう」

「二人が合流した後は、ひとりで会場を回ろうかと思っています。出される料理が絶品と聞いているので、そちらを楽しもうかと」

美味《おい》しい料理やお菓子に夢中な女子生徒は他にもいそうだし、ひとりでもなんら不審がられず、ジリアンを見守れるはず。

「なるほど、予定はないのだね。なら私と一緒にいても差し支えないはずだ」

「えっ！　いえ、料理を堪能《たんのう》する合間に、手が空いている人を見つけて取材したいなって思ってて……。その、次の号のために……」

「そういうのは気にしなくていいぞ、ルーシャ君！　後日、適当な生徒を捕まえて感想を聞けばいいだけだからね！　せっかくのパーティだ、ゆっくり楽しんでくれ！」

横からそんなことを言うのはマーガレット部長だ。

部長の裏切り者ーっ！　と叫びたい気分だけれど、彼女は私の本心なんて知らないのだから仕方ない。逆に気を利かせてくださったのだろう。

「――だそうだ。問題はなさそうだね、ルーシャ」

　問題あるって！　もっと高貴な出自の令嬢に頼んだほうが角が立たなくていいんじゃないの？　私だってまた意地悪されるのは嫌だし。

「私なんかより――」

「私は君がいい」

　殿下は私の話を遮った。微笑んでいるけれど目が笑ってない。『断るのは許さん』って言外に言われている気がする。

「人の目が気になる？　だとしたら、それこそ杞憂《きゆう》だよ。君はジリアンの親友で、私はイアンの兄だ。四人が一緒にいても不思議はないだろう？　そしてイアンとジリアンは恋人同士。残りの二人がダンスを踊ったとして、それを不審に思う者がいるか？」

　なるほどそう言われればそうかも。しかもそれならジリアンの傍《そば》にいてもお邪魔虫にならなくてすみそうだ。つまり彼女を至近距離で見守っていられるってことよね。よし、これは腹をくくって殿下の申し出を承りましょうか！

「承知いたしました！　不肖《ふしょう》の身ではございますが精一杯頑張ります！」

「そんなに堅苦しく考えなくてもいいのに。ありがとう、ルーシャ。お陰で学園祭がとても楽しみになったよ」

そして。

翌日から、ジリアンと私は豪華な贈り物攻撃に震え上がることになった。送り主は言わずもがな。それぞれイアン殿下とアーネスト殿下だ。

そこまでしていただくのは申し訳ないので、ジリアンも私も固辞したのだけれど……。さすが兄弟、似てないようで似たもの同士！　二人とも頑として首を縦に振ってくれず、結局、やむなくいただくことになった。

ドレスはジリアンと同じデザインで色違い。

ドレスにしても小物にしても、『どうして私たちの好みがわかったの⁉』と驚くくらい好みにぴったりだった。

初めは遠慮していたものの、一度いただこうと心に決めた上にこれだけ自分好みのものが届くと、テンションも急上昇。二人でいただいたプレゼントを見せ合っては、きゃあきゃあ騒いでしまった。

実用と清潔感第一でお洒落《しゃれ》が二の次になりがちな私だって、綺麗なものや可愛《かわい》いものは大好きだ。

そうやってはしゃいでいても、ふとした拍子に『本当にこれでよかったのかな？』と思ってしまう。

ジリアンがイアン殿下から贈り物を貰《もら》うのはよくわかる。婚約者同士だもの。でも。私は？　アーネスト殿下と私はなんでもないのに。

そう不安になるたび、王太子殿下の横に立つのだから、相応の装いを……ということなのだろう、と考え直す。殿下に恥をかかせるわけにはいかないので、ありがたく着させていただこう。そう思うことでモヤモヤを心の底へ押し込め、無理矢理に自分を納得させたのだった。

【第五章】なぜか波瀾の学園祭

学園祭が行われるのは、秋の終わりとも冬の始まりとも言える頃《ころ》。

朝晩の冷え込みがきつくなって、赤や黄色に色づいた木の葉がはらりはらりと落ちる。誰《だれ》もがふとした瞬間に感傷を覚える季節。

そんな中でも、学園祭を明日に控えた校内は活気に満ちている。……と言えば聞こえはいいけれど、実際は殺気立っていると表現したほうが正しい。

普段は優雅な振る舞いや言動を崩さない女子生徒たちも、期限に追われてちょっときつい物言いが目立つ。

「そこ！　違います！　もっと上！　そう、そのくらい。看板は目立ってこそですわよ！　あら、左が下がってます。もっと上げて！　え？　腕が辛《つら》い？　もう少しですから根性で頑張ってくださいまし！」

なんていう声があちこちで上がっている。余談ながら前の台詞《セリフ》は我がクラスの級長のものだ。

看板を持ち上げている男子生徒たちが、ぼそっと「鬼……」と言ったのは、級長には聞こえていないようでよかった……。

学園祭は三日間で、一日目が校内公開、二日目が外部公開、三日目には後夜祭と言うべき校内ダンスパーティが行われる。

外部公開とは言っても生徒の家族に限られていて、入場には招待状が必要になる。言わば身内だけに公開される形だけれど、生徒たちの家柄を考えれば確かにそうするしかないよね。

私たちのクラスはオーソドックスな喫茶店。でも、お客さんはみんな舌が肥えている方々ばかりだから、この日のためにお茶の淹《い》れ方を徹底的に学んだ。

ちなみにケーキは、級長のお父様の領地で一番美味《おい》しいと評判の菓子店から、職人さんが出張して作ってくれる。

王都でもその名は知られているくらいの名店なので、我がクラスの売り上げは堅い。

クラスだけでなく、部活動の出し物もあって、新聞部は毎年恒例の写真展を行う。取材の時や、部員が趣味で撮った写真を展示するんだけれど、なかなか評判がいいらしい。そちらは会場を設営してしまえば、当日は受付の仕事だけなので、前日となった今日はもうやることがない。

明日はクラスの喫茶店の店員、写真展の受付、合間に各催し物をめぐって校内新聞用の取材をする予定。取材は部員で手分けしているものの、それでもひとりあたりの担当は多い。

明日は大忙しよね……。戦々恐々《せんせんきょうきょう》としながら、クラスの模擬店で使うエプロンに黙々とアップリケを縫い付ける。

隣で同じ作業をしているジリアンは楽しそうに鼻歌まで歌っている。

「ジリアン楽しそうね」

「あら、ルーシャは楽しみじゃないの？」

「楽しみだけど、それよりも給仕が上手《うま》くできるか不安かも」

「みんなそうよ。私だって不安だけれど、せっかくのお祭りなんだから楽しみましょう？」

ジリアンのこういう前向きなところ、見習いたい。そうだよね、やれることはやってきたし、今さら心配しても仕方がない。

「ジリアンの言う通りね」

と笑えば、彼女は縫い物から顔を上げて、にっこりと笑う。そういうふうに微笑《ほほえ》まれるとなんだか大丈夫な気がするから不思議だ。イアン殿下もジリアンのこういうところを好きになったんだろうな。

「ジリアンは明日も明後日もイアン殿下と一緒？」

「そのつもり。イアンと私、ちょうど当番の時間が重なるの。だから自由時間もほぼ一緒で……」

あ、それきっとイアン殿下と、イアン殿下のクラスの級長と、うちのクラスの級長とで話し合いがあったんじゃないかな。でも、ジリアンに言うと気に病むから内緒にされてるやつ。

でも私がそんな突っ込みしても野暮なので「それは幸運だったわね」と答えるしかなかった。


さて。そんなこんなで始まった学園祭。

お祭り騒ぎは大好きなので、当日になってみると私もハイテンション。給仕が不安～なんて心配はどこへ行ったのか。

一日目は滞りなく終わり――いや、終わらなかったんだった。終了間際の人も少なくなった頃に、ふらっとアーネスト殿下がやってきて、教室内が騒然としたのだ。

しかも親しげに話しかけられて、クラスメートのもの問いたげな視線が痛かった。

そんなこんなで迎えた二日目は滞りなく進み、一番混雑するお昼も終わった。

父と母も弟を連れてきてくれたけれど、あまり話はできなかった。どうやら弟の心をがっつり掴《つか》んだ催し物があったらしく、お茶も早々にそちらへ行ってしまったのだ。まあ夏休みに帰省したし、帰ろうと思えばすぐ帰れる距離にタウンハウスがあるわけだし、あんまり名残《なごり》惜しい感じはしないよね。それより歳《とし》の離れた弟が学園祭を楽しんでくれていることのほうが嬉《うれ》しいな。

そろそろ私のシフトは終わりになって、次はしばらく休憩時間だ。校内をウロウロして遅いお昼ご飯を食べて。それから最後は写真展の受付を一時間。

始まったばかりだと思っていた学園祭も終わりが見えてきちゃってなんだか寂しい。

そろそろ時間だから上がろうか……と思っていたところで、同じく給仕係をしていたクラスメートにポンと肩を叩《たた》かれた。

「ルーシャ様、お客様ですわよ！」

「え？」

「教室の外に三年生のダニエル様がいらしてるわ」

「ダニエル様が？」

わあ。なんだか嫌な予感！

と言って逃げられるわけもないので、急いで廊下へ出る。

「ダニエル様、お待たせいたしました」

「急に呼び出して申し訳ない。君のクラスで出している菓子は、持ち帰りできるだろうか？」

「持ち帰りですか？」

「ああ。アーネスト殿下が昨日食べて、いたく気に入ったらしいんだが、今日は来客が多くて、とてもここまで足を運ぶ時間がない。もし可能なら四人分の菓子を用意してもらいたい」

ダニエル様は長身を丸めるようにして、申し訳なさそうにそう告げる。

いつも口を真一文字に引き結んでキリッとした顔をしているイメージがあるので、そんなふうに頼まれると必要以上に協力したくなっちゃうよね。

「わかりました。ちょっと聞いてきますね。どのケーキがご入り用でしょうか？」

「種類はなんでも構わない。君に任せる」

教室へ戻るとちょうど級長と担任の先生がいたので二人に尋ねる。持ち帰る先が校内であり、遠くないし、そういう事情なら……というわけで許可が下りた。

私の好みで四種類のケーキを選び、運べるように銀のお盆に載せてもらう。それをちょうどお盆が入るバスケットに入れてもらって、上から埃《ほこり》よけの布を被《かぶ》せた。

「さて、問題はこれを誰が運ぶか、ですよね」

　廊下は大混雑なので、私みたいながさつな人が運んだら、ケーキが型崩れしちゃう。

　ここは運動神経がいい方か、動作が丁寧な方に……。と思っていたのに。

「あら。あなたにに決まってるじゃない、ルーシャ様」

「そうそう。そういうことでよろしくお願いね。ルーシャさんはもうそろそろ上がる時間でしょう？　殿下の元へ届けたらそのまま休憩に入って構いませんよ」

　級長と先生はあっさり結論づけて、忙しそうにバックヤードを出ていってしまった。どうして私に決まっているのかと問い詰める間さえなかった。

「仕方ない。行くか」

　極力頑張ってみるけど、潰《つぶ》れたり型崩れしたりしても知らないぞ。

　廊下で待っていてくださったダニエル様の案内で、混雑した廊下を突き進む。

「――大丈夫か？　ここを過ぎれば混雑は緩和される」

「ありがとうございます。ダニエル様が守ってくださるおかげで、私は大丈夫です」

　バスケットの中身はいまいち不安だけど。なんせ運んでいるのが、がさつな私だから。

　そんなことを思っている間にも、肩が誰かとぶつかりそうになる。でも、ぶつかる前にダニエル様が上手く防いでくれる。

「すみません、ダニエル様。気をつけているつもりなのに、ご迷惑ばかりかけてしまって……」

「いや。無理をお願いしているのはこちらだ。どうか気にしないでほしい」

ダニエル様はにこりともせずに答える。

いつも厳しい顔をしていて、滅多に笑わない。背が高く、がっしりとした体つき。黒髪の短髪で、眼光鋭く、雄々しく整った風貌《ふうぼう》。王太子殿下の懐刀であり、親友でもある。ゲームの中と全く同じプロフィールだ。

この方もゲームと似たところがあるんだろうか？

アーネスト殿下がふとした拍子にダークな面を見せるのと同じで、ダニエル様にもなにかブラックな一面が隠れているのかな？

そんなことを考えながら、彼の横顔を見上げる。

「ルーシャ嬢、本当に申し訳ない。なにかと大変なことがあると思うが……その……頑張っていただきたい」

「あ、はい。頑張ります」

胸に抱えたバスケットを死守してくれということだろう。それはもちろん！　という気持ちで頷《うなず》くと、なぜか彼は後ろめたいような顔をして視線を逸《そ》らした。

「もしなにか困ったことが起きたら、俺《おれ》に言ってほしい。できる限り支援する」

「ありがとうございます。その時はどうぞよろしくお願いします」

ずいぶん大袈裟《おおげさ》だなと思いつつ、大きく頷いた。

「アーネスト殿下は少し……その……強引なところもあるが……、素晴らしいお方だ」

「はい。私もそう思っております」

強引だし、すぐからかうし、意地悪を言うこともあるけれど、人を惹《ひ》きつける魅力を持ち、細やかなことにも配慮し、さりげなく救いの手を差し伸べてくれる方だ。新聞部員たちとのお喋《しゃべ》りからもそれは窺《うかが》える。それに私自身も何度も助けられたり、親切にしてもらっている。

「殿下をよろしく頼む」

頼む？　ますます不可解な言葉に首を傾《かし》げて答えあぐねていると、突然周囲が騒がしくなった。よくわからないけれど、盛り上がっているみたいだ。楽しそうだなあとも思うけれど、騒いでいる方々とぶつかりそうでちょっと怖い。

実際、勢いよく後ろへ下がってきた方とぶつかりそうになった。でも、素早くダニエル様が阻止してくれたので衝突は未然に防がれた。

「ここは危険だな。先を急ごう」

「はい！」

うっかり誰かにぶつかってケーキがぐっちゃり……なんてことになったら泣くに泣けない！

大混雑の廊下を抜け、私たちはようやく目的地へ辿《たど》り着いた。

学園に在籍中の王族の方が、校内でも執務を執り行えるようにと設けられた部屋で、入るのは取材の時以来、二度目だ。前回は緊張して周りを見る余裕もなかったけれど、今回は多少内装を眺められるだろうか。新聞部員としての好奇心が疼《うず》く。

ダニエル様がノックをすると、中から「どうぞ」とアーネスト殿下の声が聞こえた。その返事を聞いてからダニエル様はゆっくりとドアを開き、私へ向かって入室するようにと合図する。

部屋の中にはアーネスト様だけだと思っていたので、なんの気負いもなく足を踏み入れた。

「失礼いたします。ケーキをお持ちしました」

「わあ！　待っていたのよ！　さあさあ、こっちへ持ってきてちょうだい」

え？　女性の声？

驚いて顔を上げて——危うくバスケットを取り落とすところだった。

驚きのあまり声がなかなか出ない。目の前には今日も麗しいアーネスト殿下と……。

「え……え……」

「こっ、こっ、国王陛下！　王妃様！」

ようやく出た声は裏返っていた。

今までお目にかかったことはないけれど、肖像画《しょうぞうが》や新聞の写真でご尊顔を拝しているので間違いない。どうしてここへ？　来校のご予定なんて聞いてないし、情報通のマーガレット部長もなにも言ってなかったのに!?

あ、アーネスト殿下とイアン殿下のご両親なのだから、お忍びでいらっしゃってもおかしくはないか。

混乱する頭の中で、色々な考えが飛び交う。

ダニエル様の言動にもようやく得心がいった。

『なにかと大変』ってこのことなのね！

国王夫妻がいらしていると聞いたら、ビックリして配達なんてできない。だから、ダニエル様はなにも言わずにいたのか。謀《はか》ったな！　と恨めしく思う。

とはいえ、ここまで来て逃げ出したら大変な無礼だし、腹をくくるしかない。

とりあえず、任務遂行！　ケーキをお届けせねば。そう、今の私は給仕係なのだ。

「た、大変失礼しました！　た、ただいまお持ちいたします」

「私が代わりにやろう。貸して」

「アーネスト殿下!?」

殿下は、緊張で震える私の手からバスケットを取り上げる。

「今日も君のクラスは大盛況だそうだね。忙しくて疲れただろう？　君はここに座って」

半ば強制的に座らせられたのは、アーネスト殿下の隣だ。

硬直する私の横で、殿下はバスケットからケーキを取り出し、皿に取り分けている。その間にダニエル様が慣れた手つきでお茶の用意をする。

あれよあれよの間に、私の前にもケーキとお茶が並べられてしまった。四つ目のケーキって私の分だったの？　出前を届けた生徒も一緒に食べるってどういうこと？　頭には疑問ばかりが浮かぶけれど、誰に尋ねることもできない。

緊張に身を強《こわ》ばらせている私の耳に、王妃様の弾んだ声が届く。

「このケーキを作った方、とても人気の菓子職人なのよね。王宮内でも時々話題に上るのよ？　一度食べてみたかったの！」

王妃様が嬉しそうに笑う。早く食べたくてソワソワしている様子は少女のようで、隣の国王陛下はそんな様子を愛《いと》おしげに眺めている。

「ではいただこうか、王妃」

「はい、陛下」

にっこり笑い合う様子に、ああ、噂《うわさ》通り、国王陛下と王妃様は仲がいいんだなあと思う。

「本当に美味しいわね！　これなら評判になるのも頷けるわ。――ルーシャさん？　あなたも召し上がれ。さあ、遠慮は要《い》らないわ」

「あ……、ありがとうございます。では、お言葉に甘えて」

なんだかよくわからないうちに、国王ご一家の団らんに混ざってしまった。

国王陛下も王妃様もとても気さくな方で、威厳あるお姿からは想像もできないくらい茶目っ気たっぷりで、あっと言う間に時間が過ぎていった。

色々と質問をいただいたけれど、ちゃんと答えられたのか心配だ。変な子だと思われたりしていないだろうか。

「楽しいひとときだったわ。付き合ってくださってありがとう、ルーシャさん。ケーキをいただくのも楽しみにしていたけれど、それ以上にあなたに会うのを楽しみにしていたの！」

別れ際の王妃様のひと言に、私は無意識に「え？」と声に出していた。驚く私をよそに、王妃様はニコニコと上機嫌で続ける。

「アーネストから会わせたい人がいると聞いてね。どんな方かしら？　と思っていたの。実際に会ったあなたはとても可愛らしい方なんですもの！　私、嬉しくなっちゃって」

「えっ？　それは……？」

なに？　どういうこと？　王妃様とアーネスト殿下を交互に見る。

「嫌だな、母上。ルーシャの前でそんなことを暴露しなくてもいいでしょうに」

「あら。言ってはいけなかった？」

「ええ。実はまだ口説き落としてもいないので」

アーネスト殿下が満面の笑みでそう言うと、王妃様は「まぁ！」と目を丸くする。

「お前にしてはずいぶんのんびりだな？」

国王陛下が意外だと言わんばかりに苦笑いを浮かべた。

「どうしても譲れない時こそ慎重になるものでしょう？」

「なるほど。そういうことなら、我々ものんびりと朗報を待つとしよう。王妃、行こうか」

「ルーシャさん、またね！　今度はもっとゆっくりお喋りしましょうね」

明るく笑う王妃様につられて、ついつい私も「はい！　ぜひ！」と答えてしまった。状況もわからないのに。

ダニエル様を始め、護衛に囲まれて去っていく両陛下を、アーネスト殿下と一緒に見送っていると、不意に王妃様が足を止めて振り返った。嬉しそうに微笑みながら、こちらに向かって手を振る。

「アーネストをよろしくね。ちょっと掴みどころがないけれど、たぶん悪い子じゃないから」

たぶん！　我が子のことなのに『たぶん』が付くってどういうこと!?　と心の中で突っ込みつつ、深々とお辞儀をすることで王妃様の言葉に応《こた》えた。この一連の流れに納得はいってないけれど。


「さて。アーネスト殿下、これはどういうことでしょうか？」

「説明する。部屋に戻ってくれ」

二人っきりで部屋にこもるのって、あんまりよくないんじゃないかと思ったけれど、事情はきっちり説明してほしい。そもそも夏の離宮では一日中二人っきりだったので、警戒しても今さらな気もする。ということで、渋々ながら殿下の言うとおり部屋へ戻った。

ソファに座るように勧められたので先ほどと同じ位置に座る。すると、殿下までさっきと同じ位置――私の隣に腰を下ろした。

咄嗟《とっさ》にできるだけ彼から遠ざかるよう、座る位置をずらす。

「ルーシャ、今日はありがとう」

「まさか国王陛下と王妃様がいらっしゃるとは思わなかったので、驚きました。ケーキを取り落とさなくて本当によかったです」

「落としそうだなと思ったから、私が引き取ったんだよ」

　そんな冗談を言って、殿下はあはは、と笑う。

「驚かせるようなことをなさらなければ、取り落としたりしません！」

「すまなかったね。でも、どうしても君のクラスのケーキを母に食べさせたかったんだ。持ってきてくれてありがとう」

「そういえば王妃様は、このケーキのことご存じでしたね」

「ああ、前々から気になっていたらしい。だが、なかなか自由が利かない身だからね。君のお陰で親孝行ができた。恩に着るよ」

　蕩《とろ》けるような笑みを浮かべるので、目のやり場に困る。

「お役に立てて、光栄です。ところで、殿下。あんなことを言ってしまってよかったのですか？　国王陛下と王妃様に誤解されてしまったのでは……？」

　あんな言い方をしたら、まるで私がアーネスト殿下の恋人か、その候補みたいじゃない。

　彼にしてみればただの軽口なのかもしれないけれど、その軽口を真に受けたお二人が私たちのことを誤解したら困る。

　殿下は無言で距離を詰めてきた。それだけでなく、彼が上半身を屈《かが》めるから、間近に麗しいお顔が迫ってくる。

「な……？　え……？」

驚いて口をパクパク開閉する私に向かって、彼はにこりと笑った。けれど、その笑顔はやけに威圧感があった。

「さすがに鈍すぎじゃないか？　――まあいい。そんなところもルーシャの魅力だからね」

威圧感はそのままに、けれど、彼は甘い声で囁《ささや》く。

「そ、それは……その、どういう……？」

「どういうことだと思う？」

殿下はそう問い返して私の手を取り、指と指を絡めてきた。まるで恋人同士がするような親密な仕草で。

「殿下!?」

触れあった指から感じる彼の温《ぬく》もり。それを必要以上に意識してしまい、頬《ほお》がカッと熱くなる。

どうしたらいいのかわからなくて狼狽《うろた》えていると、今度は強引に腰を攫《さら》われ、「きゃ!?」っと悲鳴を上げてしまった。

抗《あらが》う間もなく抱きすくめられ、頬に彼の唇が触れる。

唐突なキスは離宮でのことを思い出させる。

あの時もこんなふうに不意打ちのキスだった。これもまた、あの時と同じ意味合いのキスなんだろうか。家族に対するような親愛を込めた。

「そんなところも愛おしい」

「殿下!?」

なにその「愛おしい」ってどういう意味!?

「お戯れは……」

「ふざけてなんていないよ」

そう言うと、彼はまた私の頬にキスをする。

「ルーシャ。私は君が好きなんだ」

「嘘《うそ》」

「さすがに嘘でこんなことは言わない。両親に引き合わせたいと思うほどには本気だよ」

信じられなくて首を横に振ると、首筋を彼の吐息が掠《かす》めた。ぞくりとした感覚が背筋を駆け抜ける。

「こんなこと急に言われても驚くね。今はただ覚えておいてくれればいい」

アーネスト殿下は私の耳元に唇を寄せると、たとえようもなく甘い声で囁く。

「私が、君を愛しいと思っていることを」

硬直する私の頬を、彼の長い指が滑る。ゆっくりと、優しく、けれど決して忘れられないような触れ方で。

混乱した脳裏で『違う。これは違う』と繰り返す。

私は脇役《わき》なのだから。こんなことが起こっていいはずがない――。

「明日の夜を楽しみにしているよ、ルーシャ・リドル」

低く、絡みつくような声で、アーネスト殿下が囁いた。


翌日、学園祭三日目の目覚めは散々だった。

「やだ！　ルーシャ、その顔どうしたの！　寝不足？　目の下のクマがすごすぎるわ！」

同室のジリアンが悲鳴を上げるほど酷《ひど》い顔をしているらしい。

「ええと、こういう場合はどうしたら？　そうだわ、蒸しタオルよ！　ちょっと待ってて用意してくるから！」

ジリアンが用意してくれた蒸しタオルで目の下を温めつつ、昨日のアーネスト殿下の言葉を思い出す。

――私は君が好きなんだ。

なんでアーネスト殿下のような完璧《かんぺき》王子が私なんかを好きになるの。それ、どう考えてもおかしいでしょう。

アーネスト殿下は王太子で、将来はこの国の王となる方だよ？　いずれはどこかの国の王女か、国内の有力貴族の令嬢を娶《めと》ることになるはず。

やっぱり言葉通りに受け取ったらダメだよね。

うん。やっぱりあれは彼なりの冗談。もしくは気の迷い。ほら、昨日は来客が忙しくてあの部屋にこもりきりだったと聞いたし、すごく疲れていたのよ。きっとそのせいで思考が一時的に歪《ゆが》んでいたのだ。うん。きっとそう。

そういうことにしておこう。

離宮で一日一緒に過ごしたり、放課後部室に遊びに来る彼と話したり、そういう積み重ねのせいで徐々にアーネスト殿下に惹かれる気持ちは強まっているけれど、叶《かな》わない思いだとわきまえていたし、彼とどうなりたいかなんて想像もしていない。

そもそも、これは恋というより、ただの憧《あこが》れに近いんじゃないかと思う。

こんな状態だからこそ、彼の「好きだ」発言を真に受けたくない。

本気にして、私だけ盛り上がって、結局勘違いだったら？　そんなふうに傷つきたくはないもの。

私はただ見ているだけでいい。

彼と彼の地位に相応《ふさわ》しい女性は、他にたくさんいるのだから。

「よし、吹っ切れた！　悩むの終わり！」

「きゃ⁉　ど、どうしたのルーシャ。急に大声なんか出して。なにか悩み事があるのね？　よかったら私に話して」

「心配かけてごめんね。でももう吹っ切れちゃった！　――ねえ、そろそろ朝食の時間よね。着替えないと！」

今日は夕方からダンスパーティだ。まだまだ時間はあると油断していると、直前でバタバタしちゃうから。早めにゆっくりコツコツと準備しておかなきゃね。

この季節、日はすっかり短くなっている。パーティ開始はそんなに遅い時間じゃないけれど、外はもう真っ暗だ。

会場は校舎から少し離れた場所にあるダンスホール。

豪華なシャンデリアに照らされた室内は、オレンジ色の光に満ちてキラキラと輝いて見える。

学生たちが中心のダンスパーティだからもう少し控えめかと思っていたのだけれど、予想はいい意味で裏切られた。

この日ばかりはみんな制服を脱ぎ、思い思いのドレスを身に纏《まと》っている。会場内はまるで花が咲き誇ったような華やかさだ。

「すごいわね、ジリアン」

「本当に……。ね、ねえ、私、おかしくないかしら?」

急に心配になったようで、ジリアンは落ち着かなそうに自分の身体《からだ》を見下ろしている。

淡い金の髪は複雑な形に結い上げられ、銀色の飾りピンで彩られている。金の海に銀の星が散っているみたいで華やかだ。ドレスはペールオレンジで、裾《すそ》から上に向かい蔦《つた》模様が刺繍《ししゅう》されている。糸の色は深紅《しんく》から黄色のグラデーションで秋らしい雰囲気が感じられる。首飾りは髪と同じシルバー。

シャンデリアの光の下で清楚に煌めいている。親友の贔屓目を抜きにしても彼女はいつにも増して綺《き》麗《れい》だ。

その証拠《しょうこ》に、多くの男子たちがジリアンを振り返ったり、見蕩《みと》れたりしている。これではイアン殿下も気が気じゃないだろうな。同情しちゃう。

「とても素敵よ。さすが、イアン殿下のお見立てね。ジリアンにとてもよく似合ってるわ」

「ありがとう、ルーシャ。あなたにそう言ってもらえて安心したわ。ルーシャも素敵よ。ピンクのドレス、すごく似合ってるわ。パールのチョーカーも可愛《かわい》らしいし……アーネスト殿下も、ルーシャがよく似合うものをとてもよくご存じね」

私が着ているドレスはジリアンと同じデザインの色違い。生地がペールピンクで蔦模様の刺繍は深紅から薄緑へのグラデーション。それにパールのイヤリングと、パールのチョーカーを合わせている。

似合っているかどうかは別として、とても素敵なコーディネートだと思う。さすが完璧王子のアーネスト殿下。センスも完璧だ。

「ありがとう、ジリアン。こういう淡い色って着慣れていないから緊張しているけど……」

「緊張する必要などないよ、ルーシャ。よく似合っている」

背後からの声に振り返れば……。

「アーネスト殿下！」

「やあ。今宵《こよい》は二人とも一段と麗しいね。あまりの美しさに息を呑《の》んでしまった」

そんなお世辞を口にするアーネスト殿下の後ろには、イアン殿下の姿もあった。

「こんばんは、ジリアン、ルーシャ。そうやって二人が並んでいると、花の妖精《ようせい》が戯れているみたいだ。僕も兄上同様、見蕩れてしまったよ」

「ありがとう、イアン！　あなたも素敵だわ。どうしましょう、私、ドキドキしてしまって……」

「ドキドキしているのは僕もだよ、ジリアン」

イアン殿下とジリアンは一気に二人の世界に入ってしまった。

いつものことなのでもう慣れた。

二人のことは放《ほう》っておいて、アーネスト殿下へ向き直った。

「アーネスト殿下、このたびはドレスやアクセサリーをありがとうございました」

昨日の今日で、彼の顔がまともに見られない。深々とお辞儀をしてそれを誤魔化したのに……。

「顔を上げてくれ、ルーシャ」

気が進まないものの、逆らうわけにもいかない。

そろりと顔を上げれば、なにもなかったかのような涼しい顔と出会った。

正装に身を包んだ彼は、神々しいほど麗しかった。金の髪は隙《すき》なく整えられ、いつもは前髪に隠れている額が露《あら》わになっている。切れ長の目と相まっていつもよりも大人《おとな》びた印象で、空色の瞳《ひとみ》は穏やかな自信に満ち溢《あふ》れている。

「私の目に狂いはなかったな。よく似合っている」

殿下はさりげない所作で私の手を取り、手の甲にキスを落とす。

その瞬間、周囲がざわついた。

ですよね……。いくら手の甲にキスは挨拶《あいさつ》のようなものとわかっていても、するのが王太子殿下で、されるのが目立たない――もしかしたら変わり者って言われているかもしれないけれど――私では、周りが驚くのもわかる。

「ありがとうございます。こんなに素敵なドレスやアクセサリーを身につけるのは初めてです。緊張もしておりますが、それよりも心が浮き立って、気を抜くと大はしゃぎしてしまいそうです」

素直に感想を言えば、彼は蕩けるような笑顔を見せ、ますます周囲がざわめく。

「思った通り、君の髪色や肌の色が良く映える。イアンの言ったようにまるで妖精みたいだ。私が離れている間にどこかへ消えてしまうのではないかと、気が気でないよ」

そんなお世辞を口にして、殿下は悩ましげにため息をつく。

「用事は急いで終わらせるから、どうか消えてしまわないでくれ」

色気と奇妙な迫力に気圧《けお》されて、無言でこくこくと頷いた。

殿下は満足そうに笑うと、隣で話しているイアン殿下とジリアンへと目を転じた。

「イアン。そろそろ行こう。名残惜しいのはわかるが、理事長が心配そうにこちらを見ている。あまり待たせるのも失礼だ」

「先に行っててよ、兄上。僕はもう少しジリアンと話した……いたたた！　馬鹿《ばか》力で掴まないで！」

「うるさい。君が我が儘《まま》を言うからだ。ジリアンの元に早く戻りたいなら、キリキリ歩くんだ」

アーネスト殿下はイアン殿下の腕を掴み、有無を言わさず引き連れていく。

「ジリアン！　また後でね！」

名残惜しげな声を残して、イアン殿下が遠ざかっていった。

「イアンったら。アーネスト殿下と一緒だと、子どもみたいね。可愛いわ」

ジリアンは頬に手を当てながら、うっとりと二人の背中を眺めている。

「アーネスト殿下も遠慮がないわね。ああいうやりとりを見ると、兄弟って感じがする」

「ルーシャの言うことわかるわ。ちょっと羨《うらや》ましいの」

うんうんと二人で頷き合っていると、いよいよパーティが始まった。

司会進行役の生徒が話し始めると。会場がシンと静まった。

ステージのある方向に目をやれば、アーネスト殿下とイアン殿下は理事長と並んで立っている。

イアン殿下はジリアンの姿を見つけると顔を綻《ほころ》ばせた。そしてその次に、ジリアンの元へ来たそうな顔になる。隣に立つアーネスト殿下に何事かを囁いたけれど、どうやら認められなかったらしい。肩を竦《すく》めて、ジリアンに視線を投げる。唇の動きを見るに「あとでね」と言ったみたいだ。イアン殿下の、ジリアン好き好き姿勢は素直で微笑ましい。

彼の隣、アーネスト殿下へと視線を移せば、胸の奥がずしんと重くなる。昨日の記憶なんて消えちゃえばいいのに。そうしたらなんの気兼ねもなく『今日も麗しいなあ』なんて暢気《のんき》に眺められたはず。

視線を感じたわけでもないだろうに、アーネスト殿下が何気ない仕草でこちらを向く。視線が合ったと思った瞬間いたたまれない気持ちになり、慌てて俯《うつむ》いてしまった。

程なくしてパーティーが始まった。開会の挨拶や学園祭の成功を祝しての乾杯のあと、楽団の生演奏が流れ、生徒たちは思い思いの場所へ散らばった。ダンスを踊りたい人々はホールの中央へ、雑談をしたいか、もしくは飲食に興じたい人々はホールの端へ。

遠くに見えるイアン殿下とアーネスト殿下は、来賓の皆さんと歓談中だ。とすれば、ジリアンと私は当然ながら飲食組。

「イアン殿下、もうちょっとかかりそうね。ジリアン、今のうちになにか食べておく？」

「そうね。始まる前は緊張して食欲なんて湧《わ》かなかったけれど、少しお腹空《なかす》いてきたかも……」

「わかるわ。いざ始まってしまうと気持ちが落ち着くのよね。でも、このあとイアン殿下とダンスを踊るでしょう？　食べすぎちゃダメよ、お腹が痛くなるから」

「あんなに美味しそうなお料理がいっぱいあるのに？　辛いわ。――そう言えば、ルーシャもダンスを踊るわよね？　あなたも食欲を抑えなきゃね！」

ジリアンが肘《ひじ》で私の腕をつつく。

「やだ、言わないでよ、もう！　緊張するから考えないようにしてたのに！　美味しいものを食べて気を紛らわさなきゃ」

「ルーシャったら！」

私たちはそんな冗談を言いつつ、料理のテーブルに一直線に向かった。

その後三十分ぐらいして、ようやく付き合いから解放されたイアン殿下がジリアンのもとに戻ってきた。アーネスト殿下はもう少しかかりそうだと教えてもらったので、私はお邪魔虫にならないように二人から離れた。

イアン殿下からは遠くに行かないようにと言われたので、二人の姿が見える範囲で、デザートに舌《した》鼓《つづみ》を打ったり、知り合いやクラスメートと簡単な雑談をしたり。

そんなふうに過ごしているうち、会場の熱気のせいか喉《のど》が渇いた。

「飲み物、おかわりしようかな？」

飲み物のカウンターは少し遠い。けれど、さほど混雑していないし、すぐ戻ってこられそうだ。それなら、ジリアンたちに断らなくていいかな？　少し躊躇《ためら》いつつカウンターへ足を向けた――のだけれど。

カウンターの近くで、例のドロシアとヘレンがお喋りをしている。

閉じ込められた以外はなんの被害も被ってないけど、あまりお近づきになりたくない。

よし、できるだけ彼女たちから離れたところにあるグラスを取って、さっさとどこかへ行こう。

「あら。飲み物を取りに来たの？」

思惑は思いっきり外れて、ドロシアに声をかけられてしまった。

「え、ええ」

嫌みの二つや三つや四つぐらい言われそうなので、身構えながら曖昧《あいまい》に答える。いちおう、顔に微笑は貼《は》り付けているつもりだけれど頬はヒクヒク引きつっている。

「取って差し上げるわ。どれがよろしくて？　リンゴジュース？　それともそちらのオレンジかしら？」

「ありがとうございます。ではお言葉に甘えて、リンゴジュースを……」

「こちらね。——はい、どうぞ。じゃあ、パーティ、楽しんでね」

そういうと彼女たちはその場を立ち去った。あとに残された私は、渡されたグラスを手に呆然《ぼうぜん》とする。

今のはなんだったの？

他の方との会話ならなんの違和感もない。けれど、相手はよりによってあの二人だよ？

数ヶ月前にした嫌がらせの標的が誰だったか、覚えていないんだろうか？　遊び半分でやっていそうだから、その可能性大だな。

腹立たしいような肩すかしを喰《く》らったような。奇妙な心持ちで手にしたグラスを呷《あお》る。

リンゴの酸味と甘さが口の中に広がる。よく冷やされたジュースは、熱気にあてられた身体を内側から冷やしてくれるようで……あれ？　なんだろう？　一瞬、喉の奥に違和感を覚えたような気がした。

前世の記憶から、アルコールを飲んだ時の感覚に似ていると感じたけれど、ここでアルコール入りの飲料が提供されるわけもない。

最近寒いし、風邪《かぜ》の引き始めかもしれない。そう思いつつ、もう一口飲もうとしたとたん――。

「飲んではダメよ！」

グラスを持つ手首が掴まれた。

「え、な、なに？　――イザドラ様!?」

ドレスではなく、普段通りの制服姿のイザドラが、息を切らしながら私の手を掴んでいる。

今日のパーティには欠席すると聞いていたけれど、どうしてここに？

「それ以上、飲まないで。とりあえず、こちらへ来て」

私からグラスを取り上げ、彼女はどこかへ行こうとする。

「い、イザドラ様、なにを……」

「黙って。事情はあとで説明するから」

誰かを警戒するように小声で言うけれど、私がテコでも動かなそうだとわかるとイザドラは諦《あきら》めたようにため息をついた。

「そうよね。私のことなど信用できないわよね。でも、本当に時間がないのよ。今は信じてもらうしかな――ルーシャ！」

イザドラの声を聞いているうちに、くらっと目まいがした。手近な壁に手をついて身体を支え、かろうじて座り込むことは避けられた。

彼女が私の名前を覚えていたなんて驚きだ……と、妙なことに感心してしまった。

「だ、大丈夫、です。ちょっと風邪気味らしくて……」

「違うわよ！　ちょっと待っていて。誰か助けを呼んでくるから。——イアン殿下！　ジリアン！　ちょうどよかった手伝ってくださいまし」

近くにいたらしい二人を呼ぶイザドラの声が少し遠くに聞こえる。

背筋がゾクゾクして、妙に熱っぽいので、これはいよいよ風邪の兆候だ。

「どうしたの、ルーシャ。どこか具合が……？」

「ジリアン、近くの空き部屋にルーシャを運ぶから手伝ってくださる？　イアン殿下はこのグラスをもってアーネスト殿下に合流してくださいまし。グラスの中身には薬が盛られているはずです。成分の分析をお願いしてください。殿下はこのことについて既にご存じですから」

「わかった。至急兄上に届ける」

「よろしくお願いいたします」

荒い息を繰り返し、自力で立っているのがやっとな状態の私。その傍《そば》で、イザドラとイアン殿下とジリアンが会話を繰り広げている。緊張した声色からなにかよくないことが自分の身に起きたのだとは理解できた。

「ジリアン、そっち側を支えてくださる？　私はこちら側から支えるわ。空き部屋はこのホールの隣にあるわ。すぐそこだから頑張ってちょうだい」

イザドラが早口で告げると、ジリアンは「はい！」と短く答える。

「イザドラ様、いったいこれは……どういうことなのでしょうか？」

口を開くのも億劫《おっくう》だけど、聞かずにはいられない。

「あなた、薬を盛られたのよ」

「薬……？　毒？」

「毒と言えば毒なのかしら。おそらくあなたが飲まされたのは、媚薬《びやく》みたいなものだと思うわ」

「なっ、なんでそんなものを！　だ、だ、誰が！」

最低！　とジリアンが吐き捨てる。

私も同感だ。

だいたい、なんで私が薬を盛られなきゃならないのだ。ダンスパーティで媚薬を盛られるのはアーネスト殿下ルートか、イアン殿下ルートのジリアンでしょうに！

「ジ……ジリアンは、大丈夫……？」

「ええ、私はピンピンしているわ！」

「よ、よかった……」

イアン殿下ルートのジリアンは、殿下との親密度が高ければ間一髪で薬入りジュースを回避できるのだ。既にゲームとはだいぶ話がずれているから大丈夫だとは思ったけど、聞いて更にホッとした。

隣の部屋に辿り着き、ソファに座らせてもらうと全身の気怠《けだる》さは更に酷くなり、耐えられないくらいの睡魔が襲ってきた。

「あなたが飲んだのはほんの一口くらいだから、すぐに回復するとは思うけれど……。念のため吐かせたほうがいいかしら」

「吐かせる⁉　それはちょっと……嫌かも……。そんなに気分は悪くありませんので、寝ていれば治るかと……」

眠気に負けて後半部分は呂律《ろれつ》があやしい。

こんなところで寝ちゃダメでしょ！　っていうかイザドラは媚薬とかなんとか言っていたけれど、これ睡眠薬なんじゃないの⁉　すっごく眠い。

「イザドラ様、これはいったいどういうことなんです？　事情をご説明いただいても？」

いつになくジリアンの声がきつい響きを持っている。

「どこから説明すればいいかしら。要約すれば、ドロシアとヘレンがルーシャに媚薬を盛り、暴漢に襲わせ、アーネスト殿下の傍から排除しようとした。私は偶然その計画を知ってしまい、見殺しにできずお節介をした、ということよ」

うつらうつらしながらイザドラの話を聞いていたけど、一気に眠気が吹き飛んだ。

「なっ！　なにそれ！　どうして私が襲われなきゃいけないのーっ！」

それ、アーネスト殿下ルートか、親密度が低い場合のイアン殿下ルートのヒロインが遭遇するピンチですけど！

名前もない悪役たちが仕掛けたことになってたけど、現実ではあの二人が犯人なのね……。

現実世界のイザドラが悪役三人組から脱退してしまったので、残る二人は名もなき悪役に配置換えになったんだろうか――なんて、益体《やくたい》もないことが頭をよぎった。

それにゲーム内では、どうやって飲み物に薬を混入させたのか一切語られていなかったから、気にしたこともなかったけど、首謀者が直接薬を盛っていたとは！　なんという大胆な犯行なの。捜査が始まったらすぐに彼女たちがあやしまれるよね。黒幕が直接参加しちゃダメでしょ！

「どうしてって、あなたがアーネスト殿下に気に入られてるからに決まってるでしょう」

イザドラは呆《あき》れたと言わんばかりの口調だ。

「そんな噂、あるの？」

部室によく遊びに来るけど、部長も他の部員もいるし。雑談しかしてないし。

まさか昨日の一件が誰かに聞かれてたとか!?

「ルーシャ、まさか気付いてなかったの？」

「新聞部員なのに自分の情報にはうといのね」

ジリアンとイザドラは同じような顔つきをする。

「まあいいわ。とにかく、あなたは横になっていてちょうだい。じきにアーネスト殿下もいらっしゃるわ」

「あの……たぶん、寝てなんていられないと思います。そういう計画ならもうすぐ、その……暴漢とやらがやってくるのではありませんか？　早く逃げないと！」

人目のあるホールなら襲うに襲えないはず。個室にいるよりそっちの方が安全だ。このままでは二人を巻き込んでしまう！

立ち上がろうとしたのに、怠くて上手くいかない。

せめて、ジリアンとイザドラだけでも逃げてほしいのに、二人とも動く気配もない。

「そちらはアーネスト殿下にお任せしたわ。今頃、暴漢は全員拘束されているわよ。殿下は怒り狂ってらしたから、犯人の命があればいいわね」

イザドラがフフッと笑うけれど、それ笑えない。校内で殺人なんて！

「悪い冗談はやめてください。暴漢はやってこないということでひとまず安心しましたが、首尾を確認しにドロシア様たちがやってくるのでは？」

あんまり想像したくないけど、媚薬を飲まされて暴漢に襲われたら嫌でも感じちゃうわけで、それは知らない人から見たら喜んでシてると思うわけで。

ゲームの中の名もなきモブ悪役令嬢は、偶然を装ってその場面を発見、悲鳴を上げて人々を呼び集めてヒロインを陥れる計画だったはず。間一髪でアーネスト殿下が間に合い、その場で暴漢三人を叩きのめし、のこのこやってきた悪役令嬢を捕まえ、そして十八禁展開（スチルあり）だった。

ゲームとはだいぶ展開が違っちゃってるけど、こちらの動きを知らない犯人たちがやってくる可能性は高い。

「それならそれで好都合じゃない」

「そうそう！　アーネスト殿下がやってくるまで足止めできたら、私たちの勝ちよ！　頑張って引き留めましょう！　ね？」

ジリアンが可愛らしく小首を傾げる。

そうだ、ジリアンっていざとなると正面からぶつかっていく好戦的な性格だったわ。

部屋の中にしばしの沈黙が落ちる。すると廊下から女性の声が聞こえてきた。ドア越しだからくぐもっているものの、例の二人に似た声だ。

「ちょっと、どの部屋なのか聞いていないの!?」

「あなたこそ、ちゃんと確認なさらなかったの？」

「だってここは部屋数が少ないし、近づけば声も聞こえるだろうし、すぐわかると思ったのよ！」

どの部屋でコトが行われているかわからなくて、言い争っているらしい。

「まあいいわ。端から確認していきましょ」

なんて引きのよい方々なのか。一部屋目で当たりですよ！

身を硬くする私と裏腹に、ジリアンとイザドラはサッと立ち上がって私を庇《かば》うように前に立つ。

がちゃりと音を立ててドアが開き、沈黙が落ちる。

「な、な、な、なんで!?」

初めに声を発したのはドロシアだった。その第一声からして語るに落ちてる気がする。明快なのはありがたいけれど、あまりに迂闊《うかつ》なのでよくこれで無事に生きてこられたものだと感心する。

蝶《ちょう》よ花よと育てられた、やんごとなき方々というのは、周りの人がなんでもしてくれるから悪意も結局子どもじみているのかもしれない。人を使っていることからして、彼女たちの周りの人も協力していると思うんだけど、誰も諫《いさ》めなかったのかな。なにか人間関係やら主従関係の闇《やみ》を見た気がする。

「当てが外れまして？」

腕を組み仁王立ちしたイザドラが、ふふんと鼻で笑う。

その堂々とした態度に、二人が鼻白んだ。

「とりあえず、中にお入りになったらいかが？」

ドロシアとヘレンは顔を見合わせて、それからおずおずと部屋に足を踏み入れる。完全にイザドラのペースだ。闇雲《やみくも》に威張り散らしていた前期とは桁《けた》違いに威圧感があるので、二人が彼女のいいなりになるのも頷ける。

「念のため確認いたしますけれど、ここにいるルーシャ・リドルに薬を飲ませ、よからぬことを企《たくら》んだのはあなたがた二人で間違いございませんわね？」

「い、いったいどういうことですの？　私たちはただ休憩する場所を探していただけですわ。ねえ、ヘレン様」

「ええ、そうよ。なのに、なんなんですの？　奇妙な疑いまでかけて、失礼にもほどがありま すわ！」

口々に反論するものの、目は泳いでいるし、口調も白々しい。

「イザドラ様も落ちぶれましたわね！　そんな嘘までついてなにがなさりたいの」

「そうですわ。ジリアン様もルーシャ様も、そんな方の言うことを鵜呑《うの》みになさってはいけませんわ。その方はご自分の名誉が失墜したから、私たちを逆恨みなさってるんですわ。逆臣の娘ですもの、そのくらいいやりかねません。ああ、怖い！」

彼女たちの言葉に、イザドラの肩が強ばるのが見えた。

「そうね、あなたたちのおっしゃるとおり、私の父は逆臣とそしられても仕方ないことをした。それは事実よ。私だって父の権力を笠《かさ》に着て、散々酷いことをしてきたわ。それでも、国王陛下は私に家を継ぐことを許してくださった。そのご恩に報いるためにもあなたがたを見逃《みのが》すことはできないわ」

「……な、なんですの、それ。ご大層なお志には感心いたしますけれど、それとこれと、どんな関係がありますの！」

ドロシアが言えば、ヘレンも、そうだ、そうだ、と相づちを打つ。

「憐《あわ》れなものですね。こんな作り話までして注目されたいんですの？　妄想が過ぎるようですから、少し田舎《いなか》で静養されたらよろしいのではなくって？」

たとえどんな美しい容貌《ようぼう》をしていても、人を見下す笑顔は醜悪だった。

こんなこと、黙って聞いてられない。腹が立って指先が震えてくる。利害関係で繋がっていたとしても、かつての友人になんて酷いことを言うのだろう。

「黙って聞いていれば、ずいぶんと酷いことをおっしゃいますのね。以前はあんなに仲よさそうにしてらしたのに……」

気がつけば私はそんなことを口走っていた。

「友人が辛い立場になったら、傍にいて励ますものではないですか？　もし私があなたがたと同じ立場になったら、絶対に離れたりしません。たとえなんの役に立てなくても、傍で支えられるように努力します。決して見捨てたりなんてしないわ」

「私だってそうですわ。ルーシャが辛い時は傍にいたいもの！」

殿下が来るまで彼女たちを引き留めたいけど、彼女たちの醜い嫌みは聞きたくない。そんな私の気持ちを援護するように、ジリアンも頷いた。

チラリと振り向いたジリアンに向かって、頷くことでお礼を言う。

「なのにあなたがたは、あっさりとイザドラ様と距離を置いてらっしゃいましたね。そんな簡単に掌《てのひら》返しをする方と、孤立しても逃げださなかったイザドラ様の言葉、どちらが信用できると思いますか？」

「なんですって？　ルーシャ・リドル、あなた、私の話が信用できないとおっしゃるの？」

「信じたいとは思うのですが、残念です」

そう返すと、援護射撃をするように、ジリアンとイザドラも口を開いた。

「ルーシャの言うとおりですわ。本当に残念」

「前期までの己を見ているようで恥ずかしいわ。周りから見るとこんなにも愚かに映るのね」

三人揃《そろ》ってため息をつけば、ドロシアとヘレンは顔を真っ赤にした。

あ、まずい。怒らせすぎちゃった？　このまま立ち去られては困る――。

「おや、盛り上がっているようだね？　女性同士の話に割り込むのは大変申し訳ないのだが、少しお邪魔してもいいだろうか」

張り詰めた空気に似合わない、明るい声が割って入る。

「アーネスト殿下！」

ジリアン、イザドラ、私、三人の声が綺麗に重なった。

部屋の出入り口に、正装に身を包んだ彼の姿があった。その後ろにはイアン殿下と、ダニエル様の姿もある。

アーネスト殿下はこちらに視線を投げかけて、もう大丈夫だと言うかのように小さく頷いた。

彼がいれば大丈夫だと安心し、肩から一気に力が抜ける。

「あ、アーネスト殿下！　ちょうどよいところに……」

ドロシアが取り繕うように話しかけるけれど、異様な雰囲気を感じ取ってか途中で言葉を途切れさせた。

「そうだね。ちょうど良いところに間に合ってよかった」

朗らかにも見えるアーネスト殿下の笑みの向こうには、暗い炎が見える。それは私だけでなく、この場にいる全員に見えるらしい。

ドロシアとヘレンは、不穏な空気をまき散らす彼から遠ざかりたいというように一歩後退《あとずさ》った。けれど、後退った方向には私たちがいる。挟まれて逃げ場はない。

二人は上手い言い訳を探しているのか、それとも逃げ道を探しているのか、せわしなく視線を彷徨《さまよ》わせている。

「君たちの計画は全《すべ》て露見している」

「な、なんのことでしょうか？　私たちはなにもしておりませんわ。ここにいるのも休憩する場所を探していただけで……」

「そ、そうですわ。私たちは無関係で……。もしルーシャ様になにか起こったのでしたらそれは全てここにいるイザドラ様のなさったことですわ。彼女は——」

口々にまくし立てる二人の話を聞いているのかいないのか、アーネスト殿下は室内に入り、私の座るソファへと近づく。私の傍まで来ると、片膝《ひざ》をついて私の顔をのぞき込む。

「ルーシャ、巻き込んですまない。大丈夫か？」

「はい。お陰様でなんとか」

「もう少し待っていて。今、片をつけるから。——全く忌ま忌ましいことだ。最後の学園祭だというのにこんな不愉快な目に遭わされるとはね。どうしてくれようか」

立ち上がりつつ紡がれた言葉の後半は独り言《ひと》のようだけれど、部屋の空気が一気にピシッと凍り付いた。

「君たち二人が雇った男たちは全員拘束した。だいぶ報酬を出し渋ったのかな？　あっさり自白してくれたよ。他にも君たちの使いで男たちに渡りをつけた使用人も、買収されて学園に男たちを引き入れた職員もすでにこちらの手の内だ」

「そんな……嘘よ……」

「申し開きはあとでダニエルに言うといい。それとも抵抗してみる？」

先ほどまでアーネスト殿下が立っていた出入り口には、険しい顔をしたイアン殿下とダニエル様が、彼らの後ろにはずらりと警備員が並んでいる。警備員の多くは、前職が騎士や兵士、王都の治安を守る警備隊員だったりするので、二人が抵抗したとしても逃げ切れるわけがない。

「さあ、どうする？　私としては、口がきけさえすればどんな状態でも構わない。君たち二人は好きなようにしなさい」

淡々としたアーネスト殿下の口調に、二人は顔面を蒼白《そうはく》にする。どんな状態でも……のひと言で、自白したという男たちは酷い目にあったのではないかと想像してしまったに違いない。そしてそれは自分たちにも降りかかる可能性があると。

「…………抵抗はいたしません」

「私も……」

二人はがっくりと肩を落としてうなだれた。

「ダニエル、二人を連れていけ。あとは任せる」

「はっ。承知いたしました」

二人は警備員に囲まれるような形で部屋を出ていき、部屋の中は一気に静まり返った。

「すまない、ルーシャ。怖い思いをさせたね。事件を防げなかったのは私の落ち度だ。本当に申し訳ない」

アーネスト殿下は再び床に片膝をつき、私の手を握る。彼の体温が伝わってきて、ますます気持ちが緩んでしまう。

「イザドラ様とジリアンがいてくれたので、それほど怖くはありませんでした。このくらい大したことありません」

ゲームの中だったらもっと酷い目に遭ってるし、このくらいですんでよかった。

「ルーシャ！」

「本当に大丈夫なので、そんなに怒った顔をなさらないで……ください……」

ホッとしたら急に睡魔が襲ってきた。先ほどと同じで、抗えないくらい強力だ。

「すみません、安心したら……眠く……なって、しま……」

「ルーシャ！」

「ほんと……に、ただ眠いだけ……ですから」

アーネスト殿下は心配そうに眉根を寄せながら、ソファに倒れ込みそうになる私の身体を抱き留めてくれた。

それどころじゃなかったからよく見ていなかったけれど、アーネスト殿下の正装、眩《まぶ》しいくらい素敵だ。もうちょっと眺めていたかったけれど、ダメだ。限界。まぶたを開けていられない。

「アーネスト……殿下、やっぱり……かっこ……いい……」

最後に思ったそれは、心の中の声なのか、それとも実際口にしていたのか、判然としないまま、私はストンと眠りに落ちた。

◆
◆
◆

「ルーシャ？」

殺し文句を呟《つぶや》いたと思ったとたん、腕の中の彼女はくたりと身体を弛緩《しかん》させた。

驚いて名前を呼んでみたが、彼女はもごもごむにゃむにゃ……と聞き取れない返事をし、幸せそうに笑った。目を閉じたままで。

「寝ているだけ、なのか？」

辛そうな表情はしていない。むしろ、安心しきったあどけない顔だ。

「先ほどから眠いとおっしゃってましたわよ」

イザドラが平然とした口調で言う。

「媚薬って、少量だと眠くなるものなのかしら……？」

不思議そうに小首を傾げ、独り言を言うのがジリアン。

「ジリアン！　媚薬だなんて……ダメだよ……君の可憐《かれん》な唇がそんな官能的な単語を紡ぐなんて！　僕は！」

僕はなんだと言うんだ、馬鹿。

我が弟は優秀なはずなのだが、ジリアンと一緒にいると酷く残念な男に見えて仕方がない。時々、大丈夫なのかと心配になる。

「あら、イアンったらまた変なことをおっしゃって」

「変なことじゃないよ！　僕は君に夢中なんだから仕方ないだろう!?　——ところで、大丈夫？　どこも怪我《けが》していない？　怖かったよね。ああ、もう……こんなに震えて……」

「嫌だわ。震えてなんかいないわよ？　それよりイアン、私、頑張ったのよ！　イザドラ様には負けるけれど、ちゃんとルーシャを守ったわ！」

「ああ、そうだね、ジリアン。君は頑張ったね。凛々《りり》しくてとても素敵だったよ！　惚《ほ》れ直した」

デレデレと鼻の下を伸ばすイアンと、得意げに笑うジリアン。二人の様子は確かに微笑ましいのだが、どこかよそでやってほしい。いや、自分が移動すればいいのか。

「イアン、ジリアン、それからイザドラ。協力に感謝する。私はこのままルーシャを執務室へ運ぶ。

イザドラ、すまないがダニエルにその旨を伝えてくれるか？」

「かしこまりました」

イザドラは即座に踵《きびす》を返し、ドアへと向かった。

その背中に向かってもう一度名前を呼べば、彼女は無言で振り返る。

「我々はいい選択をしたようだ」

笑いかけると、イザドラは厳しい顔を崩さないまま口を開く。

「さあ？　それはどうでしょうか」

彼女の父の不正に気付き国王に進言したのも、夏休みを利用して調査を進めたのも私だ。

バークローア侯爵の処遇を検討する場にも同席した。侯爵の罪科は宰相の意見を聞きつつ国王が決定を下したが、バークローア侯爵家の存続については、唯一の跡取りであるイザドラを同席させた上で、国王、宰相、そして私で話し合った末、条件付きながら存続することを決定したのだった。

取り潰せば貴族たちの間に動揺が走る。緩んだ気を引き締めさせるのには有効だが、やりすぎれば反感を買う。また、やり直す機会を残すことは、国王の懐の広さを知らしめることにもなる。

機会を与えるとは言っても、領地経営は国王が派遣した代理人が執り行うし、領主としての権限はほぼないに等しい。社交界のどこに出ても針のむしろだが、だからと言って引きこもることも許されない。他にも様々な制約がついているが、それでもイザドラは自分が爵位を継ぐことを選んだ。

「期待しているよ、バークローア女侯爵」

「私は、国王陛下の臣下として、誠心誠意《せいしんせいい》お仕えするだけですわ。それから、卒業まで爵位は継ぎませんので、その呼び方はおやめくださいまし」

国のためにならないと判断したら、私の頼みも聞かないということか。

以前は度胸と気の強さは面白いが愚かな女だと思っていた。逆境に立ってようやく面白い人物に育ったようだ。

「今夜のことは助かった。もし、ルーシャに嫌がらせをしたあの一件の罪滅ぼしだとしても、私は君に感謝する」

「罪滅ぼしではございません。そんなことで自分の犯した過《あやま》ちを許していただこうとは思いません。今夜のことはただ単に、犯罪を見過ごせなかっただけです」

「素直に謝ればいいのに。ルーシャはきっとすぐに許してくれる」

「だからこそ、なおさら謝ってはいけないのです。そんなに簡単に許されてはいけないのです」

それだけ言うと、彼女は部屋を出ていった。

全くひねくれた女だ。

おそらくルーシャはとうに彼女を許しているだろうに。だからこそ、イザドラの話を信じて逃げたのだろう。

今夜のパーティに不参加を決め込んでいた彼女が、たまたま見慣れない男たちが密談している場に居合わせた。それがきっかけで、事件を未然に防げたのだ。

彼女が気付かなかったら、後手に回ったか、ルーシャを助けられなかったかもしれない。

それを思うとゾッとするとともに、犯人たちに抑えようもない怒りが湧いてくる。

今が百年、二百年前だったとしたら、さっさと斬《き》り殺してスッキリしていただろうに……と思っても詮《せん》ないことが頭に浮かぶ。

「兄上、僕たちは……？」

イアンの声に我に返った。

どうやら、先ほどまでのむず痒《がゆ》いようなやりとりは一段落したらしい。

「特に頼むことはないな。せっかくのパーティだ。引き続き楽しんでくれ」

すやすやと眠っているルーシャを抱き上げ、私も部屋をあとにした。


生徒が出払い、警備も手薄になっている女子寮に彼女を戻らせるわけにはいかないので、とりあえずは執務室で休んでもらうしかない。

ベッドこそないが、仮眠も取れるようにと大きめのソファを置いてある。

「ルーシャ、ここに寝て。ちょっと窮屈《きゅうくつ》かもしれないが」

寝ている彼女には聞こえていないだろうが、黙って下ろすのも気が引けて囁く。

「んー……」

私の声に反応するように、彼女が寝言を呟く。

正直に言って、愛らしい。

名残惜しい気持ちを押し殺して、座面に横たえた。身体を離そうとしたところ、なにかが引っかかっていて離れられない。

なにごとかと思えば、ルーシャが私の服を掴んでいる。そっと外そうとしたが、存外強い力で握られていた。外そうと手に力を込めれば、ますますギュッと握り込む。

「ルーシャ、手を放しなさい」

「ん……やだ……」

眉間《みけん》に皺《しわ》を寄せ、首を横に振る。しつこいようだが、愛らしい。

仕方がない。上着を脱ごう。どちらにせよ、彼女の身体にかけるつもりだったのだから。

彼女を起こさないようにそっと脱げば、彼女はキュッと上着を抱きしめる。

「アーネスト殿下の……においだぁ……いい香り……」

ルーシャは、ふふふと幸せそうに笑う。

その笑みに、言葉に、声に、身体の奥がカッと熱くなった。

一方的な思慕だと諦めていたのに。それでも彼女が欲しいと裏であれこれ画策していたというのに。

もしかして……という希望が湧いてくる。

「やっぱ……好き……」

いったいどんな夢を見ているんだ。その『好き』は誰に向けての好きなんだ？

彼女の言葉をどう受け止めればいいのかわからず、戸惑うばかりだ。

「アーネスト殿下が……、一番好き……かな……」

これは夢か？

一瞬そう思うが、まさかそんなわけもない。

硬直する私をよそに、ルーシャは幸せそうな顔で寝息を立てている。

彼女の寝言は本心だろうか。それとも、身体に残った薬が言わせているのか。

とりあえず、彼女から離れなければ。

可愛らしいデザインのドレスは少し胸元が開きすぎで、目に毒だ。

無防備な寝顔と相まって、なんだか誘惑されているような気がしてくる。

上半身を起こそうとしたとたん、またしてもなにかが引っかかる。今度はなんだと思えば、いつの間にかシャツの胸の辺りを彼女の手が握っている。

これでは離れるに離れられない。

眠りながらこれだけ離れるのを嫌がるというのは、先ほどの一件がよほど堪《こた》えているからか？　それなら、無理に引き剥《は》がすのは躊躇われる。

しかし、シャツは脱ぐわけにもいかない。

「さて、どうしようか？」

頬にかかった髪を指で払えば、ルーシャはくすぐったそうに笑う。

いつまでも中途半端な姿勢でいるわけにもいかない。彼女の手が離れるまでは、傍にいよう。

できる限り静かに彼女を抱き上げ、姿勢を変える。

まず私がソファに寝そべり、私の上に彼女を寝かせる。これならばお互い、疲れずにすみそうだ。

ルーシャの体温は心地よく、その身体の重みも愛おしく思えてくる。庇護欲《ひご》をかき立てられるというのは、こういうことか。

唯一の難点は、彼女が身じろぎするたびに、花に似た甘い香りが立ち上ることだ。

吹き飛びそうになる理性をどうにかとどまらせ、暴走しそうになる情欲を無理矢理なかったことにする。

忍耐力が試されるなかなかの苦行だが、それでもこの温もりから離れる気は起きなかった。


どれぐらい経ったのか、控えめな音でドアがノックされた。

「殿下、ダニエルです。入室の許可をいただきたく……」

いつもはそんなことなどしないくせに、今夜に限っては外から尋ねてくる。その、妙な気の回し具合に多少ムッとする。

「入れ」

と短く答えれば、音も立てずに入ってくる。

ソファでくつろぐ私と、私に寄りかかる——というより私の上で寝ている——ルーシャの姿に驚いたようだが、すぐさまいつもの無表情に変わる。

「入室の許可を求めるなんて、珍しいね」

嫌み混じりでそう言えば、

「お取り込み中だった場合を想定いたしました。私もまだ命が惜しいので邪魔をするわけにはまいりません」

気遣う言葉が妙に腹立たしい。

「取り込み中って……お前なあ。堅物そうなふりして意外と下世話だな」

「心外ですね」

「なにか報告があるのだろう？　聞こう」

「首謀者以下、全員の身柄を当局へ引き渡しました。首謀者二人の身分が身分ですので、この一件は国王陛下にも報告が上がることになるでしょう」

それは予想していたことだ。仕方がないと思うもののため息が出る。

「ルーシャの名前が漏れないよう、極力注意を払ってくれ」

「はっ。重々承知しております。すでに関係者には箝口令《かんこうれい》を敷いておりますが、今後も目を光らせておきます」

「頼んだ」

この手の事件に巻き込まれたと知れれば、たとえ被害者であっても不名誉な噂を立てられ、好奇の目に晒《さら》されることになる。

婚約者であれば堂々と庇うこともできるが、今の状態でそれをすれば逆効果になりかねない。

今現在、私が打てる最善の手は、極力事件を表沙汰《ざた》にしないことだ。首謀者二人の親も同じ気持ちだろうから、その点は利害が一致していて好都合だ。

「首謀者二人についてだが、二度と王都の地を踏むことのないよう取り計らってくれ」

「仰せのままに」

二度と顔を見たくないという感情的な側面もあるが、それよりも逆恨みでまたルーシャが狙《ねら》われてはならないからだ。不安はできる限り潰しておきたい。

「他に報告することは？」

「ルーシャ嬢の飲み物に含まれていた薬ですが成分がわかりました」

「そっちを先に報告しろ」

大きくため息をついたとたん、私の胸に頭を預けているルーシャが「ううーん……」と不快を表すように呻《うめ》いたので、慌てて声を小さくする。

「で、成分は？　身体への影響は？」

媚薬、惚れ薬などと言われているものは大抵が胡散《うさん》臭い代物だ。正体は麻薬であることも少なくない。

「それが……医師が処方する効き目の強い睡眠薬だそうです。ですが、飲み物から検出された睡眠薬の濃度と、彼女が飲み込んだであろう量を考えても、身体への影響はほぼないとのこと」

「そうか……」

ひとまず、麻薬や毒のたぐいでないことに安心する。

「しかし、この短時間によく判明したな」

「実はここ最近、貴族や富裕層の人々に、媚薬だと偽って同じ睡眠薬を売りつける輩《やから》がいるそうです。表立って騒がれてはおりませんが、医師や薬師の間では噂になっていたようです」

「あらかじめ薬に見当がついていたから特定が早かったのか」

ダニエルは無言で頷いた。

「なんとも小ずるい悪党が暗躍しているようだね」

睡眠薬なら比較的値段が安く、手に入りやすい。しかも、服用しても眠くなるだけで、重篤《じゅうとく》な症状や後遺症は出にくいだろう。嫌な話だが大きな被害が出ないと、事件は表沙汰になりにくいものだ。その辺りを巧妙に突いた小悪党が暗躍しているとは腹立たしい。

「不愉快だ。早急に潰したい。――警備隊はもう犯人を特定しているのか？」

「はい。そのようです。今日明日にでも一網打尽《いちもうだじん》にできるのではないかと」

「私もその捕り物に参加して、犯人を痛めつけてやりたいところだが……」

「アーネスト様」

「冗談だよ。そう目くじらを立てるな。他に用事はないか？　なら出ていってくれ」

ダニエルはもの言いたげにしていたが、結局なにも言わず部屋を出ていった。

夜明けまであと少し。

今は余計なことをなにも考えず、温もりを感じていたい。

たとえ理性と本能が心の中で葛藤《かっとう》していても。

「ねえ、ルーシャ。さっき言ったことは本当か？　君も、私を好きでいてくれるのか？」

答える声はなく、静寂だけが部屋を支配している。

「私の卒業までの時間をあげる。それ以上は待たない」

そう、一日たりとも待ったりはしない。たとえルーシャが拒んでも、私は彼女を手に入れる。

だが、それは最悪の場合だ。

そうならないためにも――。

「早く私を好きになれ。夢の中でなく、この私に向かって好きだと言ってくれ」

それが、君のためだから。

【第六章】困惑の冬

ホールの控え室で眠り込んでしまった次の日。

私は見知らぬ部屋の見知らぬソファで目が覚めた——いや、違う。見覚えはあった。ほんの二回ほどお邪魔したことのある部屋だ。

「おはよう、ルーシャ。よく眠れた？　気分はどう？　どこか具合の悪いところは？」

耳に心地よい声が矢継ぎ早に質問を投げてくる。

「え……？」

声がすぐ傍《そば》から聞こえるのはどうして？　それにソファに寝ているはずなのに身体《からだ》に感じる感触がおかしい。

慌てて顔を起こすと、触れあってしまいそうなところにアーネスト殿下の顔があった。黄金色の髪が朝日にきらきらと輝いて美しい。

思わずぽうっと見蕩《みと》れてから、それどころじゃないことに気付いた。

私、殿下を枕《まくら》にして寝てたのーっ⁉

「で、で、殿下！　こ、こ、これは、あの……！」

慌てて上半身を起こしたのはいいけれど、今度は自分がアーネスト殿下の身体の上に座っていることに気付く。

「あああああっ！　た、た、大変失礼いたしました！　今すぐどきま……」

ドレスを着ているせいで動きにくいうえに、起き抜けのせいかちょっと目まいがする。

「そんなに慌てないで。急に起きたら危ない」

私の慌てぶりが面白かったのか、アーネスト殿下はクスクスと笑う。

いつもは綺麗《きれい》に整えられている髪は少し乱れ、しかもシャツのボタンが第二ボタンまで外されていて、そこから筋肉のしっかりついた胸元がのぞいている。その崩れた様子がとんでもなく色っぽくて、見入ってしまうやら、恥ずかしいやら、どうしたらいいのかわからない。

「今、少しふらついたね？　目まいがするならもう少し寝ていなさい。ほら……」

そう言いながら、アーネスト殿下は私の肩を抱き寄せ、目覚めた時のような体勢へ戻そうとする。

え、今しがたチラッと見てしまった、素晴らしい胸板を枕にしろと!?

「だだだだだ、大丈夫です、もう平気です！　起きます！　起きたいです！」

「遠慮なんてしなくていいんだよ？　さっきまで気持ちよさそうに眠っていたじゃないか」

無理です、無理。ときめきすぎて心臓が止まるわ。

「も、もう本当に目が覚めました。ありがとうございます」

彼の手に抗《あらが》い、なんとか身体の上からどこうと試みる。その際に腕を動かせば、何やら握り込んでいることに気付いた。

なんだろうと手元を見れば、昨夜アーネスト殿下が着ていたはずの白いジャケット。正装だから装飾が多く、しかも豪華な金糸の刺繍《ししゅう》が施されているため、ずっしりとした重みがある。

どうして私が握りしめているの？

殿下の顔と、上着を交互に眺めていると、アーネスト殿下が私の疑問に気付いたようだ。

「それ？　昨夜君が離してくれなくて」

「えっ！　ええええっ!?　わ、私ったら大変失礼を……」

あまりの衝撃にしどろもどろで謝る私の目に、今度は殿下の着ているシャツが目に飛び込んできた。胸の辺りに残る不自然な皺《しわ》。誰《だれ》かがギュッと握りしめたような……。

「アーネスト殿下。もしや私は……殿下のシャツも掴《つか》んで離さないという失態をしでかしましたでしょうか？」

尋ねてみたものの、絶対やったという確信が湧《わ》いてくる。

「さすがにシャツまでは脱げないからね。君の手を外さず、二人とも楽に眠れるような姿勢を取らせてもらった。目覚めて驚いたろう？　すまなかったね」

私の手なんて無理矢理剥《は》がしてくれてよかったのに！

「大変なご迷惑をおかけしたようで、なんとお詫《わ》びすればよいのか……」

「謝らなければいけないのは私のほうだよ、ルーシャ。もっと君の身辺に気をつけるべきだった。本当にすまない」

気がつけば、身体を起こしたアーネスト殿下に抱きしめられていた。

彼の温《ぬく》もりが温かくて、なんだか全《すべ》てを預けてしまいたくなる。

「いえ、迂闊《うかつ》だったのは私のほうです」

自分のことを目立たない生徒だと思っていたけれど、イアン殿下の婚約者となったジリアンの親友というポジションにいるのだから、ある程度は目立っていたのだ。きっと。

だからたとえ他愛《たわい》ないお喋《しゃべ》りでも、グループで話しているだけだとしても、アーネスト殿下とお喋りしている姿が、それを快く思わない人の目にとまったのだろう。

そこまで思い至らなかった自分の落ち度でもある。

「本当にすまない。学園側に更なる警備強化を依頼しようと思っている。それと、もし君が迷惑でなければ、君専属の護衛もつけるよう手配する」

「護衛？　さすがにそれはちょっと……」

一介の生徒に護衛がつくなんて前代未聞《ぜんだいみもん》だ。

「すまないが、どうしても君を諦《あきら》めることだけはできないから――。だからせめて君の身辺を守らせてほしい」

「え、あの、殿下、それは……」

「言っただろう？　私は君が好きだ。愛している」

彼の腕に力がこもり、痛いくらい強く抱きしめられる。

「愛しているよ、ルーシャ。どうか私のものになってほしい」

耳元で囁《ささや》かれるのは、情熱的な告白。胸が切なくキュッと痛み、彼の情熱に流されてしまいたくなる。その誘惑に負けて『私も』と口を開きかけたけれど――。

「君以外に私の妃《きさき》はいない」

彼の言葉に狼狽《うろた》えて、私は口を衝《つ》きそうになった言葉を呑《の》み込んだ。

そうだ。彼と結ばれるということは『妃』になるということ、そしていずれは王妃になるということ。事の重大さに改めて震えた。

アーネスト殿下のことは好きだと思う。

昨夜は久々に前世の夢を見て、その夢の中で迷ワルをプレイしてたけど、やっぱりこっちのアーネスト殿下のほうが好きかも、なんて思ったりもして。

こうして殿下に抱きしめられるとドキドキするくせに安心したり、ずっとこのままでいたいとか思ったり。どう考えても私はアーネスト殿下に心を傾けている。

けれど。

好きだから一緒にいたい……ですませられる話じゃない。

ゲームの中だったら二つ返事もできるけど、現実世界はそんなわけにいかない。

王太子の結婚は国家の大事。

やっぱり無理だからやめますなんて逃げ出すこともできないし、迂闊なひと言が国際問題に発展することだってあるかもだし、その一挙手一投足でなにか問題が起きるかもしれない。

ちょっと想像しただけでも背筋が凍る。

「む、無理です……私に務まるわけが……」

「大丈夫、君ならできる」

そんな簡単に言わないでほしい！

生まれながらの王子様に、この恐怖はきっとわかってもらえない。

「できません。本当に、無理です」

「それは、私のことが嫌いだから？」

「そ……そう、です」

嘘《うそ》が口から零《こぼ》れて、胸の奥がずきんと痛んだ。でも、正直なことを言うよりもこのほうがいい。

「嘘だ」

「嘘じゃありません」

「じゃあ、私の目を見てちゃんと言って」

抱擁から解放されたと思ったら、今度は両手で頬《ほお》を包み込むように固定される。

真剣な眼差《まなざ》しで正面から見つめられて、いたたまれない。せめて視線だけでも逸《そ》らして、彼から逃げたいと思ったけれど。

「目を逸らすのは許さない」

有無を言わさない声に、私は逸らしかけていた視線を戻す。

「さあ、言ってごらん。私を嫌いだと」

「あ……、わ、たし……嫌い……です」

吸い込まれそうなほど青く澄んだ虹彩《こうさい》に魅入られ、うわ言のように嫌いだと口にする。

本心じゃないけれど、一緒にいられるほど強くもないから。

だから、心が痛んでも嫌いだと言う。今、諦めたほうが傷は浅い。

「君の気持ちはわかったよ。本当に嫌いならそんな顔はしない」

「き、決めつけないで……」

「君が私を嫌いでないとわかったから、私は身を引いたりしない。君が結婚に承諾してくれるのを待つよ」

「い、いくらお待ちいただいても、私の気持ちはそうそう変わりませんので！」

王太子の花嫁になる覚悟なんて、おいそれとできるものですか！

お妃候補としての教育を子どもの頃《ころ》から受けるような、そんな身分の高い家に生まれたならいざ知らず。そういうこととは無縁でのほほんと生きてきた私には本当にアーネスト殿下の妻なんて無理。

もしアーネスト殿下が世継ぎの君でなく、イアン殿下のように弟であったのなら。こんなに尻込《しりご》みしなくてすんだかもしれない。そう思うと切なくて泣きたくなってくる。

「人の心は移ろうものだ。絶対に変わらない、とは言い切れない。君の心はきっと変わる」

どんなに拒んでも、アーネスト殿下は引き下がらない。

その強さに早くも気持ちが揺れるけれど、慌てて気持ちを引き締める。

「そうだな。私の卒業までに答えを決めてほしい。いいね？」

今ここで返事を求められないだけマシだ。早くこの重圧から解放されたい。そんな気持ちから、彼の提案にこくりと頷《うなず》いた。

「ありがとう、ルーシャ。卒業の日を楽しみにしているよ」

嬉《うれ》しそうに微笑《ほほえ》み、彼は私の頬を固定したまま、顔を近づけてくる。

え？　と思う間もなく唇が触れあって、すぐまた離れていく。唇に微《かす》かな温もりだけを残して。

「殿下っ!?」

「嫌だった？」

慌てる私に向かって、彼は悪戯《いたずら》が成功した子どものような顔つきで尋ねてくる。

答えに窮《きゅう》するのを承知の上での質問だ。

「殿下！」

腹立たしい気持ちをぶつけるように言えば、彼は再び顔を近づけてくる。

今度こそキスしてなるものか！　と思ったものの、顔を固定されているので逃げるわけにもいかない。

先ほどの触れるだけのキスと違って、今度は少し長くて深い。

重なった唇からどんどん熱が伝わってきて、それに伴って身体の奥が甘く切なく疼《うず》く。

きゅんと切なくなるような感覚は初めて知ったもので、怖いような先を知りたいような、不思議な気持ちになる。

抵抗しなきゃいけないのに、全くそんな気が起きなくて。

アーネスト殿下のペースで施されるキス。離れ際に彼が舌で私の唇を舐《な》めた。

その生々しくて官能的な感覚に、身体がぞくりと震えた。

「愛しているよ、ルーシャ。早く私のものになる決心をつけて」

「――先ほどから無理だと申し上げております」

「今のうちは、そういうことにしておこう」

耳元で囁かれる言葉は身悶《みもだ》えしたくなるほど甘い。

けれど、私の奥底で、不安に似たなにかがじわじわと広がった気がした。

強引だけど無理強いというほどではない。強気だけれど独断専行《どくだんせんこう》ではない。口調も物腰も優しいし、怖いと思うこともない。異様な執着を感じたりもしない。

なのに、少しだけ『ゲームの中のアーネスト殿下に似てる？』と思った。


それからの日々は、穏やかでもあり、そうでなくもあり。

アーネスト殿下は相変わらず部室に遊びに来るけれど、学園祭の際の告白などなかったかのようだ。以前と同じに部員たちや、引退したにもかかわらず入り浸っているマーガレット前部長と他愛もないお喋りをしている。

イザドラは相変わらず孤立しているけれど、以前より痛々しい感じがしないのは私の見る目が変わったからだろうか。

助けてもらったお礼を言いに行ったところ、感謝は不要だ、これは罪滅ぼしじゃないから、許されようとは思っていないなど、色々と言っていたけれど。私としては素直じゃないなあとニヤニヤした。

許すもなにも閉じ込められた一件はもう気にしてないしと答えれば、許されたくないから謝らないのに！　勝手に許すな！　と支離滅裂《しりめつれつ》なことを言って真っ赤な顔で泣きそうになっていた。

前期の彼女は大嫌いだったけれど、今の彼女はそうでもなくて。人というのは変わるものだとしみじみする。

そんな彼女が「いくら父の言いつけとはいえ、アーネスト殿下の妻の座を狙《ねら》うなんて我ながら馬鹿《ばか》だったわ。あんな食えない方の伴侶《はんりょ》なんてお断り……あっ、いえ、なんでもなくてよ！　とにかく。ルーシャ・リドル、せいぜい頑張りなさい」とのたまい、おほほほと高笑いとともに去っていったのが気になる。高笑いはなにかを誤魔化すためだろうか。

私自身はと言えば。噂《うわさ》になることはある程度覚悟していたのに、あの一件は一切外部に漏れることもなかった。まるでなにか奇妙な夢を見ただけのような気までする。『悪夢』とまでいかないのは、大した被害を受けなかったからだ。

アーネスト殿下がつけてくださるという護衛をなんとかお断りしたものの、その代わりにイザドラとは定期連絡をし合うことになった。どうやら彼女は本格的にアーネスト殿下の協力者となったみたいだ。次期国王の配下になるのだから、彼女にとっても色々とメリットがあるのだろう。

例の一件の首謀者、ドロシアとヘレンは、あの夜以来姿を見ていない。

体調不良で静養しているとか、外国の貴族との結婚が決まり急いで国を発《た》ったのだとか、実は道ならぬ恋に身をやつして駆け落ちしたとか、その手助けをしたせいで両親の逆鱗《げきりん》に触れ幽閉されているのだとか、はたまた面白半分で悪魔を召喚したらその悪魔によって魔界へ引きずり込まれてしまったらしいとか……現実的な噂から荒唐無稽《こうとうむけい》な噂までまことしやかに囁かれていたけれど、それも時が経《た》つにつれ静かになっていった。

部室に顔を出したアーネスト殿下にこっそり二人の消息を尋ねたところ、一瞬、凍《い》てつくような視線を受けてドッと冷や汗をかいた。そのあと、すぐにいつもの微笑に戻ったものの、返ってきたのは。

「さあ？　全て係の者に任せたし、興味もないから知らないな。とりあえず、二度と君に危害を加えることはできない、とだけ言っておこう。だから安心していい」

という、とても不穏な返事だ。突っ込みどころは多々あれど、君子危うきに近寄らず、触らぬ神に祟《たた》りなし、だ。あえてそれ以上は尋ねないことにした。

逆に変わらないのはイアン殿下とジリアンのカップルで、相変わらずの仲睦《むつ》まじさ。

二人は卒業するまで結婚はしないということだけれど、なんかもう学生結婚しちゃえば？　と言いたくなる。

実際に言ってみたら、イアン殿下は満更でもなさそうな反応だったけれど、ジリアンは頑《かたく》なに「結婚は卒業してから！」と主張していたので、二人の主導権はどうやらジリアンが握っているようだ。

あと二年。イアン殿下は、ジリアンを独《ひと》り占めできなくてヤキモキするんだろうな。ちょっと気の毒な感じはするものの、微笑ましい。

雪に覆われた冬はあっと言う間に過ぎて、もうすぐ春がやってくる。

日ごと寒さは緩み、窓の外の景色《けしき》からは雪がどんどん消えていく。露《あら》わになった地面から早春の花が小さな芽を出し始めていた。

【第七章】そして二度目の春

後期が終わるまで一ヶ月を切った。

一年最後の難関、後期の期末テストも終わり、授業は午前中のみ。

いよいよ終わりなんだなあと思うと感慨深い。

迷ワルほど危険な事件は起こらなかったし、なんだかんだで楽しかったな。

迷ワルに描かれていたのは、私たちが一年生である一年間だけ。来月二年生になれば、なんの気兼ねもなく、のびのびと過ごせる。たぶん。

なにかあるたびに『これって、ゲームの中に出てきたあのイベントーッ⁉』とドッキリしたり、『違った！　杞憂《きゆう》でよかった』と胸を撫《な》で下ろす日々もきっと終わる。そう思うと心が浮き立つ。

去年の今頃《いまごろ》は戻った記憶のせいでどん底気分だったけど、今となってはそれも思い出。

ああ、春って素敵。

そんなうららかなある日、私は午後からひとりで買い物に出かけた。

目的はジリアンへ贈る誕生日のプレゼントを買うこと。なので、ジリアンと一緒に行くことはできない。でもひとりで出かけると言えば、ジリアンに心配かけちゃう。

買い物に出かけるというクラスメートに頼み込んで、街まで同行させてもらった。行きたいお店は彼女たちとは違うところだから、途中で別れる予定だ。

「ルーシャ様、本当にひとりでよろしいの？」

「ええ、もちろん！　ここまでご一緒させていただいて助かりましたわ。これ以上のご迷惑はかけられないもの」

「でも……」

「私、きっとあれこれ悩んでしまうから、付き合っていただいたら皆さんが買い物をする時間がなくなってしまうわ。――また、夕食の時に会いましょう？　ごきげんよう！」

そう言って手を振れば、ようやくみんな動き出す。

彼女たちが目当ての店へ向かうのを見届けてから、私も歩き出した。

ジリアンに贈るプレゼントの目星はもうつけてあるので、日の高いうちに戻れるはず。だからひとりでも心配ないはず。

いちおうイザドラにはクラスメートたちと買い物に出かけると話しておいたので、校内に私の姿がないからといって心配することはないだろうし、戻ってから叱《しか》られることもないはず。

「さあ、急いで探そう！」

装飾品や服はおそらくイアン殿下がプレゼントすると思うので、私はブックカバーとしおりを贈ろうと決めていた。

冬のうちに読書用の小物をたくさん売っている店を発見したので、そこで購入するつもり。

この前見かけたリボン刺繍《ししゅう》のブックカバーと、蔦《つた》と薔薇《ばら》が透かし彫りになっている金属製のしおりを第一候補にしているんだけれど、まだ残っているといいな。

願いながら、目当てのお店のドアを開ける。カランとドアベルが鳴り、眼鏡《めがね》をかけた女性店員が「いらっしゃいませ」と微笑《ほほえ》む。

「あの……友人に贈るプレゼントを探しに来たんですが……」

「なにをお贈りするかはもうお決まりですか？」

「はい。先日こちらで見かけたブックカバーとしおりを、と考えております」

答えながらキョロキョロと店内を見渡せば、他《ほか》にお客さんはいなかった。

「まあ。それでしたら、先日新しいものも入荷しておりますわ」

店員さんが素早くカウンターに並べてくれた。ブックカバーもしおりも、この前に見た時よりも様々な色とデザインが揃《そろ》っている。これと決めてきたはずなのに、選択肢が広がっちゃって迷う！

散々悩んで決め、会計を済ませたのはもう夕方に近かった。

まだ日没とは言えないけれど、太陽の光はオレンジをしている。

「わっ！　予定より遅くなっちゃった。早く帰らないと！」

お店のドアの前で一瞬立ち止まり、暮れ始めた空を見上げた。

歩きだそうとした矢先。

すぐ傍《そば》の路地が騒がしいことに気付いた。

「え？　なんだろう？」

若い女性と男性の言い争うような声が聞こえる。よく聞こえないけれど、男性も女性も複数のようだ。

嫌な予感がする。関わり合いにならないほうがいいと思う半面、もし女性が犯罪に巻き込まれようとしているなら放《ほう》っておけない。

どうしよう？　警備隊の詰め所はそう遠くないから、警備隊員を連れてきたほうがいい？

そう迷ったのは一瞬だった。

「や、やめてください！　離してっ!!」

聞こえてきた声に聞き覚えがあったので、考える前に動いていた。

路地に駆け込めば、やっぱりさっき別れたクラスメートたちの姿があった。

袋小路の一番奥の壁を背に、女子生徒三人が身を寄せ合うように立っている。青ざめた顔を泣きそうに歪《ゆが》めている。

三人の手前には、後ろ姿からもわかるくらい素行がよろしくなさそうな男が四人、通せんぼをするように立っている。そのうちのひとりは、クラスメートの腕を掴《つか》んでいる。

私の足音に気付いた男がひとり、私を振り返る。

目付きの鋭さとすさみ具合を見て、助けも呼ばず飛び込んでしまったことを後悔する。

「あ？　なんだ、お前。このお嬢さんたちの仲間か？」

男の声に、他の三人も一斉に振り返る。

「へえ。あんたも俺《おれ》たちと遊んでくれるのかな」

「なかなか可愛《かわい》い顔してんじゃん」

口々にそんなことを言いながら、下卑た笑いを浮かべる。

顔が奇妙に赤いから、昼間だというのに酔っているのかもしれない。

「その手を離しなさい。嫌がってるじゃないですか」

震えないようにお腹《なか》に力を込めて、なるべく冷静な声を出す。

「はあ～？」

威嚇《いかく》するような口調にますます怖くなるけど、今さら逃げ出すわけにもいかない。

「やめないなら人を呼びます」

と言って聞くような相手じゃないよね。どうしよう。

「なんだと、てめぇ！」

すごみのある怒鳴り声に、クラスメートたちが「きゃーっ！」と悲鳴を上げて身を竦《すく》ませる。私も悲鳴を上げたいし、泣きたい！

「お……大声を上げても、無駄です。早くその子を離してください」

「あぁ？　いい度胸じゃねえか。おもしれえ。あんたが俺たちと遊んでくれるなら、この子たちは離してやってもいいぜ？」

リーダーらしき男が言う。

彼とクラスメートを交互に見る。彼女たちはすっかり怯《おび》えきっている。彼女たちを先に逃がさないと、無事にここを切り抜けるのは無理そうだ。

彼女たちが無事に逃げおおせて、警備隊の詰め所に応援を呼びに行ってくれればいいのだけれど……。きっと行ってくれるよね？　今はそれを信じるしかない。

「わかりました。あなたたちと遊びますので、彼女たちを離してください」

「ルーシャ様！」

三人が悲鳴のように私を呼ぶ。

大丈夫だから、という意味を込めて小さく頷《うなず》けば、三人は泣き顔になる。

「おお～、話がわかるお嬢さんだ。んじゃあ、行こうぜ」

「その前に、ちゃんと彼女たちを解放してください。それからでなければ同行いたしません」

臆《おく》してなるか。ジッとリーダーらしい男を睨《にら》んだ。こういう時は目を逸《そ》らしたほうが負けよね。

「――おい、離してやれ」

彼が言えば、クラスメートの腕を掴んでいた男は素直に手を離した。

「皆様、私は大丈夫ですから、早く行ってください」

声をかければ三人は少しの間、迷うように目を泳がせたけれど、意を決したように駆け出した。

彼女たちの姿が消えるのを確認して、ホッと胸を撫で下ろすや否や、すごい力で肩を掴まれた。

「いたっ！」

容赦のない力に思わず顔をしかめた。肩に食い込む指の感触に鳥肌が立つ。

「これでいいだろ、気の強いお嬢さん？　俺たちと楽しく遊ぼうや」

酒臭い息が顔にかかり、嫌悪感でいっぱいになる。軽い吐き気までしてくる。

「まずは酒でも飲みに行くか？」

「そーすっか、あんまり辛気くせえ顔してる女と遊んでも、つまんねえしな」

気がつけば男たちに周囲をぐるっと囲まれていた。逃げ出したくても、こんなにがっちり囲まれては逃げ出す隙間《すきま》もない。

本当は強がりなんてやめて、泣きだしたい。それをしないのは、こんな男たちに弱みなんて見せたくないからだ。

「んじゃ、とりあえずいつもの店、行くか」

言いながら男たちは歩き始めた。

肩を掴まれる痛みに抵抗する気力を削《そ》がれ、彼らと同じ速度で歩き出すしかなかった。

もし彼女たちが警備隊員を呼びに行ってくれたとしても、場所を移動してしまったら意味がない。

どうしよう。そう遠くまで行かないうちに助けが来てくれるといいんだけど……。

無言で歩くうち、なんだか既視感が湧《わ》いてくる。

この展開、知っているような気がする。

急いで記憶をたぐって、ようやく答えに辿《たど》り着いた。

そうだ、アレに似ているのよ！　アーネスト殿下ルート、最後の事件。ヒロインとルーシャの誘拐事件！

最初にルーシャが犯人たちに捕まって。ジリアンは犯人たちに『言うことを聞かなかったらルーシャを殺す』って脅されて捕まっちゃうんだよね。救出時、ジリアンはいちおう無傷だけど、ルーシャが薬漬けにされちゃってるやつ！

ゲームの中の誘拐犯は金で雇われたその道のプロであってこんな酔漢じゃないし、攫《さら》われるのはジリアンとルーシャの二人だけれど……。誘拐された際のスチルがまさにこんな感じだったのだ。

夕暮れの迫る石畳の道、青ざめつつ唇を噛《か》みしめたジリアンとルーシャの横顔。二人とも購入した物を入れた買い物袋を、まるでよすがのように抱きしめていた。彼女たちを取り囲む屈強そうな男たちはいかにも荒事に慣れていそうな雰囲気を醸し出している――そんな絵だ。

スチルを思い出したとたん、ある考えが頭をよぎる。

もしかして、この男たちは酔っているように見えるけれど、実は演技なのかもしれない、と。クラスメートたちに絡んだのも、この路地で騒いでいたのも、全部が全部計画のうち？

最後の最後で、一番遭遇したくなかった薬漬けのフラグが立ったかもしれないなんて、泣くに泣けない。

隣を歩く男の顔をチラリと盗み見たら、酔っ払い特有のしゃっくりをしている。

あ、これは大丈夫かもしれないと、少し気分が浮上する。その道のプロが、しゃっくりが出るほど泥酔するわけない。これはゲームの中みたいな誘拐事件じゃなくて、たまたま酔っ払いに絡まれただけね。そうに決まってる。何でもかんでもゲームに結びつけて考えるのはよくないわ。

だいたい、私、主人公じゃないもの！　ジリアン不在でゲームと同じイベントが起きるわけなかった！

とは言え、ピンチであることに変わりはない。

とりあえずなにかお喋《しゃべ》りして時間稼ぎをしたい。警備隊員が駆けつけてくるのを待つか、もしくは彼らの隙《すき》を突いて逃げ出すか。

「あの……、私、門限があるので、遅くまでお付き合いすることはできないのですが……」

周囲を囲む男たちがゲラゲラと笑う。

「門限だってよ！　あんたイイとこのお嬢さんか」

「んなら、なおさら今までしたことねぇような体験させてやんねーとな！」

なんて言いながら顔を近づけてくる。うう……。お酒臭い。ちょっと離れてほしい。

「どこへ向かっているんでしょう？」

「あ？　どこへって楽しいとこに決まってんだろ」

「そんなに遠くねぇから、心配すんなって」

私の肩を掴む男の指先に、更に力がこもった。

「痛っ！　離してください」

「嫌がる顔もそそるねぇ」

吐息が耳にかかって、嫌悪感が最高潮。

肩が痛むかなとは思ったけれど、我慢できなくて身をよじった。

覚悟していたのに痛みは襲ってこなくて、代わりに拘束がふっと消えた。

それと同時に、

「汚い手でこの子に触らないでくれ」

聞き覚えのある美声が耳に届いた。穏やかな口調だけれど、冷ややかな怒気を孕《はら》んでいる。

声のした方を振り仰げば、私の肩に手をかけていた男の手首を、アーネスト殿下がギリギリと捻《ひね》り上げている。

「いてえな！　てめえ、なにしやがる！　離せよ」

「笑わせてくれるね。君だって、この子が離せと言っても離さなかっただろう?」

アーネスト殿下は涼しい顔で、それほど力を込めて拘束しているようには見えない。けれど、手首を掴まれた男は、酒で赤くなった顔を更に赤くして汗をダラダラと浮かべている。

「アーネ……先輩！　どうしてここに!?」

うっかり名前を呼びそうになったけれど、こんなところで軽々しく殿下の名前を出したらまずいかもしれないと気付いて、慌てて呼び直した。普段、先輩なんて呼んだことないけれど、他に身分を隠せるような呼び名を思いつかない。

殿下は男の手を捻り上げつつ、私へと視線を向ける。目が合うといつも通りの眩《まぶ》しい笑顔を見せた。

「君が心配で、居ても立ってもいられなくてね。つい様子を見に来てしまったよ。間に合ってよかった。すぐ片付けるからもう少し待っていてくれ」

「おい！　なんだ、てめえは！」

「ふざけやがって！　いてぇ目に遭いてぇのか、おい！」

アーネスト殿下の飄々《ひょうひょう》とした態度に、酔っぱらいたちが気色ばんだ。

「痛い目に遭うのは君たちだよ」

殿下がそう言うと同時に、警備隊の制服を着た男性たちが酔っ払いたちを取り囲む。荒事に慣れた隊員たちはあっと言う間に、男たちを取り押さえた。

「殿――若君、その男は私が」

「ん？　ああ、すまない。頼んだよ、ダニエル」

殿下が取り押さえていた男はダニエル様に引き渡され、他の男たちと同じように捕縄《ほじょう》で拘束された。

「さて。君たちは誘拐の現行犯だ。知っているとは思うけれど、我が国で誘拐は重罪だ。しっかりと罪を償うように」

アーネスト殿下が底冷えのするような笑顔で告げると、男たちは目を剥《む》いた。

「誘拐？　そんなんじゃねえよ！」

「そうだ、そうだ！　お、俺たちはただ、遊びに行こうって誘っただけだ！」

「誘いに乗ったのはそっちの女のほうだ！　俺たちは悪くねえ」

酔いもいっぺんに覚めたのか、男たちは蒼白《そうはく》な顔で口々に弁解を始める。

「冗談はそのくらいにしてくれ。君たちみたいな酔漢に、この子がついていくわけないだろう？　見苦しいからそれ以上の言い訳はやめなさい」

口調は相変わらず柔らかいけれど、それ以上喋ったら危険だと感じる剣呑《けんのん》さが滲《にじ》み出ている。その怖さは男たちにも感じられたようで、彼らもピタッと口を閉ざした。

静かになると、殿下は男たちから興味を失ったかのように視線を外した。

「ダニエル、あとは頼んだ。――警備隊長、この者たちは徹底的に取り調べてくれ。叩《たた》けばたくさん埃《ほこり》が出てくると思う」

声をかけられたダニエル様と警備隊長が頷くのを見届けると、彼は私へと向き直った。

「お待たせ。さあ帰ろう。向こうに車を待たせてある」

助けてもらったお礼を言うより先に抱き上げられていた。

「あの！」

「話は後だ。こんな不愉快な場所に、君をこれ以上置いておきたくない」

彼の目には先ほどの剣呑さの残滓があり、反論する気は起きなかった。

そのまま大人《おとな》しく殿下に抱き上げられて、車に乗り込んだ。

「アーネスト殿下、危ないところを助けていただき、ありがとうございます」

車が動き出すのと同時にお礼を言った。

「間に合ってよかった。まったく君って子は！　いくら友人を助けるためとはいえ、ひとりで飛び込むなんて無謀すぎる！」

「なぜそれを？」

「警備隊に助けを求める君のクラスメートに会ったからだ。今回は私が間に合ったからいいが、あのままだったらどんな目に遭わされていたかわからないんだぞ！」

殿下は苛立《いらだ》ちを隠そうともしない。

「申し訳ありません」

頭を下げたとたん、腕を引っ張られた。彼に向かって倒れ込み、あっと言う間に抱きすくめられていた。

彼の香りと体温に包まれるや否や、強《こわ》ばっていた身体がくたりとした。そのことで自分がどれだけ緊張していたのか、ようやく気付いた。

「本当に心配したんだ。イザドラから君が外出したと聞いたが、なぜか嫌な予感がしたんだ。それで私も街へ出てきたんだが……。警備隊の詰め所で泣きじゃくっている君のクラスメートを見た時には息が止まるかと思った。間に合って……よかった……」

切なげに囁《ささや》かれる声に、胸がギュッと締め付けられた。

「ごめんなさい……」

彼の背に腕を回してしがみつけば、彼は私の背中をゆっくりと撫でる。

「君が無事でよかった。怖い思いをしたね」

「怖かったです……でも、友だちを見捨てられなくて……私……」

「そうだね。君は優しいから、助けたくて夢中になってしまったんだね」

宥《なだ》めるように背中を撫でられて、凝っていた気持ちがどんどん蕩《とろ》けてしまう。それに伴って、封印していた恐怖が顔を出し、身体がカタカタと震え始めた。

「私……わ、たし……」

「落ち着いて。もう怖いことはなにもない。君の友人たちも無事保護されているし、あの男たちが君の前に現れることは二度とない」

繰り返し「大丈夫だ」と囁かれる。優しい手と、声と、温《ぬく》もりにいつしか震えは止まっていた。彼の胸にもたれる心地よさに、これ以上安らげる場所はないかも……なんて思ってしまう。

そうしてゆっくりと落ち着きを取り戻すと同時に、殿下を危険に晒《さら》してしまったことに気付いた。

寄りかかっていた胸から慌てて身体を起こす。

「申し訳ありません！　私の迂闊《うかつ》な行動で殿下を危険な目に……」

全部言い終わらないうちに、大きな手がゆっくりと私の頭を撫でる。

「あれくらい危険のうちに入らないよ。そんなことより君が酷《ひど》い目に遭うほうがよほど怖い。間に合わなかったらと想像しただけで怒りに我を忘れそうだ」

「殿下……？」

「――参ったな。私は、自覚していたよりも君のことが大切で仕方ないようだ。今日、改めて思い知ったよ。大切すぎて、君が二度と傷つかないようにどこかへ閉じ込めてしまいたいくらいだ」

アーネスト殿下は苦笑いを浮かべると、私の髪を撫でていた手を頬《ほお》へと移した。ゆっくりと頬を撫でたあと、軽くおとがいを掴む。上向くように顎《あご》を固定されて、彼と視線が合う。空色の瞳《ひとみ》は真剣で、どこか切なげな色を浮かべている。

「好きだよ、ルーシャ。もう何度も言っているけれど、私の言葉は君に届いているだろうか？」

「あ……、え、あの……それは」

答えられずに視線を逸らせば、諭《さと》すような口調で「ルーシャ」と名前を呼ばれる。

「君は私が嫌い？」

「違っ！　そういうわけでは……」

「なら、どうして私の想いに応《こた》えてくれない？　どんなことをしてでも君を守り、幸せにする。嫌いでないのなら、どうか私の手を取って」

熱っぽく煌《きら》めく彼の瞳に吸い込まれそうだ。

頷いてしまいたい衝動を抑えてゆっくりと瞬き、それから真っ直《す》ぐに彼を見上げた。

「私に王太子妃は務まりません。王太子妃候補として幼い頃から専門の教育を受けてきた方々と違い、私には知識もなにもありません。そんな者が妃《きさき》になったら、殿下の足を引っ張るだけです。どうか、考え直してください」

世の中、気持ちだけではどうしようもないことがあるのだ。物語の中なら身分違いの恋はドラマチックだけれど、現実はそう上手《うま》くいかない。物語と違って、人生はハッピーエンドのその先にも続いているのだから。

「――それが理由か」

彼の言葉は私への問いではなく、確信を持った断定形だった。

アーネスト殿下は嘘《うそ》を探すような眼差《まなざ》しで私の目をのぞき込む。心の底を見透かされてしまいそうで落ち着かないけれど、ここで視線を逸らしたら負けな気がして私も彼の目をじっと見返す。

すると彼はフッと視線を和らげた。

「君が頷いてくれない理由がわかっただけで良しとしようか。約束は覚えている？　卒業の日に君の答えを聞かせてくれ」

どうして殿下は私に答えさせたいのだろう？

本当は私の意思なんて確認せず、ただ命じればいいだけなのだ。王太子である彼にはそれだけの力があるのに。そして一度命令が下れば、私では逆らえないのに。

「どうして……？」

　言葉足らずの質問だったけれど、意図は正しく伝わったみたいだった。

「君に、私を選んでほしいから。君の声でそれを聞きたい。私は欲張りだから、君の心も余すところなく欲しいんだよ」

　真っ直ぐな眼差しと言葉が、焼き付くような鮮烈さで脳裏に流れ込む。

　呆然《ぼうぜん》とする私の下唇を彼の指がそろりと撫でて、官能的な目まいを覚えた。

　王太子妃になりたくないという言い訳を盾にしていても、それを飛び越えてくるアーネスト殿下の言葉に、とうとう自覚してしまった。

　私はゲームの中の彼ではなく、今、ここにいるアーネスト殿下本人が好きなのだと。

　違う。自覚はもう、とうの昔にしていたのだ。認めたくなかっただけで。

　彼の言葉に頷けば、全《すべ》てが変わってしまう。脇《わき》役で、平凡で、ちょっと変わってるかもしれないけれど、どこにでもいそうな生徒――そんなルーシャ・リドルでいられなくなるのが怖かったから。

　だから、彼を『好き』だと思うのはアイドルに憧《あこが》れるのと同じ種類の『好き』なのだと決めつけた。

　そして深く考えないまま放置していたのだ。

　ゲームと現実を混同して、あるかないかもわからないフラグを折ることに右往左往《うおうさおう》して、ちょっとした出来事に一喜一憂《いっきいちゆう》して。その裏で、私の心は無自覚なうちに彼を好きになっていたみたいだ。

　彼の戯れか本気かわからないアプローチにほだされたのか。それとも優しいのか意地悪なのかわからないミステリアスな魅力に惹《ひ》かれたのか――。知らぬ間にアーネスト殿下という存在が心のなかにするりと滑り込んで、こんなにも私の気持ちをざわめかせる。

初めて知った恋に戸惑うことばかりだけれど、殿下が好きならば、なおさら彼から遠ざからないといけない。それだけはわかっている。

自分の恋心を自覚してなお、身分差を乗り越えて、彼と添い遂げるだけの勇気が持てない。

なら、好きじゃないふりをして、逃げ出すしかないのだ。

【第八章】 絶体絶命の卒業式

答えは決まっているのだから迷うことなんてないはずなのに、自覚してしまった気持ちを持て余したまま卒業式の日を迎えた。アーネスト殿下に返事をするタイムリミットが、とうとう来てしまった。

式のあと、殿下に指定された中庭の一画で彼を待つ。

ほとんどの生徒は講堂から正門へ続く歩道で卒業生との別れを惜しんでいるため、中庭には私以外の人影はない。

予定よりちょっと早く着いてしまったのでベンチに座り、ぼんやりと青空を見上げた。

今日を最後に、もう会う機会もなくなるのかなと思うと悲しくなってくる。

——いやいや、今から感傷的になってどうするの。しっかりしなきゃ!

「待たせてすまない」

声のした方に顔を向ければ、アーネスト殿下がこちらに向かってきているのが見えた。急いでベンチから立ち上がり、小走りで彼の元へ向かった。

「ご卒業、おめでとうございます」

お祝いを述べると、アーネスト殿下は華やかな笑みを浮かべて「ありがとう」と答える。

すっかり春めいた日差しに金の髪がきらきらと輝き、空色の目はいつにも増して澄んでいる。

彼の美貌《びぼう》に見蕩《みと》れながら、胸にズキリとした痛みを感じて我知らず胸を押さえた。

「君の答えを、聞かせてくれるね？」

問われて、私は大きく頷《うなず》いた。

本当は逃げ出してしまいたいくらい。けれど、ハッキリさせなければいけないことだから。

「せっかくのお話ですが、お断り申し上げます」

「ルーシャ？」

殿下は不思議そうに私の名前を呼ぶ。彼の声を聞いていたら決心が揺らぎそうで、私は彼を遮るように言葉を重ねた。

「私には無理です。結婚はできません。ごめんなさい！　——失礼します！」

言うだけ言って、脱兎《だっと》のごとく逃げ出した。


後ろも見ずに走って、走って。

すれ違う人々に、ビックリしたような顔で見られても、スピードは緩めず。

気がついたら、自分の教室の床にへたり込んでいた。

荒い息を繰り返す合間に、力の抜けたような笑いがこみ上げてくる。

「あ……ははっ……、はは……」

どうして笑っているのか自分でもわからなくて、ますます笑ってしまう。

そうしてひとしきり笑ったら、今度は唐突に虚《むな》しくなってきた。私は笑いを収めて、よろよろと立ち上がる。

疲労のせいで足は重いけれど、動けないわけじゃない。

「これで……全部、終わったのね……」

心の中に秘めたまま叶《かな》わなかった恋に胸がチクチク痛むけれど、きっとこの痛みは一時的なものだ。心配するほどのことでもない。大丈夫。だから、今は痛みを忘れて……。

緊張と波乱の一年が、もうすぐ終わることを喜ぼう。

今日の卒業式と数日後の修了式が終われば、この奇妙な緊張状態から解放される。奴隷として外国に売り払われる恐怖にも、薬漬けの恐怖にも、大怪我《おおけが》の恐怖にも脅かされなくてすむ！　――はずだ。たぶん。

もしかしたら時期がずれているだけで、今後、迷ワルと同じ事件が起こる可能性もある。けれど、ジリアンは比較的穏便なイアン殿下ルートにいるので、あまり酷《ひど》い目には遭わないはずだ。

「なにはともあれ、あと数日で終わるのよ。最低でも四ルート分の脅威が去るし、最高ならゲームとの奇妙なリンクが切れるはず」

そう。最《もっと》も波瀾万丈《はらんばんじょう》なアーネスト殿下ルートと、結構ハードなダニエル様ルートの脅威は、彼らの卒業で今日消える。グッドエンドとバッドエンド合わせて一気に四ルート消滅。

「二年生からはきっと楽になるわ」

フフフフ……と、忍び笑いが零《こぼ》れちゃう。

「もう、なにかあるたびに『これってフラグ？　フラグなの⁉』ってビクビクしなくてすむのよね？　本当によかった！」

ポジティブなことをわざと声に出して言ってみるのは、アーネスト殿下のことで頭がいっぱいになるのを防ぐため。

なのに、気を抜くと殿下の面影が脳裏にちらついてしまう。

「気にしちゃダメ！　全部終わったの。ジリアンは幸せだし、私だってもうゲームとの類似点に悩まされなくてすむわ」

今は辛《つら》いけど、きっといつかは青春時代の懐かしい思い出のひとつに変わる。

そして、そのうち身分の釣り合う男性と普通に結婚をして、普通に生きていくのだ。

前世の私みたいに恋も知らずに死ぬのではなくて、穏やかに生きて、伴侶《はんりょ》となった男性と『お互い歳《とし》を取りましたねえ』なんて笑い合ったりするのだ。

「そうよ、これでいいの。これが正しいのよ」

呟《つぶや》きながら、フラフラと自分の席へ向かう。帰り支度をするために。

けれど——。

背後からのびてきた腕に、ぎゅっと抱きしめられた。そのとたん、よく知った香りがふわっと私を包み込む。

「捕まえた」

私以外誰《だれ》もいないと思っていた教室に、耳に心地よい声が響く。

あまり聞きたくなかった美声。

「追いかけっこはおしまいだね」

冗談めかした言葉。うなじに熱い吐息がかかった。それに官能的ななにかを感じてしまい、身体《からだ》が強《こわ》ばった。

「あ……アーネスト、殿下!?」

「急に逃げ出すなんて酷いな」

低い忍び笑いが耳をくすぐる。背後から抱きしめられていて、彼がどんな表情をしているかわからないけれど、不穏な空気を感じて背筋がゾクリと震えた。

「どうして？」

「どうしてって……。君が答えてくれないからだろう？」

「こ、答えました！」

話の食い違いに、嫌な予感をヒシヒシと感じる。

「私を拒む言葉なんて、返事とは認めない」

耳元で囁《ささや》いて、戯れのように耳朶《みみたぶ》にキスを落とす。彼の唇の熱に、思わず「ひゃっ！」と悲鳴を上げてしまう。

「そんな！」

「なぜ、私のものになってくれない？」

柔らかい声の奥に、氷のように冷たいものが滲《にじ》んでいる。

「ですから、私に王太子妃は無理で――」

「君を守ると言ったはずだ。私の言葉はそんなに信用できないか？　侮られたものだ」

アーネスト殿下は喉《のど》の奥で小さく笑う。その忍び笑いは、獲物を追い詰める獣が舌なめずりをするのに似ている。

私は完全に対応を間違ったみたいだ。急速に顔から血の気が引いていく。どこかに起死回生《きしかいせい》のひと言はないだろうか。

あわあわと目を泳がせていると、彼の手が私の頬《ほお》から顎《あご》にかけてをゆっくりと撫《な》でる。

その手の動きに官能的なものを感じてしまい、今度は耳まで熱くなる。

「残念ながら時間切れだよ。だから君を攫《さら》うよ、ルーシャ・リドル」

「……なんの冗談でしょうか」

「これが冗談だと思うかい？」

「は、はな、して……」

教室に人はいないけれど、廊下からは人の気配が伝わってくる。こんな状況を誰かに目撃されたら一大事だ。早く離れないと。

力で敵《かな》わないのはわかっていたけれど、私を抱きすくめる腕を掴《つか》み、引き剥《は》がそうと試みる。たとえ腕を解けなくても、嫌がっていることには気付いてくれるだろうし、もしかしたら引いてくれるかもしれない。

ところが殿下は、なおさらきつく抱きしめてくる。

「それはできない相談だ。手を離せば、君は逃げてしまうだろう？　蝶《ちょう》のように気まぐれなんだから」

息苦しいほど抱きしめられて思わず身をよじった矢先、熱く濡《ぬ》れたものが耳朶に触れた。それが殿下の舌だと理解する前に、ぞろりと舐《な》め上げられた。

「ひっ⁉」

アーネスト殿下がそんなことをしたという衝撃と、甘い戦慄《せんりつ》を感じてしまった驚愕《きょうがく》で、悲鳴が口を衝《つ》く。

殿下はそれが楽しかったのか、ふふ、と小さく笑うともう一度、耳を舌でなぞった。

「っ……！　で、で、殿下、なにを――」

「どうして私の手に堕《お》ちてくれなかったんだ、ルーシャ・リドル。君が理想だと言うから優しく振舞った。君が怖がって逃げないようにじっと待ちもした。君が私の言葉を信じてくれないから、何度も想いを伝えた。なにをしてでも君を手に入れたかった。――なのに君はどうしても手に入らない。

なら、もうあとは奪うしかないだろう？」

彼の声が孕《はら》んでいるのは、怒りなのか狂気なのか。仄暗《ほのぐら》い熱を感じて全身がおののいた。

『殿下は優しいから断れば引き下がってくれる』『完璧《かんぺき》な王子様だと誉《ほま》れ高い彼なら、私を娶《めと》るデメリットに気付いてプロポーズは取り消してくれる』――そう思っていたのに。それは大変な勘違いだったのだと、ようやく私は気付き始めた。

でも、頭の片隅ではまだ信じられないでいる。どうして殿下からこんなに執着されるのか、と。

「と、とにかく、落ち着きましょう！　無理強いはよくないです！」

「私はいたって冷静だ。慌てているのは君のほうではないかな？」

彼はクスクスと楽しげな忍び笑いを漏らし、私の髪に指を絡めた。首筋を掠《かす》める吐息と、まるで恋人にするような甘い仕草に気を取られて、ますます冷静さを失ってしまう。

「ま、待ってください！　誰かに見られたら、大変なことになっちゃいます！　はっ、早く離してください！」

お願いすればするほど、彼は面白がって耳朶を噛《か》んだり、首筋を指でなぞったりする。そのたびに感じちゃいけないのに、甘い疼《うず》きを感じて身体がビクビクと反応してしまう。

誰かに見られたらとハラハラするのもそうだけれど、殿下は怖いし、話が通じないし、追い詰められている気しかしないし、逃げ道も見つからない。情けないけれど、既に半泣き状態だ。

「大変なこと？　私としてはそうなってほしいね」

「そ、そんな！　不名誉な噂《うわさ》を立てられたら、殿下の立場が……」

悪くなってしまう。ゴシップ紙にあることないこと書き立てられるなんて最悪の事態になるかもしれないのに。

「不名誉な噂は嫌だが、君との噂なら願ってもないことだ」

「アーネスト殿下！」

そんな冗談を言ってる場合じゃないでしょう！　とばかりにきつい口調で名前を呼ぶと、彼は根負けしたようにため息をついた。

「わかった。わかったから、そう騒ぐな。君が逃げないと約束するなら、離してもいい」

「はい！　逃げません！」

とりあえず今はこの抱擁から抜け出すことが先決だとばかりに即答したけれど……。

「そんなに元気な返事をされると、逆に疑わしいな。まさか俺《おれ》を騙《だま》そうなんて思ってないだろうね？」

「え!?　あ、そんなことはしませんので！」

やばい。やばい。やばい。

アーネスト殿下が自分を『俺』と呼び始めたら危険信号。ヒロインにしか見せないはずのブラック殿下降臨の合図！

なんでこんなところだけ迷ワルと同じなの！　ゲームの中の殿下とは全然性格違うはずだよね？

「と、とと、とりあえず、その、落ち着いてお話をですね、させていただけると――」

「落ち着いて話を？　承知した。じゃあ行こうか」

そう言うと彼は私をひょいと抱き上げて、スタスタと教室を出てしまう。

「で、殿下！　下ろしてください！　何度も申し上げておりますが、誰かに見られたら」

「俺も何度も言っているが、誰に見られようと一向に構わない」

取り付く島もないとはまさにこのこと。

なら、現実的な理由を言って、冷静になってもらうしかない！

「鞄《かばん》が教室に置きっぱなしなんです！　そのままにしては帰れません！」

卒業式で特別日課なので教科書も入っていないけれど、あそこには私の大事な取材メモとお財布が入っている。

うちの家計はそれほど逼迫《ひっぱく》してないはずだけど、学生なんだから贅沢《ぜいたく》はだめという両親のポリシーのもと、毎月のお小遣いはカツカツなのだ。その全財産が入った大事なお財布……！

「あとでダニエルにでも取りに来させる。――しかし、お前は余計なことを考えすぎだ」

ひぃ！　『君』が『お前』に変わってる⁉

ということは、ますますブラック化が進行してる！

「ダニエル様⁉　そ、そそんな、滅相もない！　あの方に私なんかの鞄を取りに来ていただくなんて……」

「うるさい。俺に抱かれながら、他《ほか》の男の名前を口に出すな」

いやいやいや、最初にダニエル様の名前出したの殿下だし！

しかもなんなの、その字面だけを見たら、すごーく意味深な発言！

「あ……あの、……えっと」

「とにかく黙れ。あまり騒ぐとその口を塞《ふさ》ぐ」

どうやって塞ぐかは、彼の表情を見れば察しがついた。

「失礼しました！　黙ります!!」

殿下の本気を感じ取って、私はとりあえず黙ることにした。沈黙は金。

しかし、黙ればこの状態からは確実に逃げられない。

なんというジレンマ。

でも、校内で変な噂を立てられるより、王太子殿下の怒りを買うほうが危険だと思うので、背に腹は代えられない。

卒業生を送り出したあと、在校生は授業もないのでそれぞれ好きに散ったけれど、まだ校舎内にいる生徒も多かった。

みんなが驚愕の眼差《まなざ》しで見てくるから、いたたまれない。

どうにかしてほしいとアーネスト殿下を見上げるけれど、彼はさっきの宣言通り一向に気にしてないようだ。

どうしよう。いや、どうしようもないよね。泣きたい。

こんなに大勢の生徒に見られたら、明日……いや今日中に様々な噂が飛び交い始めるだろうなと想像して、暗い気持ちになる。

いやいや、悪いほうに考えるのはやめよう！　たまたま具合が悪くなった女子生徒を、親切な殿下が医務室まで運んだという硬派な噂ですむに違いない。そして、もしその噂がまことしやかに囁かれた際には、なんで卒業したアーネスト殿下が校舎内にいたのか突っ込まないでほしい。

よし。そうだ。私は医務室に運ばれているだけだ。あんまり恥ずかしがってると変に勘ぐられるから堂々としていよう。大丈夫、みんなそう思うよ。だって運ばれてるのは色気も素っ気もない私だし！

「くるくる表情を変える君も可愛《かわい》いが、こうして大人《おとな》しく私に抱かれている君も可愛いね」

にっこり笑うと、殿下は私の頬にキスをした。

瞬間、周囲がどよめいた。

――私もどよめきたいよ……。

医務室に運ばれる女子生徒というポーズは一瞬で消えていった。なんて短く儚《はかな》い希望だったことか！

それにしても、アーネスト殿下はなにを考えているの。

校舎以上に学生の集まっている中庭の噴水広場のど真ん中で頬にキスなんて！　しかも甘い台詞《セリフ》つ

き！　これじゃ、見た人みんなが私たちの関係を誤解するじゃない。

しかも、口調がパーフェクト王子に逆戻りしてるのは、もしかしてみんなに聞かせるため？

さっき私、断ったよね？　断ったから強硬手段に出たってこと？

「でででで、殿下っ！」

「恥ずかしがらなくてもいいじゃないか。私も卒業したことだし、もう隠しておくこともない。そうだろう？　私の可愛いルーシャ」

周囲がますますざわめく。遠くから、ぎゃーとか、ぎえーとか、すごい悲鳴も聞こえてくる。

できることなら私も叫びたいけれど、穏やかに微笑む殿下の瞳は口答えを許さないと言っている。

下手《へた》なことを口にしたら、たぶん、危険。とても危険。

「あ……その、私は……」

「君が心配することは何もない。全《すべ》て私に任せて」

恋人に囁くような甘い台詞の数々に、混乱した心がときめいてしまう。

暢気《のんき》にときめいてる場合じゃないし、理性をもっと働かせなきゃ！　――と思うのに、見上げたアーネスト殿下は、玲瓏《れいろう》な顔に蕩《とろ》けるような笑顔を浮かべている。

そんな顔を目の当たりにしたら呆《ほう》けちゃうのは仕方ない。

ついうっとり黙り込んだところに、よく知っている声が聞こえてきた。

「まぁ！　ルーシャったら！　そういうことだったの!?　私にも内緒なんて水くさいわ」

「ジリアン!?」

遠巻きにしていた群衆からジリアンが飛び出してきた。

煌《きら》めく金の髪をふわふわと揺らし、海の色をした目をキラキラと輝かせている。

彼女のすぐ傍《そば》にはイアン殿下。にこにこと満面の笑みを浮かべ、まるでジリアンは自分のものだと見せつけるようにしっかりと腰を抱いている。

「やぁ、兄上。とうとう公にすることになさったのですね。よかった。僕も密《ひそ》かに心配していたのですよ。いつまでも秘密にしていてはルーシャ嬢が可哀想《かわいそう》だ」

なんでイアン殿下は、アーネスト殿下の言葉を肯定するようなことをおっしゃるかな。

まるで『自分も二人の仲を知ってましたー、だけど口止めされてたから黙ってましたー』と言ってるみたいだ。共犯なのね、イアン殿下！

「イアン。君にも心配をかけて悪かったね。ようやく皆にお披露目できるよ」

そう言うと今度は私の額にキスをする。

離れがけの駄賃とばかりに鼻先にまでキスをされ、ときめきと羞恥《しゅうち》で心臓が痛い……。

心が衝撃に耐えられないので、そろそろ意識を失いたくなってきた！　そんなにヤワじゃないから、気絶なんてできないけれど。

すぐ傍からは「きゃあ」と語尾にハートがつきそうなジリアンの声。

「さて。我々はそろそろ失礼するよ。今後について、彼女とゆっくり話し合わねばならないからね」

アーネスト殿下は意味深に微笑むと、正門に向かって再び歩き出した。

人はたくさんいるのに、助けすら求められなかった……。

だって怖いんだもの！

それに、周囲がアーネスト殿下と私の仲を誤解してしまった今、私がなにを言っても、誰にも信じてもらえなそうだ。

もし仮に私の言うことが真実だとわかってもらえたとして、王太子に見初められたのなら光栄に思いこそすれ、拒むなんてとんでもないと言われそう。

ひとまず今は大人しくして、これから彼が作ってくれるという『話し合い』の場でなんとか彼を説得したい。いや、説得は無理……かな……。だったら落としどころを探さないと！

でも落としどころってどこ……？


そんなこんなで、アーネスト殿下に連れられてやってきたのは、王都で一番格調が高いと言われるホテルの最上階。

ここに来るまでの移動中、徒歩の時も車に乗っている時も殿下に抱っこされっぱなしだ。

社員教育が行き届いているからホテルの従業員たちは顔色ひとつ変えないけれど、問題はホテルの利用客。私をお姫様抱っこしたまま、悠然と歩くアーネスト殿下の姿を多くの利用客に見られてしまったのだ。チラチラと、あるいはマジマジとこちらを見る紳士淑女の皆様は、顔に隠しきれない好奇心を浮かべていた。このホテルを利用するような方々で、アーネスト殿下の顔を知らない人なんてほとんどいないものね。

学園内で噂が……なんてレベルの話じゃなくなってきた。明日になったら、『アーネスト王太子殿下が謎《なぞ》の女性と密会！』なんて噂が王都中に広まりそうだ。特に社交界は上を下への大騒ぎになるかもしれない。

遅かれ早かれ、国王陛下の耳にも入るんじゃ……？　と思うと怖くて震えちゃう。

それから、真っ青になるうちの両親の顔も脳裏に浮かんだ。

煩悶《はんもん》中の私は部屋の豪華さに見蕩れることもできず、ソファの端っこで小さくなるよりほかはない。

アーネスト殿下は私の真正面に座り、長い足を組んだ姿勢でゆったりとくつろいでいる。

彼と私の間に置かれたテーブルには様々な書類や手紙類が置かれている。

「さて。ここにあるのは全て君を説得するための材料として用意したものだ」

どれだけあるの。比喩《ひゆ》ではなく文字通り、紙の山が築かれている。

「君の不安を少しでも解消しようと思ってね。さあ、読んで」

促されて、差し出された一通の封筒を手に取る。見たことのある文字だなと思ったら。

「お父様から!?」

急いで封を切り、手紙に目を通す。内容は、私さえ嫌じゃなければアーネスト殿下との結婚に賛成する、という内容だ。母からの手紙も同封されていてほぼ同じ内容。

そりゃそうよね、王家から打診があったら、家としては栄誉なことだもの反対なんてしないよね。

たとえそれによって気苦労が増えても。

読み終えた手紙を元通り封筒に戻し、次の手紙を手に取る。

精緻《せいち》な模様のエンボス加工が施されている封筒の裏面を見れば……。

「国王陛下!?」

「私たち二人のことなのだから、双方の両親に許しを得るのは当然だろう？」

緊張する指で開封して、怖々と便せんを広げる。

内容はやはり、二人の結婚を認める旨が書かれていた。同封されている王妃様の手紙には学園祭の時の礼と、いかに私を気に入ってくださったか、そして私がアーネスト殿下と結婚したらどれだけ嬉《うれ》しいかということがしたためられていた。

私も王妃様の優雅さや優しさを尊敬しているので、お世辞でも褒められるのは嬉しい。

両親、そして両陛下の手紙を読んで、心のハードルがぐんと下がってしまった。

恋愛結婚もかなり増えているけれど、貴族の娘は今でも親の決めた方のもとへ嫁ぐのが主だ。そんな中、望まれて、好きな人のところへ行けるのは幸せなんじゃない？　なんて気持ちが強くなってくる。

説得するつもりだったのに、私のほうが説得されてない!?

「そちらの書類の束は？」

「これか？　これは結婚式までのスケジュール表だ。そしてこれが、今期限りで君が退学し、今後も学園と同レベルの教育を受けたいと思った場合の家庭教師のリストと学習計画書。それと平行して王太子妃としての基礎知識を学んでもらわなければならない。その計画書がこれだ。それから、こちらが君が暮らすことになる棟の見取り図と警備計画。護衛につかせる予定の近衛《このえ》騎士のリストと経歴。ああ、護衛は全員女性騎士だ。君もそのほうが気が楽だろう？」

立て板に水。次から次へと流れるような説明に、頭がいっぱいになってくる。

結婚前、しかも婚約さえ決まってないのに、なんでこんな先々までの入念な計画ができているのか。

「どうして、こんな……？　まだ求婚の返事もしていませんよね？」

私が断ると思ってないね？　という気持ちと、ここまで先走るくらいに求めてくれているのかという気持ちが、心の中でせめぎ合う。

「君をどうしても手に入れたいからに決まってる。感情に流されてくれないから、このくらい現実的な計画を提示したほうが君の気持ちを掴めるかと思ってね。どうかな？　王太子妃になるのは無理だと言ったね？　でも、君はひとりじゃない。君につく教師も護衛も、身辺の世話をするメイドたちも、みんな君を支える。もちろん、一番近くで支えるのは私でありたいけれどね」

「……私が知らないうちに外堀を埋められたような気がしてなりません」

「うん。実際、外堀を埋めたからね」

悪びれもせず、あっけらかんと笑う。

彼は組んでいた足を解いて立ち上がると、私の隣へ座る。

「ごめんね？」

アーネスト殿下は私の手を取り、指で手の甲をスッとなぞる。触れられたところから官能的ななにかが湧《わ》き起こって、背中がゾクゾクする。

「っ！」

声を上げそうになって、慌てて唇を噛む。

今度は殿下の指が唇を撫でた。唇を噛むなと言うかのように。

「そろそろ観念しなさい。俺のルーシャ」

また口調がブラック化してる！

けれど、怖がってばかりなのも癪《しゃく》なので、最後の抵抗を試みる。

「これって話し合いじゃないですよね……」

一方的なプレゼンだ。しかも私に残されている返事は『はい』一択の！

「じゃあ、君は強引に攫われて、なんの説明もなく監禁でもされるほうがよかったのか？」

「そんなの嫌に決まってます！」

「なら、自分で選んでくれ」

「選べって……選択肢はないじゃないですか」

恨みがましい目で睨《にら》めば、アーネスト殿下は不敵に笑う。

「さて、どうだろう？　全力で抗《あらが》ってくれてもいい。俺もなりふり構わず全力で追いかけるから」

「殿下の全力って、怖いんですけど」

権力総動員で追いかけられそうだ。映画じゃないんだから、逃げ切れるもんじゃないよね。コワモテの警備隊員や騎士たちにドドドドッと追いかけられるのを想像して冷や汗をかく。それ本当に怖いわ！

さすがにそんな職権乱用はしないよね？　……いやいや、迷ワルのアーネスト殿下そっくりな言動をする、今の殿下ならやりかねない。

「怖くないさ、単にルーシャが欲しくて必死になっているだけだ。君に恋する憐《あわ》れな男と笑ってくれ」

笑えない！

「それで、答えは？」

「――――私なんかを妻に迎えたらきっと後悔なさると思いますが」

「後悔？　してみたいね。それにはまず君が妻になってくれないとできないんだが」

色気たっぷりに微笑みながら、私を追い詰めるように覆い被《かぶ》さってくる。

元から端っこにべったりへばりついていた私に逃げ場はなく、ただ視線を彷徨《さまよ》わせるしかできない。

「御託は聞き飽きた。さあ、そろそろ答えなさい」

アーネスト殿下はどんどんと顔を近づけ、額と額が合わさった。

「ルーシャ・リドル？」

「わ……たし、は」

答えに逡巡《しゅんじゅん》している間に、アーネスト殿下の唇が私のそれと重なる。

不意打ちのキスは、今まで体験したことがないくらい深い。話の途中だったため開いていた歯列の隙間《すきま》から、彼の舌がぬるりと侵入してくる。

「んっ!?　んんんっ！」

覆い被さる身体を押し戻そうと藻掻《もが》くけれど、びくともしない。

それどころか、ますますキスが深くなって、彼の舌が私の舌に絡んでくる。

表面を舌先でなぞられると、ゾクゾクする感覚が身体を駆け抜けた。

合わさった場所から水音が立って、羞恥に頬が熱くなる。

「ふ……ぁ……」

生まれて初めて受ける激しいキスに、頭の中は霞《かすみ》がかったみたいにぼんやりしていて、考えがまとまらない。唇が触れあう感触も、舌を絡ませ合う感触も、生々しいけれど決して嫌でも不快でもなかった。

「前言撤回《ぜんげんてっかい》だ。答えはいらない。迷う君を急《せ》かして答えを引き出すぐらいなら、その迷いごと奪おう」

「……でん……か？」

「迷いを抱えたまま、俺のものになってくれ。覚悟なんていずれ決めればいい」

アーネスト殿下は笑みの形に唇を吊《つ》り上げる。

「入学式から気になっていた。嫌悪を隠しもしない目で見られたのは初めてだった」

「あ……その、あの時は――」

「理由なんてどうでもいい」

遮るように囁くと、彼は私の耳を甘噛みした。甘いような切ないような疼《うず》きを感じて、身を竦ませる。

「あの日から君はこうなる運命だったんだ」

とろりとした熱を含んだ声が、鎖のように身体に絡みつく。そんな錯覚が起こる。

彼は密着していた身体を、見つめ合える距離まで引いた。

「君が俺を好きなのは知っている。だから、決して逃がさない。どんなに足掻《あが》いても構わない。好きなだけ抵抗してくれ。そうしていつか――諦めて？」

空色の虹彩《こうさい》は暗い情熱を宿して底光りするようだ。狂気さえ孕んでいる目はそら恐ろしいのに、惹《ひ》きつけられてしまって視線を逸《そ》らせない。

「や……、殿下……待って、くださ……」

「いいや、もう一瞬たりとも待つつもりはない。今までずっと君の気に入るように、君の理想を演じてきた。もう俺の好きにさせてもらってもいいだろう？」

理想？　演じる？　それはどういうこと？　私が疑問に思っていることを察したのか、殿下はうっそりと微笑んだまま先を続けた。

「君が理想だと言うから、優しい男を演じた。君が俺との距離を感じていたから、気さくだと思われるように立ち回った。君が怖がるから、ぎりぎりまで返事を待った。——けれど、もう君はどこにも逃げられない。なら、俺が我慢する必要もない」

有無を言わさず抱き上げられ、その急激な動きに身体がついていかない。

反射的に手近にあったものに抱きつけば、アーネスト殿下の首だった。触れたうなじから彼の熱さが伝わってきて、胸がドキンと大きく跳ねた。

「落ちたくなければそのまま掴まっていろ」

手を離そうとしたとたん、釘《くぎ》を刺されてそのまま動けなくなった。

「下ろしてください」

「と言って聞き入れる俺じゃないのは、わかっているだろうに」

殿下は皮肉げに唇を歪《ゆが》めた。

わかっていても、諦めきれないから抗っているのだ。

「お待ちください」

広いベッドの上で這《は》いずりつつ、私は足掻いていた。往生際が悪いと言われようがなんと言われようが、心の準備ができていないのだから、このくらいの抵抗は許してほしい。

「待たない」

「こっ、心の準備ができていないので」

乱れたスカートの裾《すそ》を直しながら後退《あとずさ》ろうとしたけれど、あっという間に押し倒されてしまった。

真正面には、端整な顔。

艶《つや》やかな金髪は夕日に赤くそまり、澄んだ空色の目は陰になっているせいで夜空のようだ。

口元に浮かべた暗い笑みと相まって、別人のようだ。

怖いと思うと同時に、別のなにかがぞくりと背を這う。

「心の準備などしなくていい。慌てるお前を追い詰めるのが、こんなに楽しいとは思わなかった」

「そ、それ、酷いです！　私は楽しくないです！　離してください！」

暴れてみるけれど、逃げられない。

「強情だな。無理矢理抱くのは本意ではないが、逃げられるよりはマシか？」

独《ひと》り言のような殿下の言葉に青ざめた。

「ど、どう、して……」

「俺は少し、君に腹を立てている。求婚を受け入れる決心がつかなかったのならまだいい。だが、君は話も聞かず逃げ出したね？」

アーネスト殿下は私の首筋に顔を埋めて、ちゅ、ちゅっと音を立てながら肌を吸う。

吸われるたびにツキリと痛むから、きっと痣《あざ》になっているだろう。

「君が狡《ずる》い考えを起こさなければ、こんなことにならなかったかもしれないね？　逃げられるくらいなら今ここで俺を受け入れてもらう。純潔を散らされれば、更にどこにも行けなくなるだろう？」

吐息で肌をくすぐりながら、彼は傲慢《ごうまん》な宣言をする。拒まれることも、自分の思い通りにいかないことも、認めない。そんな強気な声だ。

「い、いや……！」

否定しようとしたとたん、中途半端にボタンを外されていた制服のブラウスが嫌な音を立てた。引きちぎられたくるみボタンがはじけ飛び、どこか遠くで、カツンと小さな音を立てる。

左右に開かれたブラウスの奥にはシンプルな下着を身につけているだけ。恥ずかしくて慌てて胸を隠そうとしたけれど、アーネスト殿下が私の手をひとまとめにして頭上に縫い止めるほうが早かった。

「なぜそうやって俺を否定する？」

「だって、わからないんです！　おっしゃるとおり、私はあなたが好きです。でも、それでも王太子妃になるのは怖いのです。だから……だから……。――殿下は本当に私でいいのですか？　こんな私のどこがいいのですか？　もっと王太子妃に相応《ふさわ》しい方がいらっしゃるはずです」

「――なにを言えば信じる？　君でなければだめなんだ。それを証明するために、俺はなにをすればいい？」

アーネスト殿下の顔が悔しそうに歪む。

「信用できないなら、今ここで俺を殺せ。俺は今からお前を抱く。それは譲れない。止めたければ殺せ。俺が死ねば君は王太子妃にならずにすむ」

できるわけないじゃない。混乱しながら首を横に振る。

彼が本気で言っていることはわかった。だからこそ怖くて奥歯がカタカタと音を立てる。

「大丈夫だ。あとのことはダニエルが上手《うま》くやってくれるから」

歪んだ笑みを浮かべて、事もなげにそんなことを言う。

「嫉妬《しっと》に狂うのも疲れたし、君の手にかかるならそれもいい」

「嫉妬？」

「そうだ。お前を取り巻く全てが妬《ねた》ましくて、お前が笑いかける全てが憎くて、でもそんなところを少しでも見せたら気味悪がって逃げるだろう？　だから、必死に押し殺して、なんでもないふりをして、そうして何ヶ月も返事を待っていた」

歪んだ笑みは酷く艶めいていて、見ているだけで心がざわめく。

「さあ、そろそろ諦めて、俺に身を任せろ。余計なことは考えるな。俺がお前に夢中なように、お前も俺だけのことしか考えられなくなれ――」

彼の舌がうなじを這い、首の付け根に軽く歯を立てられる。

獣に噛まれるような怖さと、そうして食べられてしまいたいという気持ちがない交ぜになって、小さな喘《あえ》ぎに変わった。

アーネスト殿下から見えない糸が生じ、それに絡め取られるような錯覚が起きる。

「ひあ……ぅ……」

「愛しているよ、ルーシャ。こんなに自分の感情を持て余したことはない。どうしてだろうな、君のこととなると、なにもかもが上手くいかない」

今までと打って変わった声色で、深々とため息をつく。そんなに切なく、迷いのある声を聞かされたら、心が揺れてしまう。

「いますぐ俺のものにしないと不安でしかたないんだ」

「殿下……」

力尽くで犯されるのは嫌だけれど、殿下の声が途方にくれた迷い子のように聞こえて胸が痛んだ。たまらなくなって、言葉の代わりにアーネスト殿下の背中に腕を回し、ぎゅっと力を込めた。

とたん、彼の背中がびくりと強ばった。

してはいけないことをしちゃった？　と不安になった矢先、殿下の手が胸の膨らみを掴む。

「んあ⁉」

いきなりの刺激に、思わず声が漏れる。

「許された、と思っていいのかな？　君らしい答え方だ」

許したわけじゃない。ただ、ほだされただけ。ゆるゆると首を横に振れば、彼はフッと吐息で笑った。

「そうか。なら、好きなだけ抗ってくれ」

下着の上からゆっくりと揉《も》みしだかれて、否《いや》が応《おう》でも自分がなにをされているのかを思い知らされる。

「ン……はぁ……やっ」

触れられたところからじわじわと変な感覚が湧き起こって体の奥へ溜《た》まっていく。

彼の唇は首から胸元を無遠慮に這い回り、そこかしこに官能的な痛痒《つうよう》をもたらした。

彼の髪が肌に落ちかかり、彼が動くたびにくすぐったく感じる。くすぐったいのに、なぜか身体の奥が疼く。その奇妙な感覚が怖くて、制止の声を上げる。

「だめっ、殿下、も……」

「なにがだめなものか。あんまり嫌だと言われると、酷くしてしまいそうだ」

殿下は嬉しそうにそんなことを言う。

「こっ、怖いのは……やだ……」

絹のシーツの滑らかな冷たさを肌に感じ、いつの間にか服を全て脱がされていることに気付く。

火照《ほて》り始めた身体に絹の感触が心地よくて、同時に無防備な裸を晒《さら》しているのが心もとない。

「すまない、嘘だ。大切なルーシャに酷いことなんてしない」

殿下は蕩けそうに優しい眼差《まなざ》しで私を見下ろすと、指先で首筋から胸元までをゆっくりと撫でる。

「できるだけ優しくする。だから怖がらないで、俺を感じてくれ」

指先で触れたところを辿《たど》るように、彼の唇が肌を這い、そのたびに身体の奥が熱くなっていく。

「アー……ネスト殿下……あああん！」

先ほどから刺激されたせいで尖《とが》りきった胸の頂に、殿下がカリッと歯を立てた。

甘噛みとも言い切れない強さに、痛みと甘美な感覚が全身を駆け抜ける。

私の悲鳴に気をよくしたのか、彼は頂を執拗《しつよう》に愛撫《あいぶ》する。口に含み、転がし、舌先を絡めてしごいたりする。そのたびにえも言われぬ快感が湧き起こって、身悶《みもだ》える。

「あっ……はぁ……んや……だめ、それ、じんじんするっ」

彼の髪に指を埋めてどうにか引き離そうとするけれど、びくともしない。

それどころか、引き離そうとした罰とでも言うのか、またカリッと歯を立てられた。

「ひぅ！　い……あっ……」

痛いはずなのになぜか噛まれたところから快感が生まれて、背が弓なりにしなる。

体の奥に熾《おこ》ってしまった火がじりじりと体を炙《あぶ》り、足の付け根の奥が酷く疼く。

もどかしくて、切なくて、たまらない。その疼きを止めたくて無意識のうちに太腿《もも》をすりあわせれば、その奥でぬちゃりとなにかがぬめる音がした。

「こんなに乳首を尖らせて、いやらしい子だ。ああ、食べてしまいたいくらい美味《うま》そうだ」

「あ……やだ……」

本気で食べられてしまいそうに錯覚した。怖いと思うのに、どこかにそれを願う私もいる。

　アーネスト殿下は意地悪で、痛みに似た快感と優しい快感を交互に与えてくる。

　痛いのか気持ちいいのか、怖いのか嬉しいのか、わからなくて混乱する。見開いた目の端から、ぽろりと涙が零れた。

「なんて甘い声なんだ。もっと聞きたい」

「っ……あ、殿下、やぁ……」

「気持ちよくしてあげるよ。たくさん可愛がって、俺がいないとだめな体にして……」

　いやいやと首を振るけれど、彼はうっとりと目を細めるだけだ。

　力の入らなくなった足を両手で割り開き、間に体を滑り込ませると、彼は泥濘《ぬかる》んだ場所に指を這わせた。

　指先が亀裂をなぞると、そこは充分に潤っているらしく、彼の指の動きに合わせてクチュリと卑猥《ひわい》な水音を立てた。

「ひあ……、ああ、や、そこ、触らないでっ……ああっ!?」

　襞《ひだ》の合わせ目に隠れていた芽をぐりっと捏《こ》ねられて、全身に電流のような快感が走った。目の前にチカチカと火花が散り、焦点が合わなくなる。

「あ……ハア、殿下、やア！　それ、苦しっ、の……！」

「ずっと一緒にいよう。俺の愛《いと》しいルーシャ」

　うっとりとした声が耳に流し込まれる。

甘くて、どこかに狂気を孕んだような声は、私の理性を痺《しび》れさせ、壊していく。

絶え間なく与えられる鋭い快楽に頭の中が白くなる。

「も、……こんなの……むりぃ！」

懇願は全て無視されて、ただどこか高いところへ追い詰められる。

見開いた目は焦点を結んでくれなくて霞《かす》み、息が上手く継げなくて口は開きっぱなし。唇の端から零れてしまった唾液《だえき》に羞恥を覚える暇もない。

「ああ、可愛いな。ずっとこうしてみたかった」

囁くと、彼は私の頬を伝う唾液をゆっくりと舐めとった。

いつの間にか彼の指が隘路《あいろ》へ侵入していて、胎の奥に甘い疼きを生じさせている。グチュグチュと粘着質な水音が立ち、耳まで犯されているようだ。

親指は相変わらず肉の粒をいたずらに捏ねて、外と中とを同時に責め立ててくる。

「はぁ……殿下、も……や、おかしくなっちゃうぅ！」

「いくらでもおかしくなっていい。俺が見ていてあげるから」

「あ……ハア、んっ……や、見ないでっ、恥ずかし……」

恥ずかしいのに、見ていると言われたとたんに、胎の奥がきゅんと疼いた。

その疼きが秘肉を蠢《うごめ》かせ、中に呑《の》み込んだ殿下の指を思い切り締め上げてしまった。その形をまざまざと感じてしまい、官能が更に高まる。

「今、すごく締まった。いやらしいことを言われるのが好きなんだね？　いいよ、たくさん言ってあげる」

「ンッ……やだ……ぅあ……」

「ほら、ルーシャの淫らな花は俺の指を銜《くわ》え込んで離さない。そんなに気持ちいい？」

そう囁くや否や、私の中に埋め込んだ指を鉤型《かぎがた》に曲げる。

ぐちゅ、と淫《みだ》らな音が立ったけれど、急に湧き起こった快感に意識を全て持っていかれて、羞恥を感じる余裕もない。

「あっ、ああ……やあああ……っ！」

言い表せないような愉悦に体が勝手に仰け反って、びくんびくんと跳ねる。

頭の中は真っ白で、見開いた目は霞んでなにも見えない。

ただ、彼の指を呑み込んでいる場所がきゅうきゅうと締まり、そこから生じて全身へ駆け抜ける電流にも似た淫らな感覚のみが鮮明だった。

「ひぅ、んあ、ああ――……」

数回痙攣《けいれん》すると、糸が切れたように体が弛緩《しかん》した。

下半身が熱く、腫《は》れぼったいような痺れがあり、彼の指を呑み込んだ場所はヒクヒクと小さな痙攣を繰り返す。

「上手《じょうず》にイけたね。偉いな、ルーシャ」

滴るような色気を滲ませて、アーネスト殿下が目を細める。

荒い呼吸を繰り返すため、半開きになった唇に、彼の唇が重なり、ぴったりと塞がれてしまった。

「んっ……ふぁ」

歯列を割って口腔《こうこう》へ侵入した舌が、初めての絶頂に疲れ切った舌を絡め取り、思うさま嬲《なぶ》ってくる。

舐められ、吸われ、なぞられ、そして甘く噛まれる。

「ん……んん、あふっ……あ、ン」

鼻にかかった甘ったるい声が唇から零れていく。恥ずかしいのに止められない。

彼の深い口づけにうっとりしていると、痺れたように淡く疼いている泥濘《ぬかるみ》に硬く熱いものを感じた。

なに？　と思う間もなく、それは中へと押し入ってくる。

「ん、んんー!!」

キスを振り切るように暴れれば、ようやく唇が離れた。

「はぁ……や、やぁっ、痛っ――」

「すまない。少しだけ……我慢してくれ」

「んあっ！　……やぁ、やめ……」

ぐ、ぐ、と押し入ってくる昂《たかぶ》りは太くて、呑み込んだ秘洞は限界まで引き伸ばされている。それでも受け入れきれなくて、引き裂かれるような痛みが走る。

「それは、できない」

「あ、ああ……ぅ……」

痛くて痛くて、頭が混乱する。直前まで感じていた甘い悦楽はかき消えて、目尻《めじり》からは涙がポロポロと零れ落ちる。

アーネスト殿下は侵入する動きを止め、舌で私の涙を掬《すく》った。その熱さに身体の奥が疼いて、またちろちろと官能の熾火《おきび》が勢いを増す。

「ん……ぅ……」

痛みの向こうにうっすらと感じるなにかがもどかしくて、彼の腕を無意識に掴んでいた指先に力がこもってしまう。

「可哀想に。華奢《きゃしゃ》な体に俺のものを突き立てられて、ここも苦しそうだね」

彼は繋《つな》がった場所の、引きつった肉をつうっと撫でた。

「あ、……や、だめ、触らないでっ」

触れられた場所がピリピリと痛むのに、その向こうで熱い疼きが蠢いている。その疼きにつられて、内襞がビクビクと蠢いてしまう。

私に覆い被さっているアーネスト殿下が「くっ」と小さく呻《うめ》き、次いで大きく息を吐く。

「ルーシャの中は……気持ちがいい」

うっとりとしたような掠《かす》れ声につられて彼を見れば、不思議な微笑を浮かべている。自嘲《じちょう》のようにも困っているようにも見える。なのに、長いまつげに彩られた目は情欲に炯々《けいけい》と光り、捕らえた獲物

を喰《く》らう獣に似ている。

「愛しくて、どうにかなってしまいそうだよ。もうルーシャは俺のものだ。君が逃げたいと思っても、離せない。離してやれない……」

「でん……か……」

アーネスト殿下とこうなってしまったことに対する戸惑いと不安、彼から求められる悦《よろこ》びと、彼を欲しいと思う自分の中の本音と……たくさんの思いが心の中でせめぎ合う。

でも理性と感情の天秤《てんびん》は、アーネスト殿下との行為が深まるごとに感情へと傾いていく。

本当にこれでいいの？　後悔しないの？　後悔した時には取り返しがつかないのに？　理性はひっきりなしにそう問う。結ばれてなにが悪いの？　好きな人にここまで求められてなにを躊躇《ためら》うの？　逃げ出したほうがよっぽど後悔するわ。さあ、もう覚悟を決めなさい？　感情が理性にそう反論して……、勝ったのは感情だった。

そろそろと彼の背中に腕を回せば、アーネスト殿下は全て承知したとばかりに太い笑みを浮かべた。

「ルーシャ、お前の全てを俺にくれ。痛みも快感も……全て、俺が与えたい」

低く囁くと同時に、彼の楔《くさび》がグッと奥へ進んだ。

「っ、あ！」

押し広げられる痛みと、内壁を擦《こす》られる感覚に背が仰け反ってしまう。

「早く全部埋めたい」

「え……!?」

まだ全部入っていないと言うの？　顔から血の気が引いた。

その様子を見下ろしていたアーネスト殿下は、うっそりと口の端を吊り上げた。

「いいね、そそる顔だ」

ゲームのアーネスト殿下そのもののドS発言に、体がふるりと震えた。

「破瓜《はか》の痛みに泣く君はなんて可愛いんだろう。普段の気丈さからは想像もつかないくらい、儚くて……美しい」

さも楽しくてたまらないという低い笑い声に、うっとりとした顔。

泣くくらい痛いのに、一方では貪《むさぼ》られることに被虐的な喜びを感じている。

おかしい。自分が自分じゃないみたいで怖い。痛みに痺れた頭がまだそんなことを考えるけれど、それもすぐに吹き飛んでしまう。

彼のものが更に奥へ向かって少しずつ、でも確実に進んでいく。

「あ……うあ……い、ひぃ……ん」

悲鳴と嬌声《きょうせい》がない交ぜになった声が、喉の奥から迸《ほとばし》った。

「ああ……いいね……すごく、気持ちいい」

殿下は苦しそうな、それでいて愉悦にまみれた顔をする。彼の上気した頬も、頬を流れ落ちる汗も、全てが淫猥《いんわい》なのに美しく、霞む視界の中で見蕩れてしまう。

彼にそんな顔をさせているのが自分だと思うと、心が高揚する。その高揚感が悦楽に変わったのか、自分でもわかるほど隘路の奥から蜜《みつ》が湧く。

「全部入ったよ、ルーシャ。これでもう、君は戻れない」

「は……、アー……ネスト、さま……？」

「哀れなルーシャ。俺に見つけられてしまったのが君の運の尽きだ。大人しく囚《とら》われてくれ」

痛みと熱い疼きに支配された頭に、甘い声が流れ込んでくる。

答えられず喘いでいるうち、律動が開始される。

「あ、ああ!?　やぁ……ん、ふぁ……」

「ルーシャ……、俺を……受け入れてくれ」

激しい抽送に耐えきれず、嬌声が止まらない。

苦しくて、痛くて、熱くて、なのに奥がたまらなく疼く。それが快感なのかどうかわからないけれど、とにかく体の奥の熾火を鎮めたくて、それだけしか考えられない。

思いあまって殿下の背に爪《つめ》を立てれば、彼は嬉しそうに、くっと笑った。

「はっ……あ、……殿下、っあ……やっ……」

「ああ、可哀想に」

可哀想に、と繰り返しながら、アーネスト殿下は暗い炎で目を光らせる。

捕まえた獲物を嬲る獣に似ている――とすれば、獲物は私？　被虐的な悦びが胸に湧く。食べてほしい、束縛してほしい、手放さないでほしい、我が儘《まま》な欲望が心を支配して、口から零れる嬌声は先をねだるように、甘えた響きを含んでしまう。

「ひぁ……ああっ」

「愛しているよ、ルーシャ。愛している」

懇願にも似た色で、何度も、何度も囁かれる。

「んあっ！　殿下……殿下……ああぁ、ん、ふぁ……」

痛みの向こうから熱いうねりがせり上がってくる。

それが殿下にも伝わったのか、律動が激しくなる。

「ああ！　殿下、だめぇ、なにか来ちゃうぅ……ん！　おかし、のっ……熱いっ……」

「ルーシャ。いいんだ、そのままイけ」

「はっ……いやァ……だめ、だめなのっ……あああああ――……！」

体の奥の熾火が爆《は》ぜた。

全身がピンと張り詰め、秘洞は呑み込んだ熱杭《くい》を締め付けながらぎゅうぎゅうとうねった。

「くっ！　は……っ、君の中はたまらない、な。持っていかれそうだ」

低い声で笑うと、再び律動を始める。

ビクビクと跳ねる体にさらなる快楽を注ぎ込まれて、目の前が霞む。

「あ、ああ!?　ひぅ……あ、苦し……もぉ、無理っ、おかしくなっちゃうっ」

「いいよ。おかしくなっていい。おかしくなって俺だけのものになれ」

「はぁ……、や……怖いっ」

壊れた私は私じゃない。

怖いのに、そうされたいと思う自分もいる。それが一番怖い。

「生涯《しょうがい》俺の傍にいて、俺だけを見て、俺だけのために生きてくれ。そうしたら俺は今まで通り、皆の期待する俺でいよう」

刻むように呪《のろ》うように、囁かれる。

「だから、ルーシャは俺の傍で、俺の妃として、俺の子を産んでくれ」

「あ……ああ……、んっ、あ……赤ちゃ……ん？」

「そうだ」

アーネスト殿下はそう言うと、ゆっくりと私の下腹を撫でた。

「たくさん、たくさん注ごうか。君が一刻も早く俺の子を孕むように」

ずちゅり、ぐちゅり、と大きな音を立てながら、大きな動きで腰を打ち付けられた。

「んっ……あぁっ！　殿下、だめっ」

彼の欲望のまま犯してほしい。けれど、結婚前に妊娠する可能性を思い出して、理性が少しだけ戻ってくる。朦朧《もうろう》としたままだけれど、このままではいけないと感じ、身体を遠ざけるように彼の胸を腕で押す。

でも、その手はすぐに捕らえられてしまった。

「抗うのは許そう。だが拒まないでくれ、ルーシャ」

荒い息の合間に、猛獣の目が私を射すくめる。

「お前が俺を拒むなら、全部壊してしまおうか。この国も、何もかも滅ぼして……」

「あっ……ひぃ……んっ、あああああっ」

「自責の念で押し潰《つぶ》されて壊れたお前を貰《もら》うことにするよ」

殿下が呪詛《じゅそ》のような言葉を呟くけれど、快楽に支配された私の頭は理解ができない。

けれど、なにか酷いことを言っているのはわかった。

繋がったところから、ぐちゅ、ぱちゅと淫らな水音がする。

「んっ……あ、ああ、殿下っ、アーネスト殿……かぁ」

「壊れたルーシャより、こんなふうに理性と快楽の狭間《はざま》で泣くルーシャのほうがいいけどね。手に入らないなら仕方ない」

「はぁ、も……イくっ、イっちゃうのっ――あ、ひあああぁ」

脅迫めいた言葉で責められているのに、体は勝手に燃え上がって弾《はじ》ける。

「――っ！　はっ、俺も、もう限界だ。受け止めてくれ、ルーシャ」

「ん、ああ……っ、奥、熱いぃ……」

内襞の一番奥をごりっと突き上げられ、そこに熱い飛沫《しぶき》がかけられるのを感じた。何度も吐き出される欲の証《あか》しに、私の内壁も嬉しげにうねる。

そこは彼の柔らかくなりかけた灼熱《しゃくねつ》に絡みついて、もっともっととねだっているみたいだ。

「欲張りだな、君は」

そう笑うアーネスト殿下の楔は見る間に元気を取り戻し、戯れのように小刻みな抽送を繰り返す。

そのもどかしい刺激に、快感を知ってしまった身体がずくずくと疼き、無意識に腰を揺らしてしまった。

「もっといっぱい気持ちよくなろうか、私のルーシャ」

彼の一人称がいつも通りに戻っている……と思った傍から快感に思考を奪われ、あとはただ彼の律動に合わせて悶え狂うだけ。


嵐《あらし》のようなひとときが去れば、理性が戻ってくる。

どさくさ紛れに子を産めとか、ものすごいことを言われた気がする。いや、それよりも。朧《おぼろ》げな記憶をかき集めて思い返してみれば、なんだかとんでもない脅迫を受けたような気がする。

ゲームの中のアーネスト殿下も真っ青な脅しだったなぁ、と頬が引きつる。

しかも、ぐったりして入浴する気力もない私を嬉々として洗いながら、殿下は「さっき君に囁いたことは、全部本気だから」とにこにこしていた。

全部本気。

なにそれとっても怖い四文字。

「その冗談は笑えないです」とヘラヘラ笑って誤魔化してみたら。

「試してみる?」と甘くて艶やかで、しかし獰猛《どうもう》な顔で笑われてしまった。

試してみるような気概はありません。

「さて、ルーシャ。夜は長い。もう一回しよう」

お風呂《ふろ》から上がったとたん、ベッドに押し倒された。

「ダメです!　あっ、赤ちゃんができたら……」

「それのなにが悪いんだ?」

「結婚と妊娠の順序が逆になってしまいます!」

「そんなもの、どうとでもできる。──たったそれだけ理由で俺を拒むのか?　許せないな」

また、『俺』になってる!　どうやら虎《とら》の尻尾《しっぽ》を踏んじゃったみたいだ。硬直する私の太腿を撫で上げながら、アーネスト殿下は喉の奥で低く笑う。

「君は、俺という男に囚われた贄《にえ》のようなものだ。余計なことは考えず、ただ俺のことだけ考えろ」

おおよそ睦言《むつごと》とは思えないようなことを、甘い甘い声音で囁く。

傲慢な言動の裏に隠れているのは、全ての逆風を彼が受け止めるという優しさに思えて、胸の奥がきゅっと締め付けられた。

なにか気の利いたことを言い返したかったけれど……。その前に唇は塞がれ、あっと言う間に快楽の渦《うず》に引きずり込まれてしまった。

【エピローグ】

そんなわけで私は王太子殿下の婚約者になった。

あの日、スイートルームで見た結婚までのスケジュールの通り、僅《わず》か半年ほどで挙式。

まさかそんな電撃結婚が許されるはずないと思っていたのに、アーネスト殿下はあっさりと自分の意見を通してしまった。その手腕はすごいけれど、きっと周囲のみんなは大慌てだったと思う。本当にごめんなさい！

せめて学校はちゃんと卒業したかったけれど、一刻も早く世継ぎを……という周囲からの説得もあって中退することを決めた。実際、そうして学年の途中で学校をやめる令嬢は多いので、なにも問題にはならなかった。

アーネスト殿下の重たい愛に不安いっぱいでスタートした新婚生活だけれど、まぁどうにかこうにか上手《うま》くやっている。

時々怖いけれど、甘えてくる時の彼は可愛《かわい》いと思うし、新居はとても快適だ。

目下の問題は彼が絶倫だということ。朝、早起きできなくて辛《つら》い。

けれど、そのうち落ち着くだろうと諦《あきら》めることにした。

ジリアンはイアン殿下とともに進級した。卒業と同時に結婚式を挙げる予定で、今から着々と準備を進めているという。幸せそうでなによりだ。


そんな満ち足りたある日。

気付いてしまった。

ヒロインがイアン殿下ルート、しかもグッドエンドへ向かった場合。

ルーシャはほとんど話に出てこない。

つまり、ルーシャはどこでなにをしていても自由なのだ。

それこそ、攻略対象から外れたアーネスト殿下と恋愛していたって、ストーリー進行に支障はない。

そして。

イアン殿下ルートの最後のスチルは結婚式のシーン。

友人知人に囲まれて、幸せそうに笑う二人の画像。

その背景に私もいて、隣にはアーネスト殿下が描かれている。

あれは単に親しい人々を、身長や色味を見てバランスよく配置しているんだと思っていた。

けれど、もしかしたら違うのかもしれない。

私はジリアンの結婚式に、新婦の友人として出席したのではない。

新郎の義理の姉として出席したんだ!!

なんということ。

初めて気付いた衝撃の事実に、奇妙な強制力を感じるのだった。

一体この世界はどうなっているのだろう。


「どうしたんだい、ルーシャ。そんな怖い顔をして」

「アーネスト殿下！」

「アーネスト、だろう？　ちゃんと呼んでくれないと、呼んでくれるようになるまでお仕置きするよ？」

でも、君はお仕置きが好きだから、それじゃあ罰にならないよね？　と物騒な言葉を続けられて、私は悲鳴のように裏返った声で、彼の名前を呼び直した。

「うん。よくできたね。偉いよ、ルーシャ。さて、今日はなにをして楽しもうか？」

色気をたっぷり滲《にじ》ませた流し目をされて、私は真っ赤になった。

彼の言う「楽しむ」が、普通の遊びを指していないということは、嫌というほど知っている。

「ま、まだ日が高いのに、なにを言い出すのですか！」

「明るいからいいんじゃないか。君が恥じらいながら乱れる姿はたまらないからね。よく見えるほうが楽しい」

わざといやらしい言い方をして、からかってるのだとわかっているけれど、恥ずかしく思うのはやめられない。

「ぜっっったいに嫌です」

「うん。わかった。君の了解も取れたし、さぁ行こう！」

「同意してませんっ！」

この鬼畜!!　と睨《にら》むけれど、彼はどこ吹く風だ。ひょいと私を抱き上げ寝室に向かう。

泣きたい。

けれど、泣いても彼を止められない。慰めるふりであの手この手を仕掛けてきて、最終的には啼《な》かされてしまうのだ。

「迷宮のワルツ―淫獄《いんごく》に堕《お》ちる花―」における、私の推しキャラはアーネスト殿下で、その人でなしっぷりがいいわ～と思っていたけれど。

現実のアーネスト殿下にはもう少しソフトな絶倫&悪い人であってほしかった……。


そんな感じで困ったところのあるアーネスト殿下だけど。優しくて、気配り上手《じょうず》で、頼もしくて、カッコよくて、愛《いと》しの旦那《だんな》様だ。

この世界によく似たゲームに囚《とら》われて、振り回されるのはもうおしまい。

これから先は、アーネスト殿下と一緒に、真っさらな未来へ向かっていくのだ。

文庫版書き下ろし番外編

文庫版書き下ろし番外編　婚約者は今日も幸せで――ちょっと大変!?

「わぁ……いい風」

バルコニーに続くドアを開けた途端、爽やかな風が頬《ほお》を撫《な》でた。

そのまま外へ出て手すりにもたれ掛かれば、午後特有の気怠《けだる》い日差しが眩《まぶ》しくて、我知らず目を細めた。

アーネスト殿下の婚約者として、王宮に住み始めて数ヶ月。

季節は移ろい、春の中に、夏の気配が混じり始めている。新緑は鮮やかに輝き、木々に止まった小鳥たちは陽気な歌を奏でる。

私は瑞々しい空気を胸いっぱい吸い込んで、大きく吐き出した。

すると凝り固まっていた肩がコキリ、と小さな音を立てた。誰かに見られても、はしたないと思われない程度に首を動かせば、やや凝りは解消された。

「本当にいい天気ね。こんな日は木陰で読書でもしたいところだけど……さすがにそうもいかないわね」

呟《つぶや》いて肩を竦めた。

用意周到な殿下の根回しに抜かりはなく、同居は驚くほどスムーズに始まった。

周囲がさも当然という態度の中、私だけが慌てふためき右往左往していたけれど、この頃はようやく落ち着き、日々の暮らしにも慣れてきた。

とは言え、王太子妃として相応《ふさわ》しい教養を身につけるべく、日々繰り広げられる教育プログラムは厳しい。だから、教科の合間の休み時間はとても貴重なひとときだ。

木陰で気ままに読書なんて夢のまた夢。

王妃様曰く。

『大変なのは結婚式関連の行事が終わるまでよ。それを過ぎれば少し楽になるわ。今が正念場と思って、どうか頑張って！』

とのこと。王妃様の言葉を信じて——。

「今は頑張らなきゃ」

独り言ちてあたりを眺めていると、遠くにアーネスト殿下の姿が見えた。

すぐ傍にはダニエルの姿もある。

二人とも真剣な眼差《まなざ》しで何かを語り合いながら、足早にどこかへ向かっている。

「凛々《りり》しい……」

思わず独り言が漏れた。

美形二人が凛《りん》とした顔をしていたら見蕩《みと》れちゃうよね。

特に惚れた欲目でアーネスト殿下を重点的に。

一緒にいる時は見せてくれないような表情なので、これは絶好のチャンスだと食い入るように見つめる。

距離もあるし、絶対に見つからないだろうという安心感から無遠慮な視線を殿下に送る。

けれど。

彼が完璧超人なのを忘れていた。視線を察知する能力も超一流だったらしい。

アーネスト殿下は足を止めて、視線をこちらに向けた。パチリと目が合うや否や、彼は破顔一笑。

周りまでパッと華やぐような笑顔に、私は目が釘付けになった。

アーネスト殿下は、優雅なのに親しげな仕草で手を振ってくれる。

一歩下がった位置ではダニエルがかしこまった様子で頭を下げている。

――こういう場合は、どう対応すればいいの？

と、一瞬焦った。お辞儀をするのは婚約者としてかしこまりすぎている気がするし、でも手を振ったらダニエルに対しては親し過ぎない？　かといって、手を振るのとお辞儀、両方するのはせわしなくて優雅じゃない。結局、手を振ることにした。

無作法にならないように気をつけて手を振れば、アーネスト殿下は満足そうに頷《うなず》いたあと、再び歩き出し、ダニエルは私に対して一礼すると、殿下の後を追う。

生い茂った木の陰に隠れて、二人の姿は早々に見えなくなった。

二人の姿が見えなくなったあたりを何気なく見つめながら、頭の中で考えていたのはダニエルのことだ。

学園内では上級生の彼を『ダニエル様』と呼んでいたけれど、今でもその癖が抜けなくて、うっかりそう呼んでしまうことがある。そのたびに怖い顔で注意されるのだ。

生真面目なダニエルにも『迷ワル』では裏の顔があったわけだけれど……。実際の彼にもそんな裏の顔があるのだろうか。

それとも、ゲーム主人公であるジリアンがイアン殿下とくっついたことで、そんな設定は芽生える前に消えたのだろうか。

アーネスト殿下が光なら、ダニエルは影。そうあるべきと自負して側近を務める彼は、何事も控えめに、アーネスト殿下を第一に、と考えて生きてきた。そこは迷ワルのダニエルも現実の彼も変わらない感じがする。

迷ワルのダニエルの前に現れた主人公は、初めて彼が心から『誰にも譲れない。何があっても手に入れたい』と希《こいねが》った女性だ。

アーネスト殿下の影であるがゆえに、光であるアーネスト殿下へと主人公が心を移すのではないかと心配して、思い詰めるあまりに主人公を監禁してしまう。

主人公がいくらダニエルを愛していると言っても、それを信用しきれず疑心暗鬼になり、日ごと夜ごとに抱き潰して。

生真面目な彼は、罪の意識と恋情の間で葛藤し、憔悴してゆく。そんなルートなのだ。

最終的には主人公が潔くて勇ましい行動にでて、ダニエルの不安や焦燥を吹き飛ばす。

しかし、エピローグのダニエルは心配性なうえに、まだ監禁癖が抜けきってなかった。

もし、現実の彼にもそんな病《や》んでる裏の顔があるなら、奥様になる方は大変だなぁ。

でも、いつか運命の女性に出会ったら彼にも幸せになってほしい。

「――けど監禁は犯罪だから、できればもっと穏便な恋愛をしてほしいかも……」

悩んでも仕方のないことを考えて、ブツブツ独り言を呟いていると、背後に人の気配がしたので慌てて口をつぐんだ。

「ルーシャ様、お時間でございます」

休憩時間は終わりだ。


アーネスト殿下と夕食を一緒に取ったあと、私室に戻って寝る支度を終えた。いつも通りの時間にいつも通りのことをしたものの、今日はいつもより少し疲れていた。

ちょっと休憩のつもりでソファに座ったら、いつの間にか、うとうととうたた寝をしてしまった。

このままでは風邪を引いちゃうかな？　とか、殿下の帰りを待っていようと思ったのに……とか思った時は既に遅かった。痺れるような眠気が手の先、足の先から這《は》い上がって全身を覆っていた。

心地好《よ》く微睡《まどろ》んでいると、

「こんなところでうたた寝してはいけないよ」

と耳許で甘い囁《ささや》き声がした。

それと同時に身体《からだ》がふわりと浮いた。

「ん……アーネスト……様？」

「ただいま、ルーシャ」

額に柔らかな感触がして、キスされたことに気づく。

重たいまぶたをこじ開ければ、目の前には薄明かりに照らされたアーネスト殿下の美貌。

「お帰りなさい。起きて待っていようと思っていたんですが、眠気に負けてしまいました」

「無理に私を待たなくていいと言ったろう？　私の言いつけを破るなんて悪い子だね。これでは君から目が離せないな。仕事を放り出してでも傍にいたくなる」

アーネスト殿下は私をベッドに下ろすと、意地悪な笑みを浮かべてもう一度私の額に口づけた。

「あの、無理をしてるわけではありませんので……」

彼ならやりかねない。狼狽《うろた》えて視線を泳がせれば、彼はますます笑みを深めた。

「冗談だよ」

殿下は私の横に寝そべると、私の髪をくるくると指でもてあそぶ。

しばらく無言でそうしていたと思いきや、彼は不意に真剣な眼差しで、私の目をのぞき込んだ。

「ねえ、君に聞きたいことがあるんだ」

「何でしょう？」

雰囲気が変わったことをヒシヒシと感じて、眠気はどこかへ飛んでいった。

恐る恐る尋ねると、彼は髪をもてあそんでいた指を、私の頬へと滑らせた。

頬を撫でる仕草は優しいものの、その優しさがなぜか不穏に思えてくる。

「昼間、ダニエルのことを見ていただろう？」

告げられて、一瞬何のことかと逡巡《しゅんじゅん》した。少し考えてから、バルコニーから手を振った時のことかと思い至った。

「あれはアーネスト様を見ていただけです」

そのついでにダニエルが目に入ったのだと言外に匂わせると、殿下はスッと目を細めた。

「それなら嬉しいけれど、でも彼の後ろ姿をジッと見ていただろう？　否定しなくていい。私はこの目で見たんだからね」

どこから見ていたの!?

もしかして千里眼をお持ちなの!?

——いや、私から見えなかっただけで、アーネスト殿下からは木の枝の隙間から私の姿が見えていたのだろう。

「ダニエルには恋人はいないのかな？　と思いまして」

変に隠し立てをして、余計に疑われるのも嫌なので、ゲームの件以外のことを正直に話すことにした。

「その……恋愛が全てではないと思うんですが、もし想う人がいるのなら、その人と幸せになってほしいなって。私が……、いえ、やっぱりなんでもないです！」

言わなくてもいいことまで口を突《つ》いてしまった。恥ずかしくなって、上掛けを口元まで引き上げた。

「君が、何？」

「いえ、何でもありません」

「言って？」

「恥ずかしいので内緒です。最後のは聞かなかったことにしてください……」

消え入りそうな小さな声になった。

うっかり口を滑らせた自分が情けない。まだ眠気が残っていたせいで、口が軽くなっていたんだろうか？

「そんなふうに言われたら、余計気になってしまうよ。恥ずかしくないから、言ってごらん」

口調は優しいのに、有無を言わせない迫力がある。

たぶんここで頑なに口をつぐむともっと大変なことになるということは、経験上分かっている。

「私が、アーネスト様と一緒にいられて幸せなので……。彼に好きな方がいるなら、同じように幸せになってほしいなと思ったんです。私なんかがこんな偉そうなことを言うのはおこがましいですし、いらぬお節介なのはわかっているんですけれど――、きゃ！　アーネスト様!?」

上掛けごとギュッと抱きしめられて驚いた。

「これ以上、君の口から他の男の話を聞きたくないな」

息苦しくなって上掛けから顔を出せば、間髪入れずに唇が塞がれた。

ついばむような軽いキスが何度か繰り返される。

「君は今、幸せ？　だいぶ強引に婚約へ持ち込んだ自覚はあるんだが」

彼は涼しげな美貌に、苦笑いを浮かべて尋ねた。

自覚、あったんだ……と心の中で呟いた。

「今更な質問ですね」

素直に答えるのが気恥ずかしくて、はぐらかすような言葉が口から零れた。

「それじゃあ答えになってない。答えてくれ。君は幸せ？」

苦笑はそのままだけれど、重ねて問う彼の声は甘さを含んでいる。

「知ってるくせに」

「でも君の口から聞きたい」

むっ、と口をつぐむ私と、苦笑を蕩けるような微笑に変えた彼。

睨《にら》み合いに負けたのは私のほうだ。

「幸せ、です」

言い終わるか否かのうちに、羞恥が限界を突破した。

今の私は熟したリンゴのように真っ赤だろう。

「アーネスト様、もう遅い時間です！　明日も朝早いですよね⁉　今すぐ眠りましょう‼」

今までの雰囲気を打ち壊す勢いで言い放った。

呆気にとられて珍しく無防備な彼の抱擁から抜け出し、逆に抱きついた。アーネスト殿下の頭を抱きしめる形になる。

「――今の話運びで、君がこういう行動に出るとは思わなかった」

「すみません……」

「いや、こうして君の胸に埋もれるのも悪くない」

私の腕の中でアーネスト殿下が上を向き、視線が絡む。

思いがけない近さにドキッとすると当時に、薄い寝間着しか着ていない胸元に、彼の顔を押し付けてしまった己の大胆さに冷や汗をかいた。

「っ！　も、申し訳ありません。私ったら失礼なことを！」

「君に抱かれるのは心地がいいね。このまま眠らせてもらおうかな」

クスリと悪戯《いたずら》っぽく笑ったあと、彼はすぐに目を閉じた。

「あの……」

「君も明日は早いだろう？　もう眠りなさい」

目を閉じたまま言う。どうやら本気で眠るつもりらしい。

私はモゾモゾと小さく身じろぎして辛くない体勢をとり、眠ることにした。

「おやすみなさい」

「ああ、おやすみ、ルーシャ」

そうして彼を抱きしめているのは、私にとっても心地よかった。

好きな人を抱いて眠るって、こんなに安心できるんだ。

ああ、私は今、本当に幸せなんだな——そんな思いを噛《か》みしめながら、眠りに落ちた。

あとがき

この本をお手に取ってくださってありがとうございます！　永久と申します。

本作「花は淫獄へ堕ちずにすむか―転生脇役の奮闘―」はいかがでしたでしょうか？

皆様に楽しんでいただけますように！　と切に願いつつ、このあとがきを書いています。


突然ですが、乙女ゲームが好きです。ヒロインは大事な娘という感覚でプレイしています。紆余曲折あってもいい、苦労してもいい、でも最後には世界一幸せになってほしいのです！　なので、攻略対象たちには『うちの可愛いヒロインちゃんがほしいなら、きっちり男気を見せてみな！』と思っています。それはもう『娘がほしければ俺を倒していけ！』と言ってしまうお父さんのように。

ヒロインが辛い目に遭えば可哀想で泣き、理不尽な目に遭えば怒り、幸せになれば嬉し泣きします。涙もろいので本当に泣きます！　昔、某ゲームのヒロインと親友の関係が切なくて号泣、ちょうど帰宅した家人に『何⁉』と驚かれまして――……あ、すみません。乙女ゲームの話を始めると止まらなくなるので、この辺で自重します！


せっかくのあとがきなので、本作についてちょっと触れさせてください。

この話は、ある日『乙女ゲームに転生する女の子の話が書きたい！　脇役、それもヒロインと一蓮托生的な！　主役じゃないけど黙って見てもいられない立場の！』と思い立ったことから始まりました。勢いのまま書き上げ、これまた勢いのままムーンライトノベルズ様へと投稿。はじめは三万字にも満たない、とても短い話でした。

空想を文字として吐き出しネットへ投稿したことで『よし！　スッキリした！　一件落着！』と一度は自分の中で終わったつもりでいたのですが……。

何だか足りない気がして数日後にアーネスト視点の番外編を書いたり、後日談も書きたくなってつらつらとその後の話を書いているうち、ルーシャやアーネストに対する愛着がどんどん強くなっていきました。

そんな二人を書籍という形で皆様のお手元にお届けできて幸せです。機会をくださったメリッサ様には、いくら感謝しても足りません！

しかも、ウェブ版ではほぼほぼすっ飛ばしてしまった一年間の学園生活を書いて良いよと仰っていただいたのです！　常々『学園もの書いてみたい！　皆がわちゃちゃっと頑張ってる話書きたい！』と思っていたもので、喜び勇み、鼻息も荒く、ガツガツと、楽しんで書かせていただきました。

あまりにも前のめり過ぎて、担当様には散々ご迷惑をおかけしました。暴走したり、明後日の方向にフラフラと歩いて行きそうになる私を、優しく、かつ、的確に導いてくださり、本当にありがとうございました！

イラストを描いてくださった天路ゆうつづ先生。素敵なイラストをありがとうございます。何を隠そう、以前から先生のファンです！　大好きです!!　先生にお引き受けいただけたと聞いた時は、嬉しさのあまり腰が抜けました。アーネストの麗しさやルーシャの可憐さにうっとりと見蕩れ、イアン&ジリアンカップルのほんわか具合、ダニエルの硬派な端整さに頬が緩みっぱなしです。毎日、何度も眺めては感嘆のため息をついています。

最後になりましたが、刊行に携わってくださいました全ての皆様、そしてこの本を手に取り読んでくださった皆様に、厚く御礼申し上げます！

またいつか、お目にかかれましたら幸いです。

スリリングな駆け引きと
運命が交錯するラブロマンス！
王太子妃になんてなりたくない!!
著▶月神サキ　イラスト▶蔦森えん

可憐な花嫁と強面将軍が紡ぐ、
年の差すれ違いラブストーリー。
身代わりの薔薇は
褐色の狼に愛でられる
著▶白ヶ音雪　イラスト▶DUO BRAND.

花《はな》は淫獄《いんごく》へ堕《お》ちずにすむか
―転生《てんせい》脇《わき》役《やく》の奮《ふん》闘《とう》―

永久めぐる

2020年7月5日　初版発行

著者　永久めぐる

発行者　野内雅宏

発行所　株式会社一迅社
〒160-0022　東京都新宿区新宿3-1-13　京王新宿追分ビル5F
電話　03-5312-7432（編集）
電話　03-5312-6150（販売）
発売元：株式会社講談社（講談社・一迅社）

印刷・製本　大日本印刷株式会社

DTP　株式会社三協美術

装丁　小沼早苗（Gibbon）

ISBN978-4-7580-9280-7

MELISSA
メリッサ文庫

●本書は「ムーンライトノベルズ」（http://mnlt.syosetu.com/）に
掲載されていたものを改稿の上書籍化したものです。
●この作品はフィクションです。実際の人物・団体・事件などには関係ありません。